这些年，

我们参与了很多危重症孕产妇的救治工作，

直接或间接地见证了孕产妇和她们家庭的故事。

重症产科

1

第七夜 著

湖南文艺出版社
HUNAN LITERATURE AND ART PUBLISHING HOUSE

博集天卷
CS-BOOKY

目 录
Contents

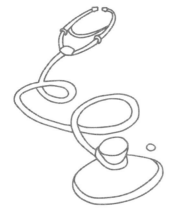

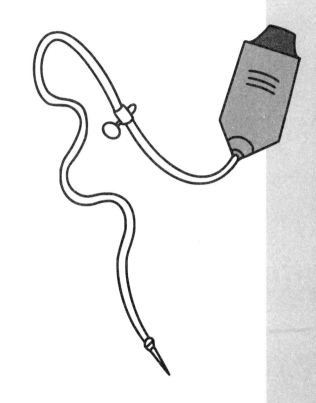

重 症 产 科 1

救命梦回保全

——————— 第一章 ———

第一节
救命 ▬▬▬ || ⊕

"是急诊科吗？我们车上现在有一个停经30周的孕妇，腹痛超过四小时，加重一小时。患者目前是休克血压，而且需要气管插管。其属于困难气管插管患者，目前我们用简易球囊辅助通气，请你们组织一下相关医务人员安排抢救，我们大概还有十分钟就能到达医院。"

院内抢救组的值班医生一接到院前急救的这通电话，便立刻让护士挪出抢救床位，并通知产科主任前来急诊科参与救援。

天城市中心医院急诊科几乎每天都会收治濒死的患者，而孕妇是极为特殊的人群，因为一旦抢救失败，就意味着一尸两命。所以，该孕妇还没到达，医务人员便如临大敌，备好可视喉镜、监护仪、除颤仪、呼吸机。

抢救组已经将抢救床推到了急诊大厅门口，只等救护车一到，便可直接将该孕妇从转运车搬到抢救床上去。

"小夏，该你收病人了。赶紧跟我去急诊科抢救。"接到电话的谭一鸣招呼我一起前往急诊科。

主任招呼我的这会儿，我才收完一个怀了三胞胎的孕妇，我刚采集完病史，并对她做了初步的体格检查，还没来得及处理医嘱。科室收治病人是按照顺序的，下一个自然轮不着我接诊。可主任已经招呼了，我便立马起身跟着谭一鸣往外走。

谭主任已经五十好几了，仍步履飞快。我跟着他一路小跑，很快便到达了位于门诊大楼的急诊科。

救护车到达的时间比预计的稍早，车刚一停稳，车门一被打开，院前急救人员便迅速跳下车，将这个危重孕妇搬下救护车，争分夺秒地往抢救室送。

这是个中年孕妇，体形肥胖，脖子短粗，周身皮肤和口唇的颜色都已经有些发紫了。可就在孕妇被送到抢救室门口时，我们看到心电监护仪上，孕妇的血压和心率开始骤降。我们心里一惊：孕妇出现心跳骤停了，搞不好就会母子双亡。

几人合力将这个孕妇搬到抢救床上。此次院前急救人员本就是中心医院的医护，和院内医生非常熟络了，之前对方在电话里对患者的情况也有所交代。

一进抢救室，急救组长便开始安排抢救事宜。"小赵，你来给她做气管插管，护士再建一组静脉通道，把术前相关的化验全套都做了。再来一个护士给她导尿！"

他刚交代完急诊科这边的医生护士，又马上对我们产科医生说："谭主任，患者的生产情况交给你们来处理了，我们先救命。"急救组长一边交接，一边给这个没有自主呼吸和自主心跳的孕妇持续做心外按压。

"小夏，你来给该孕妇打个腹部彩超看一下胎儿情况，我协助郑医生按压心脏。"谭一鸣站到患者左侧，把患者的子宫持续向左侧牵引。

我看到了赵英焕，他也在抢救小组里。过去很长一段时间里，他是我一位密友的意中人。他在急诊科工作三四年了，其间，必然参加过很多需要心肺复苏的抢救。可这大概还是他第一次参与濒死孕妇的救治。他有些迟疑为何谭主任要采取这样一个有些怪异又颇显费力的姿势牵引子宫。

谭主任抬头看心电监护仪时看到了赵英焕欲言又止的神情，便解释道："孕妇的子宫比人在非孕期时的大出很多倍，子宫压迫腹腔血管，会影响心肺复苏效果。我现在这么做，就是解除子宫对腹腔血管的压迫。"

虽然该孕妇颈部短粗，属于困难气管插管患者，赵英焕倒也没含糊，加上有可视喉镜协助，这次插管还算顺利。这边刚一插完管，那边护士已经接好了呼吸机，连同参数都设置好了。有了呼吸机的辅助通气，孕妇的胸廓便开始有了规律的起伏。

见插管完毕，已经持续按压了几分钟的急救组长和赵英焕做了交接。胸外按压是一个力气活儿。一个医生毕竟体力有限，单人持续按下去，要不了多久按压就会因为体力跟不上成了无效按压。

我检查了孕妇的腹部。经患者的领导和院前医务人员转述，患者怀孕30周了，可她的腹部明显比相应孕周要大。我又做了触诊，孕妇的子宫轮廓不清。我心下一惊，她腹痛后休克的原因，多半是子宫破裂了。

此刻，护士已经推来了床旁超声仪。透过超声一探查，果然验证了我的猜测。孕妇的子宫破裂了，腹腔内全部都是浓稠的液体——应该是血性积液，而且完全听不到胎心。我把超声探查到的情况如实告知参与抢救的人员。

"胎儿已经这样了，眼下先全力抢救孕妇。小夏，你再探查一下腹腔积液量。确定都是血性积液吗？"

"积液量很多，我给她做一个腹腔穿刺。"

就在我给孕妇做腹腔穿刺的时候，赵英焕给我们带来了好消息：患者心脏复跳了！

与此同时，我用注射器在孕妇两侧的腹部都抽取到不凝血（提示腹腔内有出血）。

"心脏复跳了之后会再次出现活动性出血，你们可以先给孕妇做个中心静脉置管（将特制的导管放到中心静脉。临床上主要用于病情较重，需要大量输液、输血以及需要测定中心静脉压的患者）吗？肯定是要马上大量输血输液的。"

在赵英焕给孕妇做中心静脉置管的空当，谭一鸣和我走出抢救室，对候在门外的人说："哪个是孕妇家属？"

"我是她的领导，她今天早晨来上班的时候就说肚子痛，好像还吐了一次，我们都劝她先到医院看看。可她说可能就是吃坏了肚子，没啥事，她又急着交报表，就没太注意。可后来看她痛得整个人都蜷缩在办公桌前，脸色也越来越难看，整个人看着煞白，我们就赶紧打120了。已经通知她家属了，家属正在路上，一会儿应该就到了。"一个约莫50岁，戴着黑框眼镜，已经"地中海"的中年男子答道。他虽然不懂医，但从他跟着上救护车开始，看到这么多医生护士如临大敌的场景，也觉得情况不妙。虽然他不是家属，可看眼下这阵仗，他觉得这个一向任劳任怨的下属估计是九死一生了。

这些年，他也送过几个长辈到医院急救，其中有几个在急诊时也是直接就这样开始做心肺复苏的，其中有两人没按压"回来"，另有一个年纪稍轻一些的倒是给按"回来"了，可随后就被送到ICU去了，接下来简直就是烧钱续命，最后还落得个人财两空。

这人可是在他的公司里出事的，一会儿该怎么向她的家属交代啊。而且她是工作时出的事，还得算工伤了。一想到这些，他更加头痛。

谭主任和我对望了一眼，叹了口气，说："这样吧，我们还是先准备急诊手术的事情，直接将孕妇送入手术室。现在心跳是有了，循环也恢复了，这血估计又开始满肚子流了。"

"小夏，你到抢救室去，把入院证开出来，再把手术知情同意书那些一并打出来。我这边先做术前谈话，等一会儿家属来了，再做补签字那些事。"

在我准备与手术相关的风险知情同意书时，赵英焕已经完成了中心静脉穿刺，另一条生命通路已经建立。急救组长联系了手术室，让他们准备急诊手术间，通知麻醉师到位，并联系了输血科，这样的手术必然需要大量血制品。在落实了这些之后，他又通知外科大楼的保安控制好手术电梯，准备一步转运到位。

而护士也在积极准备转运呼吸机。一切就绪，孕妇很快就被送到了手术室。

谭一鸣在给患者的领导说了手术的必要性以及相关风险和可能存在的并发症后，便匆匆前往手术室，准备手术事宜。

等我准备好了书面文件喊患者的领导签字时，对方却犯了难。先前病危通知书、气管插管同意书、深静脉穿刺同意书之类的，他都麻利地签了，毕竟这些涉及救命的事。

可一听到胎儿已经没了，做这个手术就是再开一刀把死孩子取出来，术中可能还要切子宫，需要大量输血，有可能花了很多钱大人也救不回来，这个中年男子一下便愣住了。这个字他是无论如何也不敢再签了。她只是他公司的员工，他和她非亲非故，这样重大的决定，还是得家属来做吧。可是她的家属还被堵在路上，鬼知道什么时候才能到。而且电话里家属情绪异常激动，根本不听"小孩没了，大人也快不行了"的说辞。

"你是她的直系领导，在这种没有家属前来的情况下，这个字理应你签。而且必须现在签，要不然手术要被耽搁，人要是真死了，她是在你公司出的事情，到时候你负的责更大。"我见对方迟迟不肯签字，自然知道他在顾虑些什么，眼下时间紧迫，我没有工夫和他一一解释，只是拿对方最为顾忌的地方说事。

见对方的态度有所松动，我又趁热打铁："我们医院的产科是天城市危重症孕产妇定点救治中心之一，技术实力自然是有极高保障的，至于手术同意书里提及的可能存在的那些严重风险和并发症，并不至于尽数出现。而且到了我们这里，即使这些问题都出现了，我们也会尽一切力量去闯关。患者现在已经在生死一线了，后面的难关还有很多，但这些都是我们医务人员来处理的问题，我们后续会向家属解释！"

我今年30岁了，可在医生这个行业里仍然还算年轻的，从外貌上来说，就远不如那些高年资的大夫让人信服。可眼下这几句话掷地有声，既让他意识到自己不得不签，又让他知道医院有足够的医疗安全保障，他也不好再度推托，麻利地签上了"同意手术"的字样。

我并没有直接参与这台手术，只是换了洗手服，在旁边观摩。产妇是刚刚心肺复苏后转来的，全科室自然高度紧张，谭一鸣和科室行政副主任邢丽敏亲自参与手术，当二助的都是科里的高年资副主任医师。

虽然没有直接上台，但我也有任务。我在一旁观摩，记下术中的详细情况，如果手术途中出现变数，我也可以随时外出和候在手术室外的家属沟通，让其签字。

虽然在急诊科就开始大量补液，但产妇的血压还是非常低。好在交叉合血的结果很快出来，输血科立即调过来足够的同血型的红细胞悬液以及新鲜血浆、冷沉淀。

这个产妇既往做过剖宫产手术，她的腹腔存在严重粘连，但是谭主任还是以最快的速度逐层分开组织。整个盆腹腔满是积血和血凝块，二助立即将这些积血和血凝块引入事先准备好的自体血回输设备里。

患者腹痛的时间不算太长，这些聚集在腹腔内的血液还有很好的回收再利用价值，过滤之后再回输入患者体内。毕竟外来血制品历来都是紧缺的医疗资源，费用也不便宜。

将这些血凝块吸尽之后，手术视野也愈发清晰。胎儿软塌塌地蜷缩在破裂的子宫里，四肢没有张力。

是个男婴。虽然先前的探查已经发现这孩子没有了生命体征，但科里还是通知了新生儿科主任到手术室来参与抢救。

新生儿科主任接过孩子，便将其放在一旁的辐射台上，一旁的巡回护士立刻给孩子吸口鼻分泌物。麻醉师给这个新生儿做了气管插管，新生儿科主任亲自给孩子做心脏按压。可一番操作后，这个孩子仍然没有自主呼吸和心跳，便也被宣布了临床死亡。

这一边，虽然孩子已经取出，可这台手术还在紧张地进行着，原本以为只是单纯的子宫破裂造成的活动性出血，缝合子宫就好。可术中发现，子宫破口达到15厘米，裂口处还有活动性出血。胎盘完全覆盖在宫颈内口的位置，而且胎盘大面积植入到了子宫肌层，这是让所有产科医生都头痛不已的凶险性前置胎盘。

凶险性前置胎盘是指前次剖宫产手术后，女性再度怀孕，胎盘长在原来剖宫产的切口部位，并且形成了胎盘植入。凶险性前置胎盘孕妇非常容易出现大出血甚至子宫破裂的情况，严重危害母儿生命。

可眼下，这个产妇本来就是刚刚经过心肺复苏才被送到手术室来的，体内已经输进去大量的液体以及各类血制品。大剂量的升压药维持着，她的血压却仍然很低。其全身都插着各类救命管道，还连着个笨重的有创呼吸机，再被送去介入室做子宫动脉栓塞帮助止血也不大现实。而且更让我们头疼的是，这个产妇是AB型血，血库打电话，说眼下AB型红细胞悬液告急。

"唉，真是屋漏偏遇连夜雨啊。眼下最利落的方法就是直接把她的子宫切除了。就那么点血了，经不起这么出，好在患者体重基础大，血容量比瘦弱的产妇高，换个瘦点的产妇，现在肯定没了。家属还没到位，就这么直接把子宫切了，家属肯定也接受不了。"手术台上，三人用止血钳扎住出血点，商议后面的对策。

还好巡回护士带来了好消息，产妇的丈夫和父母都来了，就在手术室外的家属等候区。

我急忙离开手术间，快步来到候诊区，问："哪个是方美萍的家属？"

一个夹着公文包的中年男子，协同一对衣着朴素、神情焦虑的老年夫妇走上前，说："是我们。到底什么情况？"

"方美萍今天突发腹痛，被送到医院的时候，呼吸、心跳都停了……"我尚未说完，方母便眼前一黑，站立不稳，要不是女婿扶得快，就摔倒了。

我急忙把这对老夫妻安置在长椅上，接着说："我们抢救得非常及时，她现在还活着，但是情况很糟。"我不想给没有医学基础的家属讲太多专业术语，主任还等着我的反馈意见。"她的子宫破裂了，出血太厉害。她刚被送到医院的时候，孩子就死在肚子里了。"说到这里，这对老夫妻开始痛哭，唯独方美萍的丈夫还算镇定，问："那现在大人怎么处理？"

"这也是我想和你们说的，方美萍属于凶险性前置胎盘，你们前面产检没有发现吗？"

"她怀孕4个多月的时候，去做彩超，医生就说了是个什么胎盘长在前面了。"方母一边抹泪，一边从包里掏出方美萍既往的产检资料，"医生说月份还小，先观察，下面一出血一腹痛就要赶紧住院。可是她工作太忙了，又要强惯了，说晋升太难了，不敢耽搁……"

我看了下那张彩超单，3个多月前，方美萍的彩超就提示是胎盘前置状态了，而且胎盘附着在前次剖宫产的瘢痕处。医生一定反复告诉过她这种妊娠状态的凶险性，可是看样子，方美萍并没往心里去。

"她上次产检距今都3个多月了，医生都跟她说有问题了，她怎么再没去复诊过呢？"

我这一追问，方母更是涕泪涟涟，说："小美平常工作太忙了。她又要强惯了，凡事都不愿落下风，孩子都二十几周了，她还愿意出差。平常上班坚决不肯请假，说必须在二宝出生前把这个项目完成了。公司许诺她项目完成了就能进管理层。她说这次很关键，这次上不去，一生孩子休产假，说不定就有人把她顶替了。大宝马上小升初了，周末她又要陪孩子上各种补习班。她说有些课需要家长一起听，这样就算孩子听不懂，家长也能再教一遍。她怀二宝到现在，一天都没休息过……"

我简直无语，什么都是她亲力亲为，孩子爸爸在干什么?! 可眼下我无暇再管其他，说："方美萍子宫破了大口，止血困难，而且胎盘像树根一样长在了子宫瘢痕上，没办法剥下来，稍微一动，可能就加速出血。这个出血非常猛，可能几分钟就能达到一两千毫升，很难止住。我们开腹的时候，发现她的腹腔里至少出了2500毫升的血，这么个出法，凝血因子很快就会被耗光，若又发生弥散性血管内凝血（英文缩写为DIC），出血就更没办法控制，就更收不了场，而AB型血制品眼下又非常稀缺。所以我们建议立刻切除子宫保命。"

"没有其他方法了吗？"方美萍的丈夫尚来不及哀悼他已经死去的儿子，眼下妻子还正在遭受大劫。

"但凡还有一点方法，我们都不会直接和你们谈切子宫这一步。她心跳已经停过一次了，血还在继续出，一旦心跳又停了，还能不能再那么幸运地抢救过来，就不确定了。眼下切子宫就是最快最有效的止血方案，不过切了之后她再不能生孩子了，也不会再来月经。"

"没关系，没关系，我们已经有一个外孙了。"方母率先表态，方父也紧随其后。倒是方美萍的丈夫，深深地叹了口气，看得出他在做激烈的思想斗争，可我没有那么多时间去规劝，只是继续催促："眼下对方美萍来说，真的就是在和死神赛跑，时间就是生命。你妻子的命，现在不仅在医生手里，也在你们手里。"

这一次丈夫没有再度犹豫，他接过我手里切除子宫的手术同意书，签下了"同意切除子宫"的字样。

我匆匆回到手术室，告诉主任，家属的意见。

既然家属已经表了态，下面的手术也容易了很多。

"小夏，和家属的沟通也做完了，一起上来手术吧，这么凶险的患者，见不到几个的。"

谭主任已经发话，我匆匆去外面洗了手，穿好手术袍，和另外三名上级医生一起参与后面的部分。其实我也知道，手术进行到这一步，并不需要我帮什么忙。这些年，谭主任习惯于尽最大可能地让我参与到这些危重症产妇的救治中来，让我这个没有名校背景的年轻大夫，可以迅速成长起来。

我们配合默契地结扎住子宫两侧的动静脉，又依次处理双侧子宫骶韧带及主韧带，很快便将整个子宫都切掉了。

谭一鸣再次反复检查创面，我和二助迅速用丝线结扎一些小的出血点。

"可以清点纱布和器械了。"关腹前，谭一鸣让护士做这个扫尾前的检查。

在核对无误后，谭一鸣和邢丽敏便下了手术台，由我和二助来逐层关腹。

术后的方美萍被推进了四楼的中心监护室。接下来的这些天，监护室的陈灵是她下一阶段的主管医生。我在这家医院工作了将近七年，我们科是天城市危重症孕产妇定点救治中心之一，自然会碰到各类病情危重的孕产妇，和监护室打交道自然也是不可避免的。我之前和陈灵也合作过，对方比我还小一岁，可是业务精干，责任心又极强，这样的病人由她负责，我自然也是放心的。

处理完这些，我才想起被主任叫去急诊科之前收治的那个怀了三胞胎的孕妇，还没来得及下医嘱，护士自然也没有任何可执行的操作。我急匆匆地回到科室，屁股才刚沾到椅子，李承乾便立刻殷勤地帮忙倒水，说："花姐放心，你那个三胎妈妈，我已经给你处理好了。"

没容我接话，他继续讪笑着说："今天实在是辛苦我们花姐了，这一周夜班的夜宵，我都承包了。"

我自然没跟他客气。科室一般都是按照顺序收患者的，方美萍原本该他收，可主任顺口招呼了我，这个"超重量级"的危重产妇就变成了由我来处治。收治一个真正意义上的危重症孕妇，耗费的精力和承担的风险远远高于普通的产妇。虽然对方已经转到监护室，眼下不用我凡事亲力亲为，但按照惯例，我还是需要每天去监护室了解患者后续的病情。

"夜宵就算了，你几时见我晚上六点之后吃过东西？光处理了医嘱就敢跑来邀功，把病历病程那些写完了再说。"

"好好好，我写，不耽误你下班相亲。"他没好气地转过椅子，继续写病历，键盘敲得飞快。

我本科毕业后便报名参加了这家医院的住院医生规范化培训。规陪结束后被留在了这家医院。彼时李承乾也硕士毕业，恰逢赶上三证（即硕士毕业证、规培证、医师资格证）合一的政策，免去了三年又三年的专培，他本就是谭一鸣的研究生，毕业之后自然也就顺利进了这家医院的产科。

我们是同一年出生的，我比他大一个月，也是同一年里被谭主任留在产科工作。我们的办公桌正对着，这些年一起共事，一起抢救，一起插科打诨，关系一直很铁。

次日清晨结束了产科的查房后，我便去了监护室。方美萍的情况很不好，眼下人还没清醒，昨晚在监护室一晚上就做了两次心肺复苏。今晨她又出现了室颤，我来这里之前，他们刚给她做了电除颤。

这天上午，监护室再度开展多学科会诊。方美萍心脏的射血功能非常糟糕，这频发的心跳骤停和室颤，考虑都是因为严重的心肌损伤导致的泵衰竭。她既往没有心脏病、高血压病史，手术后出现这样的情况，考虑还是此次大出血导致的器官损伤，她发病后在救护车上便出现心跳骤停，虽然及时抢救恢复了心率，后续的补液、输血也及时纠正了休克，但同样也造成了器官的缺血再灌注损伤（组织器官在缺血基础上血液再灌注，都可能发生缺血再灌注损伤）。针对她在监护室住院期间出现急性肾功能衰竭，目前已经开始CRRT治疗（连续的体外血液净化治疗，以替代受损的肾功能）。

方美萍的情况太危险，她目前心脏功能太差，心脏射血功能的严重减退又会引起后续其他脏器的序惯损伤。经多科室联合商讨后，监护室医生准备协同心外科医生为方美萍安置ECMO（体外膜肺氧合，主要用于对重症心肺功能衰竭患者提供持续性的体外呼吸与循环，以维持患者的生命），以临时替代她的心肺功能，让她的心脏得到充分的休息，在这段"休假期"得以调整。待其心脏功能恢复后，再考虑撤机。

我们科虽然不时就要收治高危孕产妇，可普通产妇才是科里的"主流人群"。我们现在做的这台剖宫产手术，手术对象就是一名普通的产妇。这个产妇其实完全可以自然生产，可她怕痛，坚决要求做剖宫产，怎么劝都没用。

一般的剖宫产手术其实并没太多的技术含量，自然用不着主任亲自上台。我和李承乾也是主治医生了，这些年里这样的手术不知道做了多少台。我们深知对方手术中的习惯和喜好，整台手术配合得无比默契。孩子、胎盘都取出了，后面就只剩按部就班地缝合了。李承乾不免觉得有些无聊，忽然想起了什么，问我方美萍的情况，我如实告知情况不好，已经上了ECMO。

李承乾感叹，这ECMO机器一开，简直堪比一台昼夜都在赶工的碎钞机。光开机费用就好几万，以后每天一万起步，这还不算监护室其他的运行昂贵的辅助支持设备。这些高精尖的治疗手段，医保能报销的也不多。

历来无论哪家医院对孕产妇的救治都是竭尽全力的，对危重的孕产妇，用什么手段、上什么设备都在所不惜。

我没接李承乾的话。方美萍旁边住着的是个年轻姑娘，得了爆发性心肌炎，医生给家属说了要上这个ECMO设备以临时替代她的心脏功能，给她后面的治疗赢得时间，可家属一听费用太高便选择放弃了，那女孩好像才24岁。

李承乾见我没搭理他，继续自说自话。

"我现在总算明白为啥那么多人挤破头要进体制内了，几千个人报名去竞争一个'三不限'的岗位。我表妹马上就毕业了，学的是商务英语，这个专业的毕业生从前是个香饽饽，可这两年也成了老大难。她本科毕业觉得工作不好找就去读了研，可毕业了还是面临找工作难的问题。这几年外贸行情也不太好，但小姑娘毕业了非要留在广州，说是那边外贸业还是比我们这里好些。她父母天天劝她回来考公务员，以后吃公家饭，她没事就跟我吐槽她爸妈古板得要命。

"我先前还跟她统一战线来着，时不时就给我舅舅、舅妈做思想工作。现在想想，他们说的还是有在理的地方。这父母之爱子，则为之计深远。你看看方美萍的例子。"

李承乾这些天已经从我口中了解了方美萍孕期的大致经历，感叹有些私企在对女员工生育保障这一块实在太不人性化了。起码体制内的企事业单位会充分地保障女性的生育尊严，女员工不会因为生个孩子就得不到自身的很多权益，连正常产检都顾不上。

他干了这么久的产科也深觉女人不易。当下社会的很多制度还不能充分保障女性兼顾生育和职场，方美萍的事情就是一个血淋淋的案例，虽然过于极端了一些。在保障女性生育这一点上，体制内的优越性还是很突出的。

听我们聊到生育上的事情，一个上了年纪的巡回护士也加入进来。她说李承乾说得也不一定都对。她有个侄女在一家县医院工作，也是事业编，前段时间就辞职了，因为要保胎。

见所有人一愣，她继续解释，她侄女已经30岁了，之前一直怀不上，做的是试管婴儿，好不容易怀上了又有些先兆流产的迹象。女性医务人员怀孕的头7个月还是要值夜班的，她不是向护士长请假不上班，只是协调暂时不上夜班了，夜班通宵跑着换药、输液确实太伤身。

可护士长说科室一个萝卜一个坑，这样确实不好安排，别人也会有意见。这侄女脸皮薄，不会争取，只好硬扛。后来她给侄女支着儿，直接去了另外一个医院住院保胎，护士长就不能再说什么了。回去上班后，侄女始终感觉护士长在有意无意给她穿小鞋，后面又赶上妊娠剧吐，上班时能吐个昏天暗地，啥也干不了。女人多的地方事也多，另外两个同事总是阴阳怪气地挤对她，说她们怀孕的头7个月该上的夜班哪个也没落下过，就她矫情，一怀孕就不想上夜班了，现在连白班都不想上了。侄女委屈得不行，回去哭了一通后终于下定决心辞职。

手术室的人一听，啧啧感叹做女人难，做医院的女人更难。

李承乾还是有些纳闷，方美萍作为知识女性，怎么会明知自己这样的身体状况还敢几个月不去产检。

我告诉他，我后来和方母聊过。方美萍最后一次做产检时，医生也说了其中的要害。可她回去在网上查了资料，网上说有些前置胎盘可能在怀孕后期自行上移，她便没太往心里去。

可不幸的是，方美萍的情况却向最糟糕的方向发展了，她的胎盘非但没有上移，反而在最脆弱的瘢痕处扎了根。这次，胎盘扎根的地方直接破开了。孩子死了，子宫也没了。

眼下这台手术的产妇上的是硬膜外麻醉，全程都是清醒的。她先前也有些恼火，医生做手术不是应该精力高度集中吗，怎么还有空在这里聊天，还越聊越起劲了。

可想到孩子已经平安抱出来了，她也没再和这几个大夫计较。特别是她听他们讨论女性生育这件事，越听越觉得那个叫李承乾的医生说得极为在理。她自己也在事业单位工作，产前一个月就已经请假休息了，产后的这几个月里也全然不用担心工作的问题，更不会担心自己在生孩子这段时间会被人顶替了职位。她生的是女儿，一想到这些，她简直有些热泪盈眶，对女孩而言嘛，母亲就希望她一生安宁。

于是她冲口说出："李医生，我支持你，支持你劝表妹回来考试！"

李承乾一惊，这才想起孕妇上的不是全麻。他之前就有因手术中和人聊股票被产妇投诉的经历，便立刻掉转方向，问产妇给女儿起好名字没。

在得知刚才被剖出的女婴小名叫"夭夭"时，李承乾立刻大赞这名字取得有水平。那小姑娘生得水灵粉嫩，当真配得上名字里"桃之夭夭，灼灼其华"的美好寓意。

听医生这样夸赞自己刚出生的女儿，产妇自然喜不自禁。尽管她躺在手术台上，还有最后一层皮没有缝完，但还是兴高采烈地告诉我们，她公婆在万灵水库开了农家乐，说自己出月子了一定邀请我们去那里吃饭。

梦回

　　天城市中心医院地处闹市区，很多地标都在这里。这里是天城市最繁华的地带。可城区的整改并未完毕，医院背后就有不少老旧的居民楼。这些楼房曾经是医院职工的家属楼，可房龄太老，绝大部分原住民早就搬出去了。这些房子大多用来出租。

　　我和科里另一个年轻大夫林皙月过去也租住在这里，现在我们都另有住房。平日里乘坐地铁倒也方便，可我们科重症患者多，急诊患者也多，即便前些年买了房，下班太晚或者需要上二线时，我们便也懒得回去。这里住宿条件虽然差了些，可步行到科室只需要几分钟的时间。

　　好在监护室那边传来好消息，在ECMO辅助支持六天后，方美萍终于可以脱离这个机器了，她的心脏又恢复了强有力的跳动节奏。又过了三天，她被转回产科的普通病房。

　　这天下了夜班，我因通宵工作而四肢无力，步履虚乏，已经不比刚工作那会儿了。现在，每次通宵上夜班后都让人感觉像被拆了筋骨。这样的状态再去挤地铁会让身体更加不适。

　　我这些天紧绷的神经总算部分放松下来，准备打网约车回家。

　　其实我的经济状况还算不错，本职工作虽然辛苦，但也给了我体面稳固的回报。前些年我一直坚持做产科科普，原本是无心插柳，可刚巧

赶上了知识付费的风口，我也成了既得利益者，收入早已远超主业。工作以来，我一直坚持用闲钱定投基金股票，又肯下功夫研读各公司的财报，这些也给了我还算不错的回报。用李承乾的话来说，我其实是科室里的隐形富婆。

可我自己也奇怪，明明早就不缺钱了，为何在很多地方，我仍然保持着节俭甚至"吝啬"的生活习惯。我始终不能心安理得地对自己"更好"一些。不过话说回来，如果不是自己这般"葛朗台"的行径，像我这样穷家小户出身的人，也不会在没有任何外力帮助的情况下，在天城市的房价还处于洼地时顺利上车。也就过了四年不到，我当初在低点买下的住房如今已经翻了两倍有余。

或许李承乾说得对，我早该买辆车了。

门一打开，niania已弓着背伸着懒腰候在门口了。我已经有两天都没回家了，家里有自动投食器和饮水机，猫咪不会被饿着。

刚搬到新家时，我在阳台上安了吊椅。我最喜欢在夜幕降临，华灯初上时，仰躺在这张吊椅上，看长江两岸灯火辉煌的景象。偶有江风拂过，即使不是春夜，也能让人体验"沾衣欲湿杏花雨，吹面不寒杨柳风"的感觉。

刚一躺上去，niania便顺势在我身上趴下来，两只眼睛圆溜溜地望着我。它不似其他猫咪那般爱用脑袋蹭人，但也和所有宠物猫一样喜欢被人爱抚。一摸它光溜溜的脑门，它便会眯起眼睛，发出咕噜咕噜的声音，享受得不行。

我自然乐意享受这样惬意安宁的时刻。可即使两天不见，niania对我的依恋也超不过十分钟。不一会儿，它便从我身上跳开，玩它的智能老鼠去了。

我百无聊赖地刷着手机，挨个点完各个通信软件里未读的消息。还不到晚上十点，离睡觉的时间还早，我索性继续仰躺在这张吊椅上，难得这两天没有让我牵肠挂肚的危重产妇，这段时间也没有遇到有各类纠纷的产妇家属，很久都没有怡然自得地享受这样安宁静谧的时光了。

手机屏幕再度亮起，却没发出任何声音，我看到有被拦截的电话，心也跟着一紧。

果然是父亲打来的。我拉黑父亲两年了，第一年父亲还时不时打我手机，估计多半是因为父亲家族那边的事情。在每次都是忙音之后他便也放弃了。这一年里，我的手机里共有三次拦截记录，一次是在我生日当天，一次是在新年，如果前两次打来都是父亲"事出有因"，可这一次"不节不年"的，又是什么理由？

该打的钱我都打了，要买的也都买了。难道家中出了什么变故？应该不会，我昨天晚上才和母亲联络过，她说家中一切都好。可母亲对我向来报喜不报忧。

看到这通被拦截的电话，我在瞬间有打回去的冲动，可是打通后又能说些什么呢？我把父亲拉黑两年了，这两年里没有任何联络，倒也落得清静，起码不会在电话里听到对方一言不合便爆出的粗俗鄙陋的恶毒咒骂，也不用听到他"这辈子只有你欠我的""倒了八辈子血霉才生了你"这般痛心疾首的抱怨。

这两年里的不闻不问，的确给了我相当程度的轻松自由。可我也知道，这样一味地回避也后患无穷。父亲本就对在他眼里"发了迹"却对他没有足够回报的女儿恨之入骨，而我又生生切断了他和我所有的联系。他本就是个脾气非常火暴的人，现在又被我堵住了所有的宣泄渠道。

这些怨气让他硬生生地都积攒下来，我也有些害怕父亲会对这个"不孝女"和他眼里一味"纵容女儿"的妻子干出什么出格的事情来。想到这里，一股莫名的恐惧袭上心头。我也觉得有些好笑，父亲远在新疆，离我十万八千里，能把我如何？

夜已微凉，可我攥着手机的掌心却有薄汗渗出。这样安宁静谧的夜晚，被一通拦截掉的电话搞得紧张压抑，平日我面对那些危重孕产妇的镇定从容都跑到哪里去了。我也感到些许诧异，明明时间隔了那么久，空间又隔了这么远，我还是能被一通根本不会接通的电话扰到心惊肉跳。

时间不早了，我走进了卧室。卧室也靠着江边，虽然视野不及阳台那般开阔，但也能观赏到这座城市里最繁华旖旎的夜景。

可夜景再璀璨，对睡眠终究无益，我选择了遮光性极强的窗帘。窗帘一拉下来，卧室便与外界的繁华喧嚣彻底隔离开来，坠入黑暗之中。

房间的隔音措施也很好，卧室安静到没有一点声音，可我却迟迟无法入睡。我只是睁着眼对着天花板发呆，尽管我什么也看不见。

我听到耳旁有细微的响动声，是我熟悉的"咕噜咕噜"，不知什么时候，niania蹲在了我的枕头边。它不喜用头蹭人，却将脑袋直贴在我的脸颊上，一动不动。

我伸手摸了摸枕边的niania，它还是没动弹，但我知道，它也还没有睡着。挨得太近了，它的鼻子正对着我的耳朵，除了喉部的咕噜声外，我还能听见它微弱却匀称的呼吸声。

还好有它相伴，这样的晚上也不会显得太孤独。这一晚，我还是避无可避地"遇见"了父亲。

父亲的着装还和我童年记忆中的一样，他穿质地很差的化纤衣裤，袖口和裤腿上还有被劣质烟头烫出的窟窿，脚上拖着的是那双下地时最常穿的胶鞋，早已让泥水泡得看不出颜色。

不过眼前的父亲比童年记忆中的更加苍老、佝偻，南疆的日照时间长，紫外线又强，父亲种了很多年的棉花和果树，常年的户外劳作和社会底层特有的艰辛让父亲看起来比他一直养尊处优的哥哥老了很多岁，他们简直像两代人。

每每看到这样的父亲，我就心酸不已。正是父母苦囚一样的操劳，将我一路托举成光鲜靓丽的城里人，才让我有了让很多人艳羡的"三甲医院主治医生"的体面工作。

衣衫褴褛的父亲血红着眼睛，一声声地控诉我。父亲的祖籍就是天城市，都说一方水土养一方人，这里的人本就是出了名的脾气火暴，加之他又没有文化，他一旦情绪失控，多么污秽不堪的话都能骂得出来。

暴怒中的父亲从来都会用最肮脏下流的话咒骂我，我早就听习惯了。每次在这样恶毒言语的轰炸下我都想逃，感觉自己的身体已经在后撤，可双腿却像生了根的植物一般在原地无法移动，只能不住地战栗，任凭风吹雨打。

在我很小的时候，只要惹毛了父亲，我就会听到各种不明所以的词语。年幼的时候我不懂这些词的意思，但也知道应该是对某种下作之人的形容。后来长大了些我才知道，那些词是形容"荡妇"的。

和父亲的关系急转直下是在我上初中的时候，恰逢我的"叛逆期"。当年刚上初三的我面对父亲的污言秽语，被铺天盖地的痛楚和恨意折磨到发狂，那一刻我第一次有了玉石俱焚的冲动。

十五年过去了，我已经30岁了，如今已是而立之年。可父亲的咒骂大概没有什么进步，还在重复十五年前的那套把戏。

想来也好笑，他咒骂的这个人有着和他相似的脸孔。在我小时候，他不打麻将的空当，喜欢把我顶在他的肩膀上，走到哪儿都喜欢听人说这对父女真是一个模子刻出来的。

在他左一句"孽种"右一句"畜生"的恶毒咒骂中，我抬起头，不断积累的愤怒让我忍不住反抗，我故意挑衅地看着他说"你说得对，我就是孽种"！

初三的时候，我开始痛恨自己，为何身体里会流淌着这样一个人的血液。彼时的我还没学医，可我还是幻想未来能存在一种技术，可以更换我体内的血液，让我不那么厌恶自己。

父亲显然被这句话刺激得彻底失去了理智。斧头，又是斧头！我很惊奇为何家中会出现这样恐怖的利器，斧头朝我劈了下来，已经来不及躲闪，我绝望地闭上了眼睛。

可斧头终究没劈到我身上，落在了距离我不到一尺的沙发扶手上。扶手是木质的，斧头已经砍了进去。是母亲帮我拦下来了，她在旁边一推，斧头偏了，我才幸免于难。

可母亲的手还是受伤了，鲜血直流。我自小就惧怕父亲，我能感觉父亲身体里有某种暴虐的因子。我拉着母亲，想让她和我一起逃。我一直感觉有一天愤怒和绝望中的父亲可以做出我无法想象的恐怖的事情来。

让他绝望的，只能是我。因为这么多年来，他所有的"希望"都寄托在我身上。

母亲让我先走，父亲像发了狂的猛兽，斥责她这养出我这样忘恩负义的小杂种！

我跑出了房间，关上了房门，但还能听见父亲几近疯狂的咆哮。我想冲进去，救母亲出来，可与我一门之隔的母亲还是喊我快走，让我别担心。她说她没事，父亲就是气不过，不会真的伤害她。

我想吼，声嘶力竭地吼，想把这三十年的痛楚和郁结都发泄出来，可是却完全发不出声音。

我终于意识到这不过是一场梦，一场噩梦。可醒来后我还是感到异常焦躁，梦里的情节太清晰，完全是在现实中发生过的。先前还在梦境中，无法吼叫，更无法哭。在彻底清醒过后，我意识到过往的经历像一块烧红的烙铁，将那些痛苦的往事都烙在了脑海里。

niania也意识到我醒了，冲我轻轻地"喵"了一声，那声音轻柔婉转。niania还不到1岁，可它能准确地识别我的睡眠情况，从不会在我睡着时发声。

我把niania拥入怀里，漫漫长夜里，这是我唯一的亲密伙伴。

虽然只是个梦，可不都说梦是潜意识的映射吗？更何况我过去不是没见过父亲挥起斧头的恐怖场景。

在我从小生长的那个农场里，每年的12月到次年的3月初地里都没什么活儿，父母唯一的消遣便是打麻将。母亲虽然麻将瘾也很大，但终究还是以消遣为主。可父亲就不一样了，在那个需要夫妻都下苦力才能勉强维持生计的农场里，他一晚上的输赢可以搭上一家人整年的开销。

我14岁那年，除夕的晚上，母亲挽着父亲的胳膊进屋。父亲满面怒容，一张口便又是各种恶毒咒骂。

我想起幼年时，离我家不远有个疯女人。这女人平日里还算正常，也能和人和睦相处，可就是受不得刺激，一有冲突就发疯撒泼。

有一次疯女人和邻居因为一只鸡发生了口角，她认定邻居家的那只芦花鸡就是她家丢的，对方说自家的鸡都是乌脚的，她家养的都是麻脚的。她不听对方解释，和对方越吵越激烈，最后她冲上前抓扯女邻居，并死死扼住对方的颈子，嘴里还发出完全不似人类的嘶叫声。那声音比夜枭还恐怖。

邻居在反抗中抓乱了她的头发，并打伤了她的鼻子，血模糊了她整脸。

这个头发凌乱、怒目圆睁、满脸鲜血的疯女人，不知从哪里找到了一把锅铲，抄起它疯狂地向邻居的头顶砸去。她像上足了发条的玩具青蛙一般不知疲倦，一次次击打着无法招架的邻居。

那天有很多围观的乡邻。正值晚饭时间，他们大都是端着碗出来看热闹的，可也终于意识到事情的严重性，几个光膀子的男人冲上去拖拽，可即便这样，疯女人都还能突围，又朝满头满脸都是伤口的邻居头上"招呼"了几下。

我惊呆了，一个瘦弱的妇人，体内居然有如此惊人的爆发力和破坏力。

即便有那么多人救场，可女邻居还是被毁了容，之后出门一直用头巾裹脸。那时的我还太小，能记住的事情并不多，可那一幕血腥恐怖的场景还是给我留下了难以磨灭的记忆。

父亲还在以各种恶毒言语辱骂母亲，恨她削了他在牌友跟前的面子。大过年的居然在麻将桌上就跟他闹，不就几百块钱的事吗？他辛辛苦苦干了一整年，凭什么挣了钱还要让她管着。

母亲竭力解释她打开抽屉发现里面所有的钱都被拿走了。这是家里全部的钱了，女儿马上开学要交学费，眼下也还在过年期间，总得时不时买点东西。就这点钱全给他拿去赌了，往后日子怎么过。再说了，她也知道当时人多，就没和他闹，只是挽着他胳膊往外走，说家里有点急事，哪里削他面子了。

我也相信母亲没有闹，但凡这些年母亲稍微泼辣一些，父亲也不可能这般放肆。可不知到底母亲的哪句话点炸了父亲，让他像平地的炸雷一般。他的暴吼声让我心惊胆战，连窗上的玻璃都跟着"瑟瑟发抖"。

他继续用我难以想象的词语辱骂母亲。即便我生长的地方居住的都是些没什么文化的人，可我十几年里也从没有听过比父亲说出的更肮脏下作的词语。

直到他把那些不堪入耳的话骂完了，他才终于骂出了我可以听得懂的人话。他说自己才是一家之主，钱凭什么要让一个女人锁着！接着，他四下寻找着什么。终于，他的目光盯在炉子边那把用来劈煤的斧子上。

父亲红着一双眼，喘着粗气，像一头狂暴的猛兽，远比当年那个疯女人更有杀伤力。那一刻，14岁的我大脑像放电影般闪回幼年时的那一幕，只不过这一次被袭击的对象是我和母亲。我感觉那一刻的父亲像被魔鬼摄了魂，已经丧失了人类的情感和理智。

母亲也被这失控的场景吓住了。我们母女俩都待在原地，等着命运的判决。我只感觉眼前一片猩红，幼年时那个疯女人行凶时的场景再现，我好像已经能看到鲜血乱溅、血肉模糊的场景。

可最后斧头没有挥向母亲，也没向我这里招呼过来。父亲铆足了力气，一下下劈着家里锁钱的那个柜子。一会儿工夫，那个柜子就被劈了好大一个窟窿。

父亲的怒火显然也在此番暴虐的行为中得到了释放。最后，他丢下斧头，对母亲甩了句"离婚"，便又去赴被搅散的牌局。

母亲也问我，他们离了婚，我准备跟谁。我一听便抱着母亲哭个不停，我才从先前的惊恐中回过神来，又要面临这样的选择题。其实不用母亲问，真离婚了我肯定是会和母亲在一起的。可想到自己的家就要分崩离析，自己也将成为单亲家庭的孩子，我便悲从中来。

那一晚母亲也出去了，我也没问母亲的去处，反正从我记事起，每年的春晚都是我一个人看，父母都有他们的新年娱乐活动——打麻将。

我照例一个人孤零零地看了春晚。那年的春晚，其中一个节目是一家人登台演唱《我爱我的家》。

虽然只是演出，可隔着屏幕，我也能感受到这家人满满的幸福。

一直盯着屏幕的我，再度泪流满面。

晚上十二点了，春晚也结束了。虽是在农场，可外面也热闹非凡，鞭炮、烟花齐放。可自己的家，在这场风暴之后更加冷清。

我孤零零地走回卧室。那个锁过钱的柜子就在我睡的那间房里。过去觉得日子再不开心，睡一觉多少能忘记一些。可锁眼处被劈开了好大一个窟窿，像咧开的大嘴，嗤笑着提醒我这一晚发生的闹剧。

我伸手摸了摸那个被斧头劈开的锁眼，锁已经被砍掉了，周围是锋利的木刺，一不小心便将我的手指割破了。一粒血珠战战兢兢地试探着冒出头来。

我看着手上的伤口，庆幸那把斧头劈在了这个可怜的柜子身上，而不是在母亲或者我的身上。

我蹲下身来，放声痛哭。14岁的心脏像一个箭靶，成千上万支利箭争着射向靶心。

第三节
保全 ▭▭▭▭ | | ▭ ⊕

　　这一天刚过了午饭时间，谭主任一边接着电话，一边急匆匆地走进医生值班室，问："中午谁值班？"

　　坐在电脑前的我抬头示意。谭主任还在回应着电话那边，说："这会儿赶紧过来，我在介入室等着！确定是A型血吗？我让这边血站再调配一些！"

　　"赶紧跟我到介入室等着，有个刚做了剖宫产的产妇马上要被送过来，孩子已经取出来了，可产妇腹腔都没缝上。那边县医院说手术的时候才发现是个凶险性前置胎盘，那会儿已经收不住场了，胎盘还没剥离就到处飙血。他们只能用几十把止血钳把肉眼能看见的出血点全部夹住。产妇家属强烈要求保住子宫，县医院建议急诊转我们这里来！"谭主任简洁地向我转述电话里的内容。

　　我暗自叫苦，最近是怎么回事，怎么收到的产妇的情况都那么凶险，还那么让人措手不及。我们科是危重症孕产妇救治中心没错，可既往收治的产妇虽然危重，但总有准备的空间。前些天才来了一个还没到医院就已经呼吸、心跳都没了的方美萍，这人才刚好，我们就被告知马上要转个已经被"开了膛"的产妇过来。

　　剖宫产不算什么大手术，可腹部要被划开好多层才能取出孩子。眼下腹腔都没缝合，产妇却被强行搬出手术室，推上救护车，中间折腾那么大一圈，早就脱离了无菌的环境，还耽误了那么长时间。用脚趾都能想到就算胎盘顺利剥除了，血也成功止住了，切口甚至腹腔也都极其容易感染。麻烦和糟心的事情都在后面等着我们呢！

对我们科来说，凶险性前置胎盘算不得什么疑难杂症。二胎政策开放后的这几年，我们科每年都要收很多像这样的凶险性前置胎盘的高危孕产妇，有不少是各地转上来的。可像千山县人民医院这样的情况倒还是第一例。

什么叫"取了孩子"后才发现是凶险性前置胎盘，就算产妇之前没做过一次产检，也总不可能都住院做手术了，医院都还没给产妇做过一次彩超吧。做个最简单的超声就能诊断的高危妊娠，能将他们逼得这样无路可退，不得不想起我们来吗？

李承乾也刚好进办公室，谭主任便顺带抓了壮丁，要他一块儿过去。

半个小时后，千山县人民医院的救护车便停靠在中心医院外科楼的停车坪上。

车还未停稳，由产科和介入科组成的医疗团队便在车门口候着了。

门一打开，一名护士便从救护车上跳下来，小心将担架车往地上拉。与此同时，位于担架床两侧的两名医生戴着无菌手套，无比谨慎地护着遮在产妇腹部的无菌中单，生怕单巾移位污染手术区域。床尾的护士也全力配合着其余三人，平稳地将产妇挪出车。一行人浩浩荡荡地来到介入科。

谭一鸣和介入科主任张伟在查看了产妇的情况后，还是决意先行介入治疗。秦松明这天值班，他将产妇家属带到谈话室，和我一起，与家属做初次的沟通谈话。

随行的千山县产科医生已经和我做了产妇的交接工作，现在我要直面产妇家属。

"手术时发现胎盘种植，剥离过程中已经有大出血，县医院已经把出血的地方用钳子夹住了。我们刚才数了一下，有四十一把止血钳，出血点太多了，没办法短时间内一一止血。这种状况，血窦一开放，止血很难，人就那点血，经不住这么出。你们虽然是转来了，但搞不好后面还是要到切子宫这一步。"

我话音刚落，产妇吴文沛的丈夫和婆婆便大声吵嚷起来："我们就是不愿切子宫才冒险转你们这里来的，这才生了个姑娘，切了子宫以后怎么整……"

我眉头一蹙。这些拼了命也要保住产妇子宫的家属，多半都是因为产妇还没生出儿子。我一上来便说切除子宫的事情，也是在试探家属的底线。我当然知道他们此番前来的目的。

秦松明也恰到好处地引出他们科的治疗措施。

"前面产科医生已经说了，出血的地方太多，到处都在渗血的情况下手术视野极为糟糕，医生自然没法精准细致地操作。而且人就那么点血，经不住这样出。我们现在就考虑用介入手术的方式先栓塞掉产妇的双侧子宫动脉，减少主要的供血部位，为产科医生赢得清晰的手术视野和操作时间，从而剥离胎盘保全子宫。"

"要得要得！"产妇的婆婆如鸡啄米一般连连点头。可产妇的丈夫却稍有犹疑，问："这个手术有什么并发症吗？"

"当然有。比如说，可能出现发热、疼痛，栓塞剂移位到其他部位造成组织缺血性损害，也有极个别的人会出现子宫坏死。"秦松明如实解释。

产妇丈夫一听还有这样的并发症，便不像先前那样坚定要做介入了，可产妇的婆婆却先表了态，说："医生不是说那是极个别情况吗？吃饭还能噎死人呢，那还不吃了？这千辛万苦才生了个姑娘，要是子宫真没了，我怎么对得起你们老刘家！"

在产科干了这些年，我见了不少一门心思想生儿子的，可还是觉得这位婆婆的话让人尴尬，用得着说那么直白吗？

签署完手术同意书后，秦松明和科里另一名主刀的副主任医师便换上防护铅衣，进入了介入手术室。

很快，吴文沛的介入手术便完成了。她又被迅速推到二楼的手术室里，做后续的产科手术。我们已经在手术室里候着了。

我和李承乾取下覆盖在产妇身上的中单，再次将开放的腹部切口以及互相缠绕的那一堆止血钳做了细致的消毒。产妇的肚子被剖开那么久了，这一步的消毒必须彻底到位。

再一次铺好手术单，我们再度将术区消毒，几人快速撤下四十一把止血钳。

吴文沛的情况比我们预判的还要差，胎盘穿透了子宫，已经侵犯了膀胱，好在胎盘在膀胱种植的面积不大。我们急忙邀请泌尿外科的医生上台协同手术。

谭主任在子宫下段再做一横切口，剥离胎盘组织，切除了部分受累的子宫肌壁，并在打开的宫腔内置入球囊，压迫胎盘剥离面止血，最后将残破的子宫做了重建缝合。膀胱被侵犯的部位不多，泌尿外科的医生在切除了部分被胎盘种植的膀胱组织后，也很快缝合好膀胱。

两组医生配合默契，没多久便完成了手术。

手术顺利完成了，可这并不意味着吴文沛的危机就此顺利解除。她这一日便做了剖宫产术、子宫动脉栓塞术、胎盘剥离外加子宫重建术，还有膀胱修补术。手术后她还面临着很多未知的风险和可能的并发症。术后她被送到了四楼的中心监护室，在那里做后续的观察随访，等病情稳定一点再转回产科病房。

吴文沛还没从监护室转出来，千山县人民医院的副院长和产科主任便先来了，并提前在名门酒楼定下包间。在他们的盛情邀请下，谭主任带着科里不用值班的医生们赴了饭局。

参与这一饭局的，还有介入室的医生。

一行人落座后，姓龚的副院长和姓陈的产科主任便先后端着酒杯，依次给我们医院的两位主任敬酒。他们的言辞倒也恳切，说吴文沛的事情他们医院确实疏忽了，管床的是个年轻大夫，经验尚浅；彩超室给出的报告也不够细致，导致没有提前发现胎盘种植，孩子取出来准备剥胎盘了才发现；血流得太厉害，他们看了都心慌，哪家医院都经不起产妇出事啊。家属又坚决要保子宫，可都上了台，肚子都还敞开着，怎么转院啊。如果不是谭一鸣有担当，敢接这样的患者，又和介入科默契配合，力挽狂澜，他们还真不知该如何收场。虽然哪家医院都有出医疗事故的可能，可这种高压政策和环境下，哪家医院又敢让产妇出现问题呢？

一席话说得这样中肯，我这才觉得自己先前对千山县人民医院妇产科的负面看法不免有些先入为主了。我一开始便在心里认定对方明明没有金刚钻，却硬要揽这瓷器活儿，完全罔顾产妇的生命安全。

末了，龚副院长还表示，他们医院的妇产科虽然每年都派人出去进修，妇科慢慢地有了起色，但产科这块儿始终没什么进展，多少年了还只停留在"接生"阶段，一遇到危重孕产妇还是抓瞎。

这次吴文沛的事情，也让他们意识到和大医院产科的差距，也见识了现代化危重症孕产妇救治中心的功力。如果可以，他们想派产科医生到这边进修，开开眼界。他们千山县"县如其名"，山地多见，交通不便，当地经济也较落后。不少农村孕妇产检意识非常淡薄，也给后期分娩带来巨大隐患。

干产科的都知道，产科急症太多，产程中的突发情况也太多，最怕转院都来不及。吴文沛的事情，虽然搞得他们也很狼狈，但万幸没出事。

谭一鸣当即便表态，随时欢迎。他平日应酬时极少饮酒，可听到龚副院长的肺腑之言，也主动敬了对方。

我也对龚副院长渐生好感。我的小叔也是周边一家县医院的副院长。我在大医院工作，因为工作原因也见过一些行政级别挺高的领导，可我也知道，"县人民医院的副院长"，这在很多人眼里，是个不小的官了。可对方言辞里没有任何官腔，极尽低调、谦逊，想得最多的便是尽可能创造好的条件去保障当地产妇的安全，实属难得。

在计划生育的年代里，生产的疼痛绝对是每个准妈妈的梦魇，而国内的无痛分娩又没有普及，这导致了大量的无医学指征的剖宫产。

而二胎政策开放后，我发现，这些年科里的年轻初产妇数量呈逐年递减的趋势，生育主力反而是一些早年因为计划生育政策只能生一个的二胎妈妈。她们大抵都不年轻了，先前堆积的生育意愿被释放出来，都在积极努力地拼二胎。而先前不管有没有医学指征都要做剖宫产的准妈妈们，如今却遇到了不少麻烦。

我们科这些年里最常遇到的高危产妇都是涉及胎盘种植方面的，方美萍便是典型的凶险性前置胎盘，被种植的瘢痕处直接破裂了，导致胎儿死亡，她也差点在鬼门关里出不来了。

吴文沛此前虽没有剖宫产史，但她有原发性不孕、子宫内膜息肉病史，前后做过好几次宫腔镜，这次做的是试管婴儿，这也是导致胎盘种植的高危因素。从广义上来讲，这些都属于凶险性前置胎盘的范畴。

我将这两起案例编排整理好，发在自己的微博、知乎、微信公众号等社交平台上。我将凶险性前置胎盘的危害性做了简单易懂的科普，同时也告诉不幸遇上的准妈妈们，一定要定时产检，及时到有资质的三甲医院就医，并将我们医院的地址、产科高危门诊的电话一一罗列出来。

我到产科工作后，在日常的临床工作中遇到了大量的病例和个案。闲暇时间里，我便将这些案例分门别类地整理出来发在社交账号上。由于我做的这些科普都源于真实案例，语言通俗明了，加之有各种图片甚至动画示意，即使没有一点医学基础的人也一看便懂。我也因此收获了大量的粉丝。

这天上午，我和李承乾跟着主任上了两台手术。手术空隙，谭一鸣说前些天吃饭，龚副院长的那番话对他触动还挺大的，他觉得派人来进修是可以提升其业务的很好的方法。我们科作为危重症孕产妇救治中心，可以再发挥一下救治中心的作用，配合边远区县的医院做好"重症产科下基层"的工作。毕竟比起一些发达的沿海城市，这边的孕产妇死亡率要明显高出好几个点，这些冰冷的数据背后都是人命啊。

我随口便接了工作，说反正自己平日里也在做这些产科的科普，电脑里存了很多这样的资料和课件，整理起来也方便。加之医院的远程系统软件也很先进，我有空了就用那个系统给下面医院做直播讲课就行，占用不了太多时间。

平时等手术的间歇，谭主任喜欢席地而坐，背靠着墙，双手环抱着膝盖，坐姿放松且随意。他已经55岁了，可常年高强度的工作让他没有一点发福的迹象，他瘦削的身形从背后看去，很容易让人把他当成一个正值盛年的大夫。可毕竟到了这个岁数，脸上倒也能看出纹路了，嘴角两旁深深的法令纹让他看上去颇为严肃。

谭主任沉默了半晌，对我的提议没有表示认可。他之前也有这个打算，本想让自己的研究生去做这些课题，但想到他们临床经验尚浅，且不想让这种"重症产科走基层"的项目过于学术化，必须紧跟临床实践，便没让学生去做。可科里一直太忙，他也不想给临床医生们再添负担。面对我的积极表态，他也没有多加鼓励。

他只说我都30多了，业余时间就别考虑那么多工作上的事情了，还是要多留点个人时间。遇到感觉好的人，该成家就成家，家庭和睦也是人生幸福的重要基石啊……

李承乾表示他倒是有时间，而且电脑玩得又比我好。可还没等他说完，谭一鸣就把他的话打断了，说："你不是和女友在热恋期吗？平时科室里工作已经很忙了，再去搞这些，不怕被蹬了？"

李承乾急着解释他家沈玫历来都是端庄大气的"正宫娘娘范儿"，

才不会一天见不着人就开始"演韩剧",她历来最支持自己的工作,觉得他的工作特有意义。

于是我们两人便主动承担起重症产科走基层的任务。我设计课程方案,李承乾加工课件,我们在科里的讲课经验也多,便各自分担一半的授课内容。

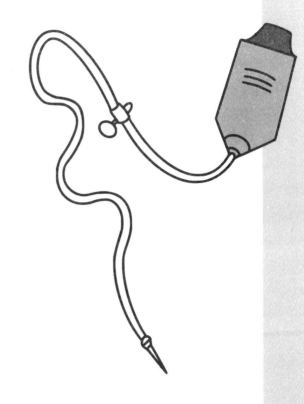

重 症 产 科 1

第二章

带教
志愿
大学

第四节
带教 ━━━ ‖ ⊕

月初，一波新的轮转医生进了科室。

晨会上，新来的轮转医生挨个做了自我介绍。说是自我介绍，其实也就是说姓名罢了，晨会之后紧接着大查房，多花时间挨个说自己的来历、爱好纯属多余。毕竟3个月之后，他们又会离开这里，换成另一批轮转医生。三甲教学医院，从来都是这样铁打的营盘流水的兵。

我无意间瞥见，李承乾的目光一直落在那个叫黎清影的女孩身上。那女孩皮肤白皙，有着清秀柔和的面部轮廓。就只是那么静静站着，也颇引人流连。到底是有身段、气韵打底，那身统一制式的白大褂穿在她身上也比其他人看着更加挺括。站在这些年轻的轮转医生里，她的确显得出挑。不知是不是初来新环境的缘故，这女孩有意无意给人一种疏离感，眼里还含着几分不易察觉的忧郁。

她果然是吸引人的。看着李承乾整个晨会都在对女孩行注目礼，我忍不住偷笑。

主任分配了带教医生，黎清影被分到我这一组，李承乾是另一个男医生的带教老师。会后，李承乾找到老谭，说自己最近重病人多，他这人心又粗，难免出点岔子，带个心细的女同学干活可以少一点纰漏。

谭一鸣问他，那你觉得谁合适。李承乾也不绕弯子，直说觉得黎清影不错，一看就是个心思细腻的人。

谭一鸣笑了笑，说那样只会岔子更多。

我和李承乾共事几年，对他的秉性自然是非常了解的。他对漂亮的异性历来热情满满，与我交好的两个友人，同科室的林皙月、监护室的杜昀旸，都曾被他热烈追求过。我作为两人的好友，还在私下里给他提供了不少信息和便利。但奈何落花有意流水无情，这两人都没有接受李承乾，各自觅得良伴。

李承乾每次"失恋"后，便拉着我买醉，边喝边问我："你知道我有多喜欢她吗？"

我不喜喝酒，每次被他拉出来陪聊，便挑上好几样自己爱吃的食物，一面大快朵颐，一面听喝得酩酊大醉的李承乾表达求而不得的遗憾。

好在这家伙酒品不错，每次在彻底喝断片之前都会把账结了。醉酒后再失态，不过也就比平日里多些妄语，也从不会与邻人发生冲突。我吃人嘴软，自然还是要负责护送对方去急诊科输液。他也知道自己因为喝断片被送急诊，我是不会帮他垫付费用的。

但李承乾历来也不是什么"心有巫山"的人，很快便放下。追求未果后，他和林、杜二人也都成了无话不说的密友。特别是和林皙月，虽然两人还都在一个科室，可平日的相处也甚为融洽，谁也没为前事尴尬。

后来李承乾被高中同学沈玫收服，两人感情甚笃，可这仍不会影响他平日里对漂亮姑娘关照有加。

我还带着一个大五的实习生。我对这些实习医生要比轮转医生宽容很多，实习医生到底还是学生，毕业了干不干临床还是个未知数，可以放宽松点。可轮转医生是已经正式开始从事临床工作的人了，对其各方面要求肯定也要严一些。

一周下来，我开始对黎清影有些意见。

黎清影倒是从来没有过迟到早退的情况，晚上跟着值夜班，护士一叫，她也能跟着起来处理病人。可到科室一周了，她还是像初来科室报道那天一样，整个人像梦游，完全没有进入状态，只是机械性地完成我交给她的一些简单工作，例如查产妇宫高、腹围，询问月经、生育史这样的琐事。

当查到一个产后出血的产妇床前时，我问她，常见的产后出血都有几种原因。

她没料到我会忽然发问，有些紧张，低着头支支吾吾半天答不出来。我并不是有意为难她。平时主任查房，也会随机抽问各类知识点，在考察下级医生理论水平的同时，也可以帮助年轻大夫温故知新，强化理论知识并训练临床思维能力。

黎清影到科室已经一周多了。这些天里，光我这一组就已经遇到了四例不同原因产后出血的患者：一个是外院转来胎盘滞留导致大出血的；一个是宫缩乏力出血的；一个是自身凝血功能有异常，产后出血的；还有一个是急产造成会阴重度裂伤导致出血的。这四起病例都非常典型，几乎是产后出血的最佳代表案例。

我每处理一个这样的患者，都会详细地告诉她患者产后出血的具体原因和处理原则。

可就是这样手把手地教，她居然还是一个都答不上来。眼下，我只得再次把常见的产后出血的原因罗列出来。我一直觉得，在临床一线工作一周，抵得过理论学习一个月。对于教科书里需要死记硬背的知识点，临床工作中，只要现场亲历过，什么发病原因、临床表现、处理原则便彻底理清楚了。如果有心再回去翻一下教科书，更是事半功倍。

对方一条都没答上来，不免有点局促，我安慰道："我们科是危重症孕产妇救治中心，教科书上有的没有的病例这里都能看到。平常用点心，回去了多翻翻书，很快便可以跟上。"

在查到一个重度子痫前期的孕妇时，我没有再提问子痫相关的知识点，只是问了她患者的一些基本情况：最后一次蛋白尿是几个加号，目前用的降压药是什么，这个孕妇昨天在眼科做的眼底检查是什么情况。

黎清影居然还是一个都说不上来，只是更加局促地站在床边，微低着头，像个犯了错误等待着老师训斥的小学生。

这个孕妇已经入院四天了，作为管床医生，她居然连患者最基础的情况都一问三不知。

谭主任要求所有医生提前十五分钟上班，趁着这些时间理清病人最新的情况，这样在晨会后的大查房中，可以清楚地汇报病人最真实的情况。她每天也提前来了，可这些天她上班的时候到底在干什么，梦游吗？

我从不会当着患者和家属的面数落下级医生，这是对下级医生的尊重和保护，更是我负责带教以来给自己的底线。

但出了病房，我还是批评了她："理论知识不到位，我还可以原谅，毕竟你规培的方向是大内科，以后遇到产科的问题可以请会诊。可你这些天在干什么？入院了几天的病人，写了好几天的病程了，居然连患者最基本的情况都不知道，一点当医生最基本的责任心都没有！你是来轮转的，还把自己当刚来医院实习的新人吗？"

这天早上的查房，黎清影大半时间都低着头，与她初到科室那天长身玉立的挺拔形象形成鲜明对比。到这个科室有些天了，那种疏离感却始终存在。此刻她还是低着头，我看不清她的面部表情。但从侧面看过去，她面颊绯红，那片绯红一直延续到耳根。到底还是个敏感柔弱的姑娘，我意识到自己的语气有些重，不好再说什么。

下一个孕妇是因为消化道出血入院的，孕30周了，出血又不算太严重，消化科没收，送我们这里来了。

在病房门口，我忽然止步，说："这里是重症产科，不单只是个生孩子的地方。能到这里来的孕产妇，除了患有产科常见疾病，往往还有和其他学科交叉的疾病。既然来了，你能学到点东西总是不错的。"

在给患者常规查体，询问了患者有无特殊不适后，我继续提问："你是大内科方向的，我就问一个消化系统最基础的问题，消化道出血最常见的原因都有哪些？"

这下对方倒是没有三缄其口，而是小声说了几个诸如"静脉曲张破裂、消化道溃疡"等常见原因，其间偶尔抬眼和我的目光对视，就像受了什么惊吓，又迅速低下头。

我过去也带过几个这样的轮转生，他们本就不是妇产科方向，而且以后也不会留在这个医院。他们干着和一线医生一样的工作，偶尔还要帮一些医生干些拿快递送文件的杂事，待遇却是科里正式医生的零头。对这样的轮转生，我也不勉强，反正我也凡事亲力亲为惯了，只要对方不要在医疗上犯什么错，对他们的"划水"行为，我也睁只眼闭只眼。

可眼下我感觉得出，黎清影倒不是故意三缄其口，刻意装作什么都不会，凡事都不上心，想尽办法在轮转期间"划水"。我隐约感觉到，这个姑娘有些故事，我在她身上可以看到自己过去的影子。

我继续问了些诸如消化道溃疡首选药物等基础问题，对方终于没有先前那样局促了，但我也要很费力才能听清她的声音。

她回答得不全面，但总好过先前只有我自问自答。毕竟还在产科，教学查房总归要回到孕产妇身上。我强调治疗消化性溃疡常用的奥美拉唑，在孕妇身上却是慎用甚至禁用的。

虽然黎清影在工作上并不算给力，还时不时出点小岔子需要我去更正、善后，但和美女共事总是有点好处的。每次夜班接班，我都会收到李承乾的水果点心，我当然知道这家伙这般殷勤自然是为了借花献佛，但还是每次都笑纳了。

不过李承乾这次倒也坦率，说他自己马上就是要成家的人了，自然不会对其他美女献殷勤。买这些还真是为了"孝敬"我，当然了，也顺带帮黎清影求个情。

"我说花姐，这大美女跟着你，怎么成天愁眉苦脸的。自打黎清影进科跟着你，我就从没见她开心过。都说女人容不下比自己年轻漂亮的女下属，看来我们夏花也不能免俗。而且人家以后又不干产科，你要求就别那么高了，规培'划水'的人多了去了，好歹我看人家每天还是很勤勉的，你也别太像灭绝师太了啊。"

"你才灭绝师太！"我这些天也很郁闷，这黎清影怎么带都没点上路的架势，在科室里她仿佛永远都是一种灵魂出窍的状态。一开始我说过她几次，可每次看到她那副楚楚可怜的模样，我也不忍心再发难。而且想到自己当年在家人的强迫下去医院实习的情景，我对她还产生了一些体恤，对她的要求也降低了。

可这里重症孕产妇多，工作节奏快，黎清影一副永远不在状态的模样，着实让我发过几次火：一份入院记录要写几个小时，就这样还经常张冠李戴搞错信息，写错月经和生育史更是常态；送一个聋哑产妇去做磁共振，她又在神游，技师喊了很多次产妇的名字她都没反应过来，技师以为患者不来了，便取消了检查，我再次预约上又是两天以后了；我专门带她去产房观摩生产过程，让她加深对三个产程的印象，可她全程心不在焉，直到我提议可以回去了，她才像牵线木偶一般回头，可这一转身又撞在了辐射台上，差点把台上的小婴儿撞下来。产妇看到孩子差点被撞落，气得血压飙升，我只得说尽好话才安抚住产妇激动的情绪。

我虽然承担了带教工作，可带教的同时，按理说对方也可以很好地分担我的工作，减轻我的压力。可黎清影这样的绝对是例外，带着她，简直是给自己添堵。如此低级的错误黎清影居然也能犯下，这样的事情多了，我也积攒了不少怒气。而对方始终没有"好转"的迹象，后面的相处中，也不免矛盾频发。

在频频指出对方的错误后，我感觉得出，黎清影和我在一起时也变得愈发不自然，比起以前更多了几分紧张和局促。有两次我们不约而同要到值班室接水，可她看到我之后，又犹豫着退了出去。我也觉得好笑，在她眼里我大概就是夜叉吧。

科室里有不少普通的剖宫产手术，不需要科室的大咖上，年轻点的大夫就可以主刀做了。我也带着黎清影上过几次手术，她只能勉强当个二助，连消毒、铺巾这样最基本的操作都做得漏洞百出。巡回护士自然没给她好脸色，尖着嗓子不停纠正，让她时刻注意无菌原则，顺带吐槽她大学怎么结业的。

黎清影端着消毒碗手足无措地愣着，已经不知道下一步要干什么了，眼里也似有水汽氤氲。李承乾急忙从她手中接过换药碗和卵圆钳，笑着对那个上了年纪的巡回护士说："杨妈妈，看你把小姑娘吓的，多大点事啊！"

这是台普通的手术，其实不需要二助，可我还是想给黎清影一点上手的机会。我和李承乾已经搭了几年的台子，对方的习惯彼此倒也熟悉，留给黎清影的活儿主要就是掌着那根吸引器，方便术中吸烟、吸血、吸羊水。

电刀划过组织时产生了带有焦煳味的烟雾，我示意了几次吸烟，她才回过神来操作。有些地方出血多了，我和李承乾腾不出手，她也从不知把血吸干净以暴露手术视野。子宫被打开后，我几度示意她吸羊水时她倒配合了，可孩子都被取出来了，视野里也没有明显血迹，她还拿着吸管杆在腹腔里，吸管是有负压的，孕妇的膀胱都差点被戳到。

这是个二胎妈妈，夫妻俩决定封肚，术前便商议孩子取出后顺带结扎输卵管，谈话的时候黎清影也是在场的。我在缝扎输卵管时问了句："我现在结扎的这个地方是什么？"

李承乾有些纳闷为何我会问如此低级，简直是羞辱黎清影智商的问题。可让他尴尬的是，她居然还真的支支吾吾说是血管，因为她看到那里好像有点渗血。

我叹了口气，说："好吧，你也是来轮转的。"语气不重，但是连李承乾都听得出侮辱性极强。

"花姐，我办公桌抽屉里有新买的花茶，一会儿下了手术记得喝了败败火。小黎，你累了就先下台吧，手术餐应该已经到了。"李承乾打着圆场。

我没作声，心想这世界果然对颜值高的女性更宽容。

黎清影在一旁没有作声，她僵硬地握着那根吸引器，这似乎是她当下唯一的支撑点。除了继续握着吸引器干杵着，她不知道自己接下去还能干些什么。

她承认夏花是个好的带教老师，愿意手把手教她，夏花对自己也算不上太严苛，可是和夏花相处的确非常压抑。

她从来没有想过要来这里，可还是被迫在这条路上越走越远。每天早晨来到医院，看到住院部的大楼，她都会莫名地有种窒息感。她不是故意去办砸夏花交代的事情，也不是故意对夏花侃侃而谈的知识点置若罔闻，而是她一直都觉得自己从来都不属于这里。

她的父母都是医疗系统的，而且在这个行业里非常出色。他们也知道这个行业辛苦，但还是希望她走这条路。他们都是优秀的大夫，女儿自然也该继承这方面的优良基因。可是她对医学专业从来没有一点兴趣。她喜欢古典文学，想报考中文专业，可父母强烈反对。父母觉得当医生受人尊重，而且他们的女儿理所应当有学医的基因优势。就这样，她进了医科大学。

可她完全没有办法爱上这个专业，她也经常泡自习室，可一看到厚厚的专业书就打瞌睡。好在，在正式进入临床工作前的四年，她还可以整天泡在图书馆，遨游在她的文学书海中。所以大学的前四年里，除了期末考试那段时间，大多数时候，她还是快乐的。

可大五进了临床她才发现，自己有多么排斥这份工作。医生每天都要和很多不同职业不同性格的人打交道，可她从来都是个喜欢安静的人，和陌生人说话都会紧张。看到同学积极地投入到工作中，求知若渴地学习各类技能，完全就是准医生的模样，她却感觉自己完全是个局外人。她根本没有办法融入其中，她完全不知道当医生和自己有什么关系。

父母希望她在医学上有所建树，那就必须深造，可她对这个专业从来都没兴趣，自然也没考上研究生。父母对她非常失望。既然这样，那就退而求其次，选择规培吧，虽然起点低了不少。

毕业来这里规培，上级医生的要求自然也要严格很多，是把她当成医生来看待了。于是她更觉压抑痛苦，每天都像行尸走肉一般。

夏花虽不严厉，可每天和她相处起来，黎清影就觉得紧张和别扭。夏花和她的父母一样能干，也和她的父母一样对自己在专业上有较高的要求，甚至也和她的父母一样对自己不满和失望。

最难挨的是和夏花一起手术，整个手术过程她都提心吊胆，生怕犯错、出丑。可越是这样，她就越不知道该干些什么。错误多了，巡回护士和器械护士的态度自然更差，她便更加如履薄冰。每次来到手术室，她都异常紧张，连双脚也不受控制地发抖。

手术结束了，黎清影自然没有和其他医生一起去吃手术餐，她害怕夏花眼里那遮掩不住的失望甚至是鄙夷。她还和父母住在一起，夏花看自己的眼神和父母何其相像，那眼神每次都让她连呼吸都不顺畅。

"我说花姐，你也别要求那么多了，横竖人家今后也不干妇产科，何必搞得大家都不开心。我们现在都在带教了，可跟这些实习生、规培生说白了不就是一段'露水情缘'吗？规培生好歹待够3个月出科，实习生一个月就走人，就这样还要时不时请假考研，出科了连个名都叫不上的多了去了。科室要劳动力，他们要学位证、规培证，各取所需不就完了吗？医院又不管实习生吃住，人家干这些活儿每个月还要给医院倒贴带教费。规培生待遇稍好点，可第一年挣的那点钱都不够吃饭、租房的，还要给科室干那么多活儿。你老是挤对人家，小心给你在出院病历里张冠李戴夹带点私货，直接被算作丙级病历。病案室现在查病历扣钱简直就是在搞KPI（关键绩效指标），比交警贴罚单还勤。如果发现你有几份丙级病历，你当月奖金都不够他们扣的。"

李承乾将餐盘里的鸡翅尽数拨到我盘中，说："你不也说早前刚到医院实习，被老师训斥后进手术室都有心理阴影吗？现在就不能将心比心一下啊。怎么着，现在自己也熬到可以带教了，要来个补偿式发泄。这算多年媳妇熬成婆，翻身农奴把歌唱？"

是啊，我自己也曾有过那样的时光，黎清影身上有很多地方和当年的我很像。

多年以后，那段经历我早就释怀了。当年自己唯恐避之不及的行业，如今居然也可以这样全情投入。眼下连我的身份都改变了，我也可以带学生了。现在我也理解了，当年那个暴脾气的外科老师还真不是故意针对我的。

临床工作需要高度的责任心，在工作中如此敷衍、游离的人，我实在没有办法对其好脸相向。我倒还真不是要把当年的怨气发泄到黎清影身上。其实很多次，我都想和黎清影好好聊聊，可看到她对我的那种疏离和躲闪，也只能作罢。

我听从了李承乾的建议，不再要求黎清影上手术室，就让她写写病历办办出院。还有一个月就出科了，大家都轻松点。可接下来的一个小插曲再次把黎清影卷了进去。

26床的孕妇在产检过程中，发现胎儿存在严重的脑积水，一家人商议后决定住院引产。那是个孕29周的孕妇，在给她打了利凡诺两天后，胎儿便被娩出。可娩出的居然是个活婴。

虽然注射药物以前，我告诉过孕妇和家属，在羊膜腔里打了药让孩子娩出，引产出来的婴儿可能是活的。但家属觉得这只是常规告知，就像任何手术前，医生都会告知可能会有相应风险一样，毕竟是极小的概率。

谭主任其实一直建议在用利凡诺引产前，可以先用氯化钾注射胎心，确保引产儿没有生还的可能。早前我也这样操作，可这些年科里根本没有出现用过利凡诺后还娩出活胎的情况，我便大意了。可没想到，这样的情况还真就让我碰上了。

前面的产检已经发现胎儿有脑积水了，可听说有极个别的胎儿脑积水发展到后期可以自行停止，成为静止性脑积水，这一家人也抱着期望，想试一试。可后面查出脑积水始终在增多，辛苦怀了7个月的孩子确实不能再留，一家人难过了很久也接受了。生个严重脑积水的宝宝，大人、孩子都痛苦，那就长痛不如短痛。

可就这么个普通的引产，孩子居然活下来了，被娩出后居然像正常孩子那样啼哭。看到那个头颅畸形、硕大，像外星人一样的孩子，一家人心情无比复杂。救吧，这个小家和这个孩子都会有无比狰狞的未来。不救吧，这毕竟是自己的亲骨肉，这孩子出生了，感情上也就不一样了。

当助产士急匆匆地通知值班医生，医生到了，发现这个情况，立马开始抢救，还建议送到新生儿科去治疗时，一家人彻底蒙了，只有孩子的奶奶表态说不救了。

孩子奶奶又说了句，肯定是那个姓夏的大夫水平不好，没有打对地方，才搞成这样。以前搞计划生育的时候，那些赤脚医生都不会搞成这样。

一家人的焦灼、苦闷终于有了一个出口。从产房出来后，产妇的丈夫、父母和公婆跑到办公室，要让我给个说法。我那会儿还在手术室里，几个人扑了个空，没找到正主，他们看到黎清影在办公室，就索性找她了，反正她跟我是一起的。

面对这家人气势汹汹的责难，黎清影恐慌不已。她也不知道该如何平息家属的怒气，只是一脸惊恐地望着家属。今天科里有几个重要的手术，大多数医生都去手术室了，只有两个规培生和进修生在办公室，看到这架势，也不敢上前劝阻。

她在其他科室也见过纠纷，可毕竟没有亲身经历过，眼下被围在几个盛怒的家属中，她完全蒙了，脑子里一片空白。产妇丈夫身形魁梧，他逼近黎清影，她能在对方满是怒火的瞳仁里看到自己，那张脸因为恐惧都快皱成抹布了。

在产妇婆婆不停地哭骂和推搡下，慌乱无助的黎清影只能说这和自己没关系。这更激怒了家属。

"不是你们是谁？"

黎清影感觉领口被揪住了，她的呼吸也越来越快，开始完全不受控制。紧接着，她感到四肢开始发麻，直至她的双手开始彻底痉挛，她眼前一黑，大脑一片空白。

保安来了，科室里其他医务人员也陆续来了。他们将黎清影送到病房吸了点氧，用了点镇静药物，人很快便好转了。这就是情绪过度激动导致呼吸性碱中毒，没什么大碍。

一家人看到一个无辜的年轻大夫被逼成这样，也觉得着实不该，的确和她没有关系，只不过是一家人的悲痛和迷惘迫切需要找一个发泄口。

谭主任和这家人坐下来沟通了很久，他们也想明白了其中的理。孩子，他们不治了，重度脑积水，又是个早产儿。末了，他们还想向黎清影道歉，可是走到那间病房后，他们都没有找到黎清影，她的电话也关机了。

所有人都急了，值班室、卫生间、楼梯口，能找的地方都找了，可都没有她的影子。

电梯只通到24楼，要到顶层的天台，还得走两层。我打算上去找她。我压低了脚步声往上走，通往天台的那扇门是关闭的，可不知为何，我感觉她就在那里。

她的确在那里。

天城市地貌特殊，很多建筑本就建在山上，作为新晋的新一线城市，又到处都是鳞次栉比的高层建筑。站在医院的顶楼，视线远没有预想的那样开阔，反而有被钢铁水泥禁锢的窒息感。

天城市历来以"火炉"著称，可今年7月却很反常，终日阴雨连绵，连续二十几天，天城市的上空都被密云笼罩，这里终日潮湿，难免让人的心情也跟着"淅淅沥沥"。

她显然没有注意到身后已经有人走近，只是坐在地上抱着膝盖，把头埋进臂弯里，肩膀也跟着微微耸动。她还穿着那身工作服，虽然工作服才被家属抓扯过又被同事搬抬过，可到底她有一副天生的好骨架，那衣服眼下在她身上仍然服帖。外面仍然下着小雨，她的头发和工作服都被打湿了，却不显得狼狈，那纤细的肩胛贴在白大褂下微微战栗，让人产生一种怜惜感。

第五节
志愿

　　"你们为什么要让我去当医生，为什么啊？"女孩痛苦地扯着自己的头发，却不知在控诉谁。

　　非常相似的场景，这个女孩分明就是当年的自己啊。

　　也是在这样一个雨天，当极度痛苦的情绪再度出现的时候，我给妈妈打了电话，不断地哭着哀求："求求你们放过我吧，让我离开这里吧，我不想在医院。你们给我一条生路好吗？我现在真的感觉生不如死。难道真的来给我收尸了，你们才后悔吗？你们为什么要这样逼我？我是你们的亲女儿啊……"

　　我的视线模糊了，脸上有水珠滚落，但雨丝过于细密、温润，脸上的便只能是泪水。我不知道是为黎清影，还是为当年的自己。

　　让她好好哭一场吧，我没有惊动她。

　　她的哭声越来越微弱，直到变成了小声啜泣。我向前走去，把纸巾递到她面前。

　　黎清影抬起头，迷惘地看着我，但反应过来后，却又是遮掩不住的尴尬和恼怒，说："你刚才一直在我后面吗？"

　　我不置可否，只是问："你不介意我在这里坐一会儿吧？"

　　嘴上这么说着，可我却没给对方表态的机会。我麻利地坐在潮湿的

地面上，与黎清影并排坐着，抬头看着灰蒙蒙的天空。

"我从小就很喜欢看刑侦剧。《法证先锋3》里有一个故事。一个大学生，他做法证的父亲一心希望他成为医生，可是他从来都痛恨当医生。他记性不好，动手能力又差，每天待在医学院里被迫压抑自我，就像生活在地狱。可是家庭对他寄予厚望，给他重压。他患上了躁郁症，也就是双向情感障碍。他经常极度狂躁、焦虑，为了缓解症状，不得不吃一些常人眼里的'违禁药'，只是不想让自己在极度抑郁下自杀。可后来父亲发现他吃这种药，不由他解释便破口大骂。儿子在万念俱灰下问父亲'如果我成不了医生，实现不了你的梦想，你是不是就不认我这个儿子了……'

"父亲愕然，他没想到一直听话的儿子居然这样'反叛、不孝'。儿子迫于压力回学校继续看他深恶痛绝、像砖头一样厚的专业书时，父亲发来的'好好用功'的短信增加了他的烦躁和癫狂。原本再正常不过的短信却在此刻成了压抑许久的儿子的一道催命符，在万般无望之下，他选择自杀。

"当然，故事的结局皆大欢喜。准备跳楼的儿子被朋友救下。父亲认识到自己的错误后大力支持儿子换到自己喜欢的专业。"

黎清影已经平静了很多。她诧异地看着这个平日里对自己颇为严厉的上级医生。她们本来年纪相差也不大，就这么并排坐着，少了平日工作里的隔阂，眼下倒有了点闺中密友的味道。

"有没有兴趣听我讲个故事。"见黎清影迷惘地看着自己，我笑了笑。

有一个女孩，出生在一个不太普通的农村家庭。说不太普通，是因为在中国，绝大多数农村家庭都不富裕，而在这个并不富裕的农村家庭里，夫妻俩都爱打麻将，特别是男主人，还嗜赌成性。这样的家庭，要经历多少凄风冷雨，在这里就不再赘述了。这个不是我今天要和你谈的重点。

和绝大多数中国父母一样，这个女孩的双亲也望女成凤，迫切地希望女儿有一个大好前程。这样，女孩才能更好地反哺她的原生家庭，改善她父母家徒四壁的处境。

尤其是她的父亲，因为一些原因，他只有这一个女儿。他自身没能力，除了抽烟、喝酒、吹牛、赌博，再没有其他爱好，受人轻贱。他孤注一掷地把所有的改变命运的期望都放在女儿身上，虽然自己不学无术，但是绝不允许女儿有半分松懈。

她的父辈以及其他亲戚，要么是农民，要么在县城里做着辛苦且卑微的工作。她还没出生的时候，父母便远赴新疆的一个农场讨生活。那里的生活非常苦，可对女孩的父母来说，也比待在家乡略强。反正在那个年头，农村的年轻人多数都要外出打工。

她的小叔是家族里唯一一个"突出重围"的人，在老家那边的县城当了医生。这对她父亲那世世代代都是农民的一大家子来说，是一件了不得的事情。

医生是她的父辈们能了解到的最体面、收入最高、最稳定的工作。特别是她的小叔，年纪轻轻就做了主任，在她临近高考时，已经是副院长的候选人了。越是小地方，人情社会的特征就越明显。在她父母眼里，她那个准副院长小叔有着手眼通天的本事，当然也包括帮他们的独生女安排工作。

所以她父母唯一的期望，就是她能考上医学院，然后回老家所在的县城，在准副院长小叔的帮衬下，当一名体制内的医生。等她有"出息了"，他们也就熬出头了。

他小叔所在的医院虽然是家县医院，但和很多工资都发不出的县医院不一样，这家医院的效益很不错。因为医生数量少，一个医生管几十个病人的现象很常见，在这样高强度的工作模式下，医生收入高得让她的父母咋舌。

天城市是新一线城市，大公司挺多，人们不甚了解的新兴岗位也挺多。和这里的很多职业相比，当医生收入很一般，性价比也不高。但是在一座没有什么第三产业的小县城里，在县里的人民医院当医生，收入在当地妥妥地属于第一梯队，也有着相当不错的社会地位。

对她的父母而言，只要女儿进了医科类院校的大门，就意味着鲤鱼跳龙门，可以从此改写家庭的命运了。他们甚至还想过，他们的女儿虽然不算美貌，但是有了高薪、体面的工作，又有个当副院长的小叔作为背景加持，有他穿针引线，或许还能在当地找一个"社会精英"结婚，组成美满和睦的家庭……

说到这里的时候，我忍不住笑出了声。我继续讲述。

可是这个女孩却有自己的想法。

她从小就对推理、刑侦等影视剧有着异乎寻常的狂热爱好，喜欢察言观色，推理分析。

兴趣往往也是一个人天赋的指向，是一个人命运里的彩蛋。她也很早就察觉自己的天赋和兴趣所在。她整个少年时代的理想一直是当一名优秀的刑警，很长一段时间里，她笃定自己就是为了这个而生的。

好些公安类院校招收女生的条件非常苛刻。为此，她高中三年一直很努力地学习。为了提高体能，她三年里每天去打水时都坚持一次拎四壶开水。

可是女孩小时候左眼受过伤，重度弱视。如果捂住右眼，她的左眼虽然也有正常的光感，但是哪怕把书本贴到跟前，左眼也看不清一个字。

那些年，她的父母并没有留意这一点。比起她没有明显影响生活的生理缺陷，父母更关心的是她的学习成绩。女孩虽然一直倔强，但是在这方面却一直非常懂事。

她知道虽然父母好赌，但是也从没让她挨过饿。她花的每一分钱都是父母下苦力挣的。她自然体谅父母的不容易，知道父母没有什么闲钱带她去做眼睛的手术。

既往在学校里，每一次体检查视力时，她都是偷偷露出右边的眼角，辅助左眼的视力检查。这么多年过去了，她这点小伎俩一直没有被负责体检的医务人员识破。只是到了高三，她发现自己右眼的视力也开始下降了，这样一来，体检的时候，她的右眼也不能配合左眼作弊了。

这样一来，她便报考不了刑事科学技术这一方向了。她也央求过父母，在高考体检以前，带她把右眼的近视手术做了，毕竟这个手术的费用也不算太高。她平常一直懂事，知道父母挣钱不容易，从来不会对父母提出什么非分要求。可是这一次，她迫切地希望父母可以帮她。

去一个好一点的公安类院校，学习她强烈渴望的刑侦、痕迹检验、法医类知识，那是她一直以来孜孜以求的梦想。

可她的父母没这个打算。她的父亲甚至痛骂了她，说她不知好歹，女孩子上什么公安类院校，以后怎么找好工作。而且他听当副院长的弟弟说，那些部门就是个清水衙门，哪有当医生挣钱多。她的父亲顺带转述了她小叔在电话里对她的批判：都成年了，还那么不体谅父母，选专业不去选计算机、金融这种含金量高的，可以提前回馈父母的，考什么公安类院校？他的那些警察朋友哪个都没他过得好，和他一起打个麻将都不敢玩大的。

因为生理缺陷无法通过体检，加上家人强烈反对，她第一次向命运妥协，放弃了从小便挚爱，并且为此努力了很久的公安类院校。

但她还是向父母申明，除了计算机和临床医学，报什么专业都可以。她知道自己的所有短板和死穴。在计算机方面，她是绝对的"小白"，尽管高中计算机课上学习过简单的编程，可是一学期下来，除了开关机，她什么也没学会。至于为什么会那么反感临床医学，她当时也没意识到。其实她上高中时生物学得很不错，对这些也还算感兴趣。可

对临床医学，她就是本能地抗拒。

高考前的那几天里，父母反复给她做思想工作，告诉她选临床医学的好处。可是这一次，她不想再妥协。除了和刑侦相关的，她还非常喜欢心理学，在这方面也的确有点灵性。对了，她从小就非常喜欢小猫小狗，觉得实在去不了第一志愿，去学心理学或者动物医学也不错。

可母亲再度对她苦口婆心地教导：学个喜欢的专业，又不能保证毕业就能顺利找到工作。她家境不好，好不容易祖坟冒烟，有个"当官"的亲戚，她学医出来就能找到一个靠谱的工作。女孩子嘛，有一个稳定体面的工作，才会有一个稳定幸福的家庭，他们夫妻俩也辛苦了半辈子，又只生了她这么一个孩子，所有的希望都寄托在她身上了。

她也在尝试理解父母强迫她填报临床医学的苦衷。大学毕业生工作难找的问题早就凸显了，大学扩招后，大学生在人力资源充沛的市场上急剧贬值。当年怀揣着白领梦的大学生兴冲冲地踏出大学校门时，却面临着毕业即失业的厄运，甚至需要和农民工同台竞聘。

她一直很不喜欢那个被父母敬若神明的小叔。她高一暑假回过老家，那时，小叔已经是医院里最年轻的主任了。她反感小叔身上的精明势力和穷人乍富的那种不可一世的嘴脸。小叔虽然是搞技术出身，但他更擅长处理人际关系，在县里有强大的人际关系网。她的父母希望自己的独生女有这样一个庇护者。

她一直告诉父母，这个世界是公平的，努力一定会有回报；不学临床医学，换成其他她感兴趣的专业，她也会好好学习，好好工作，以后努力回报他们。

母亲苦苦哀求，劝她学医。虽然她也不满母亲爱打麻将，但母亲不像父亲那般完全不顾家。她辛苦劳动之余，打麻将是她唯一的消遣。这些年，母亲省吃俭用，竭尽所能地供她念书，她极少见母亲添一件新衣裳……

面对母亲的哀求，她终究还是做不到硬下心肠，违拗她的意愿。

她们那会儿还是先估分，再填报志愿。从高考结束到填报志愿那几天，她的母亲寸步不离地跟着她，和她一起挤在高中的八人间宿舍那张狭小的单人床上。她睡上铺，稍微翻一下身，床就咯吱咯吱地响不停。她的母亲自然也不敢动，怕室友意见大。

那些天，母亲无微不至地照料，让她觉得像身处在密不透风的围墙里。她数度对母亲发火，每次都因为一些很小的事情：或是母亲总觉得她手凉体虚，周围人都吹风扇，可母亲总逼着她多喝热水；或是她母亲每晚都在睡前帮她挤牙膏，"屡劝不改"。她的母亲事无巨细地像在照顾一个幼童一般。母亲越是这样，她就越有一股无名怒火，随时会对母亲发作。母亲也搞不懂，她如此小心翼翼、掏心掏肺地对待女儿，可女儿却毫不领情，难道真要她把一颗心都掏出来给女儿吗？

她的下铺是个单亲女孩，很小的时候她的父母便离异了，她一直跟着父亲过。看她数度对母亲不耐烦，这个女孩有些困惑，不理解她为何要对如此尽心尽责的母亲这般冷漠。

在母亲的关心和监督下，她终于妥协了，填报了临床医学专业。在上交志愿表时，她告诉母亲，她这下让家人如愿以偿了。但她也提了一点要求，就是所填学校一定要她自己来做选择。

这回母亲倒是同意了。

在那场填报志愿的拉锯战里，她身心俱疲。她觉得自己早就沦为了傀儡。面对父母苦口婆心的"全是为了你好"的话语，她放弃了梦寐以求的公安类院校。

那时的她，迫切想逃离那个让她窒息的环境，在母亲二十四小时不间断地"关心"和父亲在电话里说"我们这么辛苦全是为了你，你这么不听话怎么对得起我和你妈"的双重夹击下，她对选择将要去读的大学和所在城市，彻底没了主意。

她对择校和择城的唯一标准，就是离家远一些。于是在她估分的范围内，她选择了一所远在东北的学校。尽管在此之前，她对那所学校和学校所在的城市一无所知，只是从地图上看，那座城市距离她的家足够远，基本上隔了大半个中国。

交过志愿的那天晚上，她还是和母亲一起挤在那张狭窄的单人床上。那一整晚，她都背对着母亲，面朝着墙壁。她整宿都没有合眼，只是默默流泪。那是她这十八年来第一次对命运感到一种深深的无力，她第一次觉得，有时候命运这东西很玄乎，它没法被个人把握。可是那一晚，她的妈妈睡得很熟。她的志愿表已经交了，虽然学校不是家人期望的那所在她家乡日后方便她小叔照拂的医科大学，但确定她填报的是临床医学专业，这让母亲这些天悬着的一颗心终于沉了下来。母亲守着她的这些天一直都睡不好，辗转反侧。而这一晚，母亲睡得踏实极了，呼吸悠长、均匀。

可这样"牺牲小我，完成大我"，让这个刚成年的女孩有一种难以遏制的悲伤和愤恨。

高考成绩出来了，和她估分的情况差不多。她也毫无意外地考上了那所医科大学。

那会儿，他们的录取通知书统一发到学校。她就读的高中是一所重点高中，每年的高考成绩都不错。学校入口处就是一张张大幅的录取榜，榜单上是考生的名字和录取院校。

她走过其中一张时，看见了"公安大学"四个字。她认得那个考上她梦寐以求的学校的女孩。她知道其实那并不是女孩最想去的地方，女孩只是按照老师的要求把零批次的志愿也填满而已……

想到经此一役，命运就此定格，她那样迷恋、渴求的，最终也只能放下。她看着"公安大学"的字样，眼前越来越模糊，最后号啕大哭，完全不顾忌周围人异样的目光。

收到通知书那天，父母高兴极了，虽然不是什么名校，但是父亲逢人便说，女儿是鲤鱼跳龙门了。他们给女儿准备了升学宴，乡里乡亲纷纷道贺。可饭桌上的女孩表情麻木、疏离，看着前来道喜的人，她丝毫拿不出应有的热情和礼数。

在那个闭塞的农场，周围人眼里最好的出路就是能吃上公家饭。而这公家饭里，当医生尤其好，越老越吃香。

母亲多少也知道她为了填报志愿的事情不开心，所以在邻里半是艳羡半是调侃的聊天里一直沉默。倒是父亲，醉酒之后嗓门更比平常高了几度。他不住地劝酒，吆喝着划拳，脸上的皱纹也跟着开了花。她还没有去上大学，父亲就好像已经看到她可以让父母享福的景象。

那天父亲喝了很多酒。他历来嗓门大，喝完酒，更是没了调，他逢人便说，自己女儿争气，考上医科大学，一毕业就能到他弟弟的医院工作了。有个好工作，再找个好女婿，他和老婆也能苦尽甘来，跟着在老家享福了。

那次升学宴，她吃得无比压抑。她全程冷着脸，和眉飞色舞的父亲形成鲜明对比。

有人看不下去了，教训她，说她都成年了还那么不懂事。父母供她读书不容易，赶紧给父母敬酒。说着，那人还给她斟了酒。

她像个蓄满了能量的火药桶，一点就爆，她冲这些人吼："他们不容易，我就容易吗？"

那一天是她记事以来，父亲最高兴的日子。可是她的心里却有说不出的嫌恶，凭什么他这般不学无术，一辈子在社会最底层，他的女儿就该学个不喜欢的专业，只为了父母认定这个专业能让他们自己逆天改命，过上他们期待了半生的富足生活。

她生平第一次有了疑惑，她对父母意味着什么？工具？当这个词第一次浮现在她脑中的时候，她被自己的这个想法吓了一跳。怎么可能呢？她是独生女，父母条件不好，可这些年也把家里仅有的那一点资源都给她了。

　　她虽然是个农家女，但毕竟是独生女。长那么大，她几乎没有做过家务，地里那些繁重的农活，父母也从没有让她插过手。她爹是爱赌，可这么多年，对她的好也是真的。

　　她开始鄙视自己对父母产生的念头，可苦恼和愤怒又真实存在，压得她没有喘息的空间。

　　升学宴那晚，醉酒的父亲又去和人赌了个通宵。她不想去过问父亲这一晚输了多少钱，只知道原本就让一家人头痛不已的学费眼下更是让父亲败得没了着落。

　　虽然她从没期待过去那所大学，但临近开学，她还是感觉兴奋，她可以离开那个让她窒息又绝望的家了。暂时，她自由了。

　　她不顾父母的反对，执意要求一个人去上大学。父母不放心，一个刚成年的女孩一个人从西北到东北，中途还要转两次火车，将近五千公里的距离。

　　妈妈执意要去送她，这使她再度发火了。她以经济紧张为由拒绝母亲送她到学校。母亲也从没独自出过远门，还得担心母亲。更关键的是，这些天，她受够了父母的"殷切关怀"。她的梦想已经破灭了，人生也被彻底绑架了。眼下她终于要有点自由了，再不想让人参与。

从乌市到北京的那列火车上，她乘坐的车厢里有很多大一新生。那列火车要途经很多省份，祖国的大好河山也一一呈现。虽然学校和专业并不如她意，不过对当时刚成年的她来说，未来的人生也像车窗外的丹青画卷一般徐徐展开。

不知道是不是老天有意安排，她的邻座也是大一新生，而且就读于中国刑事警察学院，那是"东方福尔摩斯"的摇篮。

她知道此生都和这类学校无缘了。她问那个男生借阅他的录取通知书，只薄薄的几页，她却反复看，迟迟不愿归还。那一刻她知道，植根在心底的梦想从来都没有凋零过，那个男生的录取通知书才是她心心念念的啊。

临下车，她把自己收藏的推理小说送给了男生，并说希望他做个好警察……

从地图上看，她就读的城市临渤海湾，历史上是兵家必争之地。可她去了之后才发现，那是一座看起来有点萧条的小城。

出了火车站，到处都是低矮破旧的楼房和坑坑洼洼的马路。虽是8月底，可她才下车就感觉风吹得脸上生疼。她当时便有些心惊，这便是她努力了三年考来的地方。可那时她自我安慰，一般火车站都是修在郊区的，既然是郊区，这一幅破败场景倒也是能接受的。

她上了出租车，司机拉着她往学校走，她惊讶地发现越往前走，所见城貌就愈发萧条破败。司机也告诉她，火车站那里其实就是市中心。现在还没到学校，她的心便凉透了。

高中时老师便反复告诉他们，填报志愿时大学所在的城市和专业选择一样重要，因为城市在很大程度上也影响了一个人的思维和视野。她也懂这个道理，可她并没有选择一线城市，怕那里的生活成本太高，给父母增加负担。可让她绝望的是，这座城市还不如她高中所在的那座南疆的地级市。她不远万里从一个封闭贫乏的地方来到另一个同样闭塞落后的地方。她后悔不迭，报志愿时被父母逼得万般局促，只是一心想离他们远点，再没功夫去研究城市的问题。

　　寝室其余五个人，都是东北籍的，都有着东北人特有的热情豪爽。她们热心地接纳了这个"外来妹"，对她非常友好，这是唯一让她感到欣慰的。

　　她们开学时就领了白大褂。宿舍小姐妹一领到衣服便在宿舍里兴高采烈地试穿，俨然一副准白衣天使的模样。她们催她赶紧换上衣服一起合照，可那一刻她就感觉到自己已经和他人不同，她非常不合群地拒绝了。她一点不喜欢那件衣服，把那件皱巴巴的白大褂塞进了柜底。

　　她辗转联系到了在火车上偶遇的男生。他们在同一个省就读，那时她最大的乐趣就是听他说学校里发生的点点滴滴。他们在学校里都是要穿制服的，她想象着如果那一身笔挺的警服穿在自己身上会是什么模样。

　　大学前两年所上的多是些枯燥乏味的医学基础课，和临床工作的关系其实并不算太大。宿舍里有两个女生从小的梦想就是当医生，她注意到，那些让人头疼的组胚、病理、生化课上，那两个女孩也永远是一副求知若渴的样子。

　　大一开了医学伦理课。上课的老师就是附属医院肿瘤科的大夫，老师提到了大环境下的医患纠纷和医生的处境，她自然是全无兴趣的，反正她横竖也没想过当医生，纠纷什么的关她何事。她无聊地左顾右盼，看到了室友，那是宿舍里年龄最小的妹子，刚上大学的时候还不满18岁。她看到那个妹子的眼里熠熠生辉，那个妹子说，太想现在就能当一名好大夫，可以为理想的医患关系做出一点贡献。

　　那一刻，她非常羡慕自己的室友，能去做自己喜欢的事情，是多么幸福的事啊，即使这条路可能荆棘密布。

　　在上大学以前，她成绩不算拔尖，但也一直是个标准的乖学生。她大三以前，倒也还是乖乖跟着上课、自习。可是她知道，自己在假装努力，那些书她从没看进去过。

学校的图书馆是新建的，可是藏书却很少，而且书非常陈旧，种类还不如她高中的图书馆多。她喜欢把所有的课后时间都用在图书馆里。左手边放的是法医手册，右手边放的是解剖图谱。她常常对左边的过目不忘，烂熟于心；右边的，可能看了很长时间仍然停留在目录。

她也很奇怪，其实那两本书是一类的，可她为何对右边的专业书那样嫌弃。

她知道这两边代表的是什么……她在很冷静的时候动过退学的念头……

可她知道，这样的决定对她父母来说，无异于晴天霹雳。而她的家庭条件，也不会给她这样的机会。毕竟她大一的学费就是父母找小叔借的。

不学临床，她又能去干什么呢。都说父亲爱赌，家要受苦。即便在那样一个文化程度普遍很低，经济状况普遍很差的偏远农场里，那个嗜赌成性、不学无术的父亲也是邻里的笑料。可就是这样一个人却偏偏对他的独生女儿有无以复加的期望。

和前面提到的《法证先锋3》里的那个儿子一样，女孩每天被迫做着自己最讨厌的事情。父母的殷切期待更增加了她无尽的烦恼和压力。

女孩终日浑浑噩噩地过着，尽管那会儿还非常年轻，她却时常感到自己像老年人一样，对一切感到麻木。她对年轻人原本该热衷的东西缺乏兴趣。

她的成绩自然也很差，大一就挂过科。她其实一直是个很要强的人，她之前从没想过，有一天会沦落至此。她也在电话里向父母诉过苦，可没人理解她。父亲更是气急败坏地在电话里怒斥她，花了那么多钱供她上学，不用心学对得起谁啊。

小叔那会儿已经成了副院长。他是父亲的几个兄弟里最小的，可在他们眼里，"位高权重"的小叔是最有发言权的，他们把小叔搬出来对她说教。小叔说，就算你不喜欢这个专业，可都读了这个专业，忍一忍就过了！都说穷人的孩子早当家，你父母只生了你一个，把你娇惯坏了，才那么不懂得体谅大人。一天天不务正业，就知道矫情。

是啊，她也觉得自己太矫情了。她也不喜欢数学和物理，可高中三年不还是下了苦功吗？父母这般辛劳，她的成绩一直是他们唯一的慰藉，可她为何却越大越不懂事？

父母的想法没错，有很多人学着自己不是很感兴趣的专业，不也一样过着，甚至也取得了很好的成绩。可就像同样接受抗生素治疗，大多数人不会有特殊反应，可就是有极少部分的人，会有严重的过敏反应，甚至会丧命。她偏偏就是对医学专业有着强烈不适的人。

其实她自小就非常敏感，敏感的人多半也容易自卑。在这样一所大学，她什么都做不好，笨手笨脚的，时间和精力也花了不少，可就是哪方面都要比别人差劲很多。

大学对她来说，更像是流放地。

大二那年元旦前夕，学校放了烟花。因为临近期末考试，她拿着书到图书馆顶楼，边看烟花边苦大仇深地背专业书上的知识点。她大一便挂过科，如果这次再挂，说不定会留级。

烟花绽放的一瞬间非常耀眼，她知道，尽管烟花很快就会熄灭，可它依然有耀眼夺目的时刻。而她呢，她的整个青春都会被看不到任何光亮的黑洞吞噬吗？她注定要这样默默无闻地老去，死掉吗？

她被一种前所未有的恐惧感和寒意贯穿全身。

元旦那天，她放下了手中的课本，去了市里的图书馆，她无意间看到俞敏洪的那本《挺立在孤独、失败与屈辱的废墟上》。封面上三个关键词简直就是她那时的写照。

书中大篇幅地介绍了俞敏洪大学时的经历，在大学最失意、苦闷的日子里，他还得了肺结核。在香山医院住院期间，他有了很多思考自己的生活和生命的时间，在病情好转可以出院活动的空当，他会爬香山。爱国将领冯玉祥昔日刻在石碑上的"精神不死"，始终激励着他。

身处在孤独、失败与屈辱的废墟上，对生命的感悟和领会更加深刻。

励志照亮人生，观念从此改变。生命好像被打开一个大口子，久未见过的阳光照了进来。

那会儿有全民创业热，央视都搞过《赢在中国》这样的大型创业节目。那时的她年轻无畏，不学临床，以后还可以创业。而且创业成功后，就会像俞敏洪、马云一样受到世人尊重，也会累积大量的财富，这不也是父母希望的吗？

于是，女孩找到了自己的人生"方向"。那些年"成功学"的书籍也大行其道，随便去一个书店，很多"成功学"的书都摆在最显眼的位置，她也看了很多相关的视频。

说到这里，我对黎清影笑了笑，说："你看过《欢乐颂》吧，那时的她就像失恋又失业的邱莹莹，天天都打了鸡血一样看各类成功学的书。"

她开始积极参加一切创业活动的比赛，努力结交和自己志向相同，而且更有思想的朋友。为了更多地接触社会，只要学校不查人，她便往校外跑。凡是关于销售方面的活儿，无论多辛苦，她都愿意接，一来可以提高自己的能力，二来可以尽可能多地接触社会。她本就无心学业，这下又有了新方向，自然是再不会在本专业上浪费时间。

于是，女孩在东北冬天零下几十摄氏度的户外发传单；在超市一站十几个小时做促销；在街上见到陌生人便拉他们去影楼了解婚纱照活动……这些都成了她接触社会，增加见识，了解商业活动的方法。因为心中有了目标和方向，她倒从没觉得苦。

她那会儿看过很多名人传记，对这些名人的经历如数家珍。她知道很多创下一番伟业的企业家，都是从这些卑微不起眼的小事做起的。俞敏洪创业初期不也在北京的冬夜里，到处刷糨糊贴招生广告吗？

父母每次给她打电话，总会问她在学习吗？最近成绩有提高吗？她都无比心虚，她压根就没怎么上课，横竖也学不进去，完全不敢告诉他们实情。整个大学期间，她每次接到父亲的电话都会紧张、恐惧。

医学类院校本就不如其他综合性大学那般开放、包容，而且又是在一座闭塞的东北小城，她彻底成了同学眼中的异类。同学们开始孤立她，可她却自我安慰：长江和黄河在发源地都不宏伟，人们无法相信这样的小水沟竟然是奔腾入海的大江大河的发源地。

那时的她太想向别人证明，她可以，以后她一定"牛"给这些笑话她、打击她的人看。她有时也会疑惑，这两年的打杂经历到底给她带来了什么？除了赚取一点微薄的收入补贴了生活，这些没有什么技术含量的兼职活动，真的让她接触到所谓的商业核心了吗？

大四那年，曾经和她一起发过传单的朋友告诉她自己在创业，问她有没有兴趣。彼时，她终日迷茫，一听朋友的创业项目自然欢欣无比。

其实那个朋友所谓的创业项目，不过就是做直销罢了。那家公司因盛产过"直销难民"，一直被大众妖魔化。一开始她是拒绝的，可耐不住朋友屡次邀约，而她也确实想给自己一个机会，便跟着朋友去听课。

在陆续听了不少课程后，她听懂了这个公司的价值和魅力。她那些年看了那么多的成功学书籍和名人传记，却像个无头苍蝇，找不到方向。现在她终于找到目标了，辛苦几年，把这项事业做起来。彻底告别这浑浑噩噩的人生，赢得灿烂美好的人生，救出终年困苦的父母，成为他们的骄傲……

直销都要从有消费能力的熟人做起，她一个穷学生，哪里来的所谓人脉。这样煎熬了大半年，她的"直销事业"自然没有做起来。可她还是相信，只要努力付出，未来就一定会成功。临近大五了，她想到退学，横竖她不会当医生，她现在做着的"事业"压根也不需要本科学历。

她在电话里和母亲说了自己退学的想法。她来这里上学本就是父母强迫的，眼下她找到了出路，并许诺未来一定会让母亲过上好日子。填高考志愿的事情，让她和母亲的关系一度降到冰点。母亲也认识到，当年的一意孤行给女儿带来巨大的痛苦。母亲也知道女儿大学过得非常不开心，对女儿，她是有愧疚的。她也表示过，女儿毕业了不干医生也行。但是四年都熬过来了，最后一年了，好歹把文凭拿了。

　　班里大多数同学都去考研了，碰巧那所学校也没什么像样的实习基地，学校也鼓励外省的同学可以办理自主实习。这对她来说简直是天大的喜讯，意味着她更自由了。她在学校登记了自主实习，她天真地想到干脆就回老家继续开创她的"直销事业"，父母都说了，小叔是当地的风云人物。在那里她一定会如鱼得水，她会努力让他们看懂这份"伟大的事业"……

　　结果可想而知，小叔紧急召开家庭会议。除了她远在新疆的父母和大姑，一大家人都参与了她的批斗会，说她走火入魔，无药可救。小叔将她贬得一无是处，关了她一周禁闭。她原本就在新疆长大，和这里的家人并没有感情基础。这样的"责之切"却没有与之相应的"爱之深"，她自然抗拒这些人的粗暴干涉。

　　被小叔关在"小黑屋"里时，她就知道小叔居然已经联系了一家三甲医院，要强迫她去实习。那一刻她痛苦极了，医院对她来说简直就是监狱。要她去那里实习，简直比去坐牢还痛苦。

　　小叔虽然严厉、凶悍，一大家人都对他唯唯诺诺，可她却并不怕他。在被小叔限制了人身自由的这些天，她决定拿到钥匙就出逃，再也不回这里。可就在她准备离开这里的前一晚，她接到父亲的电话。他告诉她，他要割腕自杀了。他那么辛苦地供她读书，她居然不愿意当医生。堂姐还是三本毕业的，现在每个月收入都一万多元了。而他的女儿这么不听话不孝顺，他只能去死了。

　　女孩也知道，父亲当然不会死，不过是为了逼她就范而已。她后来得知母亲在阻拦情绪失控的父亲时，被他用刀划伤了胳膊。他还打了母亲，说就是她一味惯着女儿，什么都依着女儿性子来，才把女儿宠得这样无法无天。

他们都告诉她，父亲对她的爱太深沉了，为了她连自己的生命都可以不要。如果她还这样一意孤行，气死了父母，她就是全天下最不可饶恕的罪人。那时的女孩更困惑迷惘了，这无所不用其极的逼迫，和"爱"有什么关系？

她哭了一晚上，为母亲，也为她自己。像四年前填报高考志愿一样，她又妥协了。

从小到大的经历，让她感觉那个嗜赌成性且异常暴虐的父亲，就是一个毒瘤。即使离家很久了，他还是和噩梦一样如影随形。他把这一生所有的欲望都强加在女儿身上。而在他眼中，女儿只有复制小叔的"成功路线"，从医生到院长，变成当地有头有脸的人物，才是唯一的道路。女贵父荣，以此改写他不学无术，被人轻贱的命运。

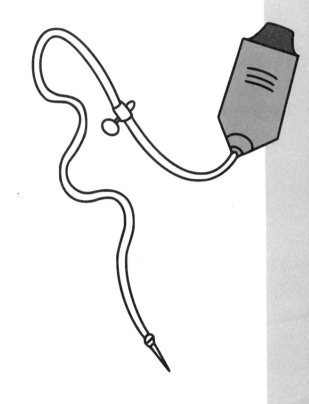

实 习

伯 乐

第三章 ———

置 房

第七节
实习

雨已经不下了，可头顶还有浅灰色的密云笼罩，让人的情绪更加低落。黎清影有些悲悯地望着我，她知道我说的全是自己的故事。同样是被逼迫选择了不爱的专业，我的经历却比她更为坎坷。她有些好奇，后来出现了什么事，让我又爱上了这"强扭的瓜"。

这个故事还没完。见黎清影对此很感兴趣，我便继续回忆女孩那不堪回首的往事。

女孩去实习的第一个科室是普外科。她大四见习的时候就没在学校待过几天，又比同批实习的学生晚去了几个月，自然是什么都不会的。

在科室紧张的气氛里，她每天要展示的全是短板、弱势：反应慢，动手能力差，不懂医院规矩，理解能力低，记性差……她已经习惯了每天被骂，成天被人呼来喝去，被迫承认自己无能。她每天都要做着最不擅长也最痛恨的事情。

可她只能硬着头皮做。这边很多带教的医生都是她小叔的老友。说白了，她在这边的一举一动都是被盯着的。她怎么样已经无所谓了，反正小叔也管不着她。可是一旦他往女孩父母那里告状，以父亲暴虐的性格，母亲就又遭殃了。

"你脑子里装的是糨糊吗？无菌操作的事情给你讲过多少遍了？这个手术患者住院好些天了，除了患者姓名，你还知道些啥？你一天到晚用了多少心思在实习上？不想干医生就早点转行！"手术台上有些焦躁的上级医生，斜眼看着尴尬的被晾在旁边的女孩。那个医生根本不会注意到，已经习惯了每天都被手术室工作人员呼来喝去的女孩，心里有着怎样复杂的情绪。

在普外科的那段时间里，女孩每天都像戴着镣铐行走。挨完这个月，去了老年科，她一下子变得异常清闲，先前堆积太多的负面情绪终于爆发了。

女孩非常焦虑，她盘算着：就算她意志强大，把实习挨过去了。之后呢，她还是被逼无奈要当医生吗？如果她不能遂了父亲的心意当医生，性格暴虐的父亲势必又去为难母亲，家庭永无宁日。

可如果她回县城当医生，那么毫不夸张地说，她就彻底丧失了活着的希望。

她知道，回老家县城当医生，高薪又稳定。有小叔穿针引线，或许还可以如父母期待的那般，和他们眼中靠得住的"社会精英"结婚，实现"阶级跃迁"。假以时日，说不定她也可以像小叔那样"光耀门楣"……

可这些全是父母眼里"成功"的标准，她对这些没有任何期待。

又过了一阵，这种糟糕的处境又加重了。她整晚整晚睡不着觉，焦躁、绝望、怨恨、狂躁的情绪反复翻腾。夜深了，为了不哭出声音影响室友睡觉，她就咬住自己的胳膊，拼命压住抽泣声。

女孩的这种状况在一直加重。每天早晨她来到医院时，看到住院部的大楼，都会莫名地有种窒息感，快要喘不过气来。她没精打采地做完老师交代的活儿。有很多天，她一个人走在回宿舍的路上，大脑一片空白。医院到宿舍很近，她也走过很多次了，可那些天她开始迷路。她会站在大街上，突然痛哭，歇斯底里地哭喊。

周围好像有无数人围着她，他们不停地对她喊："你要当医生，要不然你对得起谁……"这些话像紧箍咒一样，紧紧箍着女孩的大脑，不断地收紧。那种感觉非常痛苦，是生命无法承受的。

那年10月，整个西南地区时常下雨，没有一点阳光。女孩的人生就像这个地区一样，照不进一点光亮。

我现在知道，那女孩当年是典型的双向情感障碍。其实她上初中时就有一点症状了，只是当时还不太严重。大学的时候，她的症状开始加重，并在大五实习的时候达到顶峰。可当年的她没有条件去看心理医生，更没有相应的药物去帮助缓解症状。她只能硬抗着，在最绝望的时候，女孩被这个疾病折磨到想死。

在一个雨天，当这种极度痛苦的情绪再度出现的时候，她给母亲打了电话，哭着不断地哀求，求他们放过她吧，让她离开这里吧，她不想在医院。她求他们给她一条生路。她现在真的感觉生不如死，难道真的要等父母给她收尸了，他们才后悔吗？他们为什么要这样逼她？她是他们的亲女儿啊……

母亲也很无奈，只在电话里说让她去看心理医生，没几个月就毕业了，坚持完这几个月，拿到毕业证就好了。她现在要是不去实习了，她父亲非把家里闹翻天，父亲的脾气她是知道的。末了，母亲在电话说，让她要以"大局为重"。

挂了电话，女孩蹲下身，在雨里绝望地号哭，像一头绝望的困兽。这么多年来，父亲的存在就是她生命中不能承受之重。

女孩忽然被一种可怕的意念控制了。这样活着太辛苦了，如果真的死了，就一了百了了，这些让人生不如死的情绪就再也不会折磨她了吧。这些人不是喜欢看她当医生吗？她如他们所愿来实习了，如果死在这里，是不是给这些专横、暴虐的人一个莫大的讽刺呢？

可当这个念头产生后，她又觉得惶恐和不甘心。她做错了什么，凭什么要被家人逼死？女孩用手捂住脸，眼泪从指缝里流出来。她再也压制不住情绪，呜咽起来："我不想死……我真的不想死……"

终于，呜咽变成了失声痛哭。

哭累了之后，她打开手机，循环播放一首名叫《傲慢的上校》的歌。

这首歌的旋律奔腾激越，诠释着女孩心里的某个声音。天性里的傲慢和不屈，没有什么可以把她征服！一个执念刹那间涌遍全身。那个可怕的想死的念头也终于被压制了下去。

那天晚上，她看了《肖申克的救赎》。

她记住了电影里最经典的台词：世界上有些东西，是石墙关不住的，在人的内心，有他们管不到的东西，完全是属于你的。

老年科的工作强度远不如普外科大。放假的时候，她一有空就跟新认识的朋友一起出去爬山、游湖。有漂亮的风景和友善的朋友相伴，那个沉重的世界终于被甩开了。她的精神和情绪也在慢慢好转。

她最热切的盼望就是实习结束，拥有自由的那天。等拥有自由后，她便继续去开拓她的"直销事业"。每过完一天，她就在日历上画掉一天，想着距离离开"监狱"的时间又近了一点。

有一天，她和几个朋友无意间路过公安局，庄严肃穆的大楼上，警徽周围有金光流溢。当警察才是她心底的梦想啊，那才是来自她灵魂深处的渴望。

她想当一名优秀的刑警，纯粹是天赋和兴趣使然，没有半点功利色彩。那一刻她也问自己，她真的那么迫切想"成功"吗？真的那么想"出人头地"吗？她回顾这些年顶着重压，做的一系列自认为非常励志的，足以把自己感动到泪流满面的事情，忽然觉得无比荒唐。她已经察觉到了事情的真相：上大学这些年的荒唐行径，在高考填报志愿那刻其实就埋下伏笔了。不，应该还要更早。

父母迫切地"望女成凤"，而背负了太多期望，又实在对医学没兴趣的她，被逼上了荒唐的路。

那一刻，察觉到真相的她再度迷惘了。未来她到底该何去何从。

好在这种迷惘并没有持续多久。她后来到妇产科实习，遇到一位很好的老师。在妇产科的那一个月里，她居然奇迹般地不再排斥这个专业了，甚至还有些喜欢上了这个专业。

坐的时间有点久了，我的腿有些发麻。我拍了拍自己的小腿继续说："这些年，我过得还算不赖。当年拉我去做直销的那个朋友现在发展得也不错。她倒是没再做直销了，可在那家公司待了好些年，接受了公司里很多关于彩妆和护肤方面的培训。她也找到了自己的天赋所在，现在做了美妆博主。她本是个性格有些内向的姑娘，做直销的那些年提高了沟通能力。现在她已经是小有名气的博主，随便接一条广告的费用，就高出我一年的奖金。"

黎清影一脸犹疑地看着我，显然不知道我说这段话到底想表达什么。

我笑了笑，说："这是一个最好的时代，它是允许我们因为热爱而发光的，去做你自己真正喜欢的事情吧。投入到自己热爱的事情中，人生才会有更多精彩的可能。"

我看到黎清影欲言又止，自然知道症结在哪里。

"你有你的人生，不是任何人的傀儡，没有任何人可以左右你的生命。"

我虽然遂了父母的意愿当了医生，但和家人的关系始终紧张。两年前更是因为一起"死而复生的男婴"事件与父亲彻底决裂。这两年，我开始广泛涉猎各类心理学读物，以此破局、自救。

黎清影的情况与我不同。过去的很多年，我被父母的精神寄生了，这给我带来了巨大的痛苦。我没和黎清影的父母打过交道，但我能想到，他们也是非常自恋的父母。他们以"爱"的名义，让子女痛苦不堪。所以我们俩在某种程度上倒也算得上同病相怜。

　　黎清影的状况实在不佳，我建议她休息一阵，我会和主任解释，科教科那边我也会帮她瞒过去。我的住处离医院不算远，如果她不介意的话，可以住在我那里。

　　我知道，要脱离这些有毒的父母，与之保持适当的物理距离是第一步，然后逐步在其他领域夺回自主权。我倒是不建议黎清影直接和父母对峙，说不当医生了。一开始就在职业选择上和父母对抗，那不亚于被殖民者的流血起义，容易发生剧烈冲突，而且没有什么胜算。

　　知道黎清影喜欢文学，我鼓励她可以趁着休息时间，去找和这方面相关的工作。如果她打算去外地发展，我也可以提供资金支持。

　　黎清影的眼眶再度湿润了，她的眼睛本就极美，此刻她像只小鹿，迷惘地看着我。

　　我长叹了一口气。我是在帮她，可又何尝不是在治愈当年的自己。我清楚其中的苦楚，不想其他人再去经历。

第八节
伯乐

　　我在科里是个有些特殊的存在，主要因为我的学历。我是这些年来，科室里招的唯一一个只有本科学历的医生。本科学历自然拿不出手，可这没有影响我成为谭一鸣的爱将。

　　整个大学期间我都在和父母的安排苦苦对抗，为了抵抗父母的"良苦用心"，我又何尝不是把自己耗到精疲力竭。大五在妇产科实习时，我喜欢上了带我的上级医生，也爱屋及乌喜欢上了这个专业。

　　我大五实习的最后一个科室是骨科，实习结束就可以回学校参加毕业考试，再之后我便"刑满释放"了。

　　可真到实习结束那天，我忽然舍不得离开那家医院了。我曾经无比憎恨的地方，忽然变得格外亲切。

　　实习快结束时，我察觉到：在我实习的后半年里，有过很多幸福时光，即使在普外科，也有过一些零星的快乐。回想在老年科实习时，我有着严重的心理障碍，在雨中哭得声嘶力竭、痛不欲生的场景，仿佛过了好几个世纪。

　　我在即将毕业的时候心甘情愿地走上了医学这条道路。我的父母也感叹那些提心吊胆的日子终于熬过去了，他们的女儿总算懂事了。他们就快要享女儿的福了。

可那时天城市的住院医生规范化培训已经大规模展开了，本科毕业的医学生必须参加为期三年的培训，否则不能评职称。当年的规培生待遇很差，不像现在有地方财政的大力补贴，规培的头两年可能连自己都养不活。父母知道这个消息时非常气愤，抱怨为何要搞规培，耽误时间。还说女儿命不好，一出校门就摊上这个政策。

可规培的三年，却是我最开心的日子。选择规培方向时，我毫不犹豫地选了妇产科。可规培的前两年，真正待在妇科和产科的时间却不多，都是在最缺医生的科室轮转，比如心内、急诊、重症科。

我知道大学几年基本是荒废了，无论在理论知识上，还是在临床技能上，我都无法胜任临床工作。好在还可以规培三年，让我到各科室去学习轮训，大学里欠下的"债务"也能及时弥补。我的专业方向是妇产科，可哪怕在急诊、重症这样所有规培生都觉得有些"鸡肋"的科室，我也仍肯下苦功夫学习各类临床操作。每遇到新知识点，我也都记录整理在册，一有疑问便请教上级医生或翻阅各类文献。

因为我谦虚勤快，带教老师对我的印象都不错，遇到好说话的患者，也都放手让我做一些临床操作。我知道，起点低的人就要比别人付出更多的努力。也好在当医生只要用心、勤奋，假以时日都能学有所成。规培的那几年里，我就是这样天天泡在病房里，迅速成长起来的。

直到第三年，科教科才安排我回到妇产科轮转。比起妇科，产科的工作强度自然要大得多，作为廉价劳动力的规培生自然也要价值最大化。因此，规培的第三年，我基本都待在产科了。

科室里历来是铁打的营盘流水的兵，实习的、规培的、进修的医生有很多。一开始谭一鸣对我并没有太多印象，毕竟那会儿规培生基本都是本科毕业没考研的那批。大多数规培生在三年后，都去了区县的基层医院，本科学历在这样的医院基本是留不下来的。

事情在我规陪结束前出现了转机。

规培生即便通过了执业医师考试，中心医院也不会给他们处方权和

工号，我那会儿一直跟着一个叫魏程的医生工作。

有天夜里魏程值班，急诊科叫他去会诊，说有个孕32周，突发左上腹痛的孕妇。那是凌晨两点，他刚睡着就被喊醒了。他有些烦躁地给急诊科回了电话，让急诊科大夫把该查的都查了，确定有产科问题再喊他会诊。别患者怀孕了，不管啥毛病都要推给产科。

可不到一小时，急诊科又打来电话。值班医生说腹部彩超看了，血常规、淀粉酶也都查了，确实都没什么问题。孕妇还是说肚子痛，家属也非常着急，要产科再过去看一下。

魏程颇不耐烦，他实在不愿起来，便给还在产房待着的我打电话，喊我先去看看。

急诊科医生也怕惹麻烦，没给孕妇用镇痛药，孕妇也只得干忍着，好在程度还不算剧烈。我看了孕妇夜间的急诊报告，打电话给魏程汇报：目前检查的项目里没发现异常。

魏程说孕妇腹痛最怕子宫破裂，可这个孕妇是第一胎，又没有相关手术史，彩超检查也不支持子宫破裂，那就没产科什么事了。左上腹痛，要考虑胰腺炎等情况，现在时间短，淀粉酶没升高也正常。他让孕妇就在急诊科先观察，让急诊科医生先请别的科看着。会诊记录他会远程在值班室电脑上写。

上级医生已经表态，我一个规培生不好再说什么，便打算回科室。可就在我准备撤离的时候，又看了一眼孕妇：她痛得更厉害了，额头上有了细密的汗珠。我有些不放心，再度给孕妇查体：她的左上腹有明显的压痛，好像还有点肌紧张，有点局限性腹膜炎的体征。

我留了下来，想看看其他科室的会诊意见。消化内科和胃肠外科的医生都来了，他们看完检查报告，也都觉得没有自己科室的事，匆匆写了会诊意见后便离开了。

孕妇和家属显然对这个结论有些失望：人是越来越遭罪了，检查也挨个做了，医生却说不出个所以然来。医生又说孕妇用药要慎重，难道就这样继续痛下去？

魏程又给我打电话来，说产房有点问题，让我先去看一下。他还顺带抱怨了值班的助产士，说她经验少，有点风吹草动就要喊他去看看，每次都是虚惊一场。

我告诉他，这个孕妇腹痛原因不明，我现在还在急诊待着。魏程一听就冒火了，说："你不是说急诊超声没什么问题吗？胎心也没问题，关产科什么事啊？肚子痛该哪个科看就哪个科看。"我说消化内科和胃肠外科的医生都看了，也没找到原因。魏程一听更来气了，说："那就让急诊科大夫自己观察，对症治疗啊。难不成要你一直守着吗？"

上级医生发话了，我只得回病房了。但我还是有些不放心，便将自己的手机号留给了产妇的家属，说今晚有什么问题，随时可以再打电话给我。

被魏程抱怨"没什么经验"的助产士，一见我就说："孩子现在下不来，可能要上胎头吸引器。"助产士说得没错，是要上吸引器了。我向产妇及家属告知了相应的风险后，打电话叫魏程到产房来。我虽然通过了执业医师考试，但医院没有给我处方权。尽管很多操作我都很熟练了，但碍于当下的医患环境，这些有风险的操作，还是要在有上级医生在场的情况下执行。

接到电话后，魏程仍然迟迟没有到产房来。胎头一直下不来，我也有些心急。我知道产房是个瞬息万变的地方，再这样等下去，胎儿发生窒息的风险很大。我索性直接上了胎头吸引器，等睡眼惺忪的魏程来到产房时，胎儿已经顺利娩出了，阿氏评分（评价新生儿窒息的方法，内容包括皮肤颜色、心率、对刺激的反应、肌张力、呼吸五项标准，满分十分，评分越低，窒息越重）能打满分。

"这些你都能干得挺好了，没什么大事不用向我请示。"说着，魏程打着哈欠回了值班室。我对魏程的工作态度一直不满，可我毕竟只是个规培医生，规培一结束就会到下级区县医院工作。我人轻言微，哪里

轮得到我去评价自己的上级医生。

已经凌晨三点，我还是有些不放心急诊科的那个孕妇，便折回了急诊科。急诊科大夫给她用了些保护胃黏膜的药，可她的疼痛显然没有得到任何缓解。我再次给孕妇查了体，她的左上腹压痛更明显了，这一次还有了反跳痛和可疑的腹膜刺激征（腹部的病理体征，提示腹腔内可能存在感染、脏器穿孔、肠道梗阻，以及内脏损伤出血等）。我再度听了胎心，胎儿心率明显加快了。

我只得更加详细地问诊，尽可能多找一些线索。我看到孕妇在回答一些细节问题上，有些欲言又止，我便找了个理由支开了孕妇的丈夫。孕妇告诉我，她前面撒了谎，这是她第三次怀孕了。她和丈夫是一年前相亲结婚，之前做过两次人流，两次都做了刮宫手术。

我忽然想到，人的左侧中上腹疼痛以胰腺炎、肠痉挛多见，但妊娠期的妇女子宫增大了很多倍，对孕妇来说，腹痛的位置其实是她的左侧宫角，也是人流刮宫时最容易穿孔的地方。孕妇很可能就是宫角破裂，因为子宫没有全层裂开，所以先前触诊时子宫轮廓完好。夜间做急诊超声的医生可能也没注意到宫角肌层已经有开裂。

我再度向魏程汇报自己的推测，可魏程不屑一顾，说："人家超声科医生都出了报告，子宫没问题。你一个临床专业的规培生，看彩超能比别人专门干这个的更准确吗？病房里还有事呢，别一直在急诊瞎晃悠！"

我语塞。说实话，我看超声图像挺吃力的，毕竟不是这个专业，平常都依赖超声科医生出具的图文报告。我一个学历、经验都上不了台面的规培生，仅凭模棱两可的临床症状就怀疑宫角破裂，还质疑超声科出错了报告，确实有些可笑。

我看到了魏程在电子病历上写的会诊意见：目前无明确产科问题，建议继续观察随访。他才是今晚的责任医生，我已经汇报过了，真的出了事也是魏程负责，和我一个连处方权都没有的规培生没什么关系。当我准备回科室时，那个孕妇再度拉住了我的手，说："医生，我的孩子会不会被影响啊？我之前流过两次了，我怕孩子出了问题以后就再没机会了。"

既然魏程是这个态度，我决定直接越级汇报，打给谭一鸣，他是今晚的二线。已是深夜，谭一鸣在电话里听了孕妇的情况，先问魏程过去看过没有，在得到否定的回复后，他说自己马上到急诊科来。

医院对面是本院的老家属院，大多数时候，谭一鸣都住在这里。他一会儿便到了急诊科，在简单查体以及再次完善床旁彩超后，他确定孕妇的左侧宫角有开裂，便立即通知手术室开辟绿色通道。

急诊剖宫取出胎儿后，我们给产妇做了宫角缝补。孩子是个早产儿，孕妇又存在子宫破裂，孩子出生时阿氏评分很低，被送到了NICU（新生儿重症监护室）治疗。

事后回想起来，我也心惊肉跳：孕妇出现子宫破裂，胎儿的死亡率能高达百分之九十，而产妇也很容易出现严重的失血性休克，甚至丧命。这个叫潘洪的孕妇因为宫角破裂出现腹痛，起病隐匿，因为起初子宫没有全层开裂，在超声影像上表现得不太明显。后半夜也是医生最累的时候，负责出彩超报告的医生忽略了。魏程又不想半夜跑急诊收患者，险些酿成大祸。还好我直接通知了谭一鸣，事件才没有向更坏的地方发展。

那天的晨交班，谭一鸣表扬了我。他夸我责任心强又有担当，让大家向我学习。我也注意到，魏程看我的眼神里夹杂着不满和不屑。

那天，我看到魏程被谭一鸣叫进了办公室。隔天，医务科就打电话给我，让我去信息科签字申请工号。谭一鸣告诉我，我可以独立值班了，顺便接管魏程的在院患者，而魏程被调岗到医务科工作。

规培生的工资是由当地财政统一发放的。虽然规培生在医院工作，但大多数医院并不给规培生发工资，规培生对医院来说更像免费劳动力。中心医院比其他医院要大气一些，给了规培生一些补贴，可仍不让规培生参与科室的奖金核算。

也因此，即便规培生早就通过了医师资格考试，其中也有不少人有能力独立管床值班了，医院也会出于用人成本的考虑，不给他们工号和处方权。只有急诊、儿科、重症等医生流失率高的科室，才会根据情况适度让步。现在，谭一鸣给我争取了独立工作的机会，虽然还是做这些工作，但是我已经可以像科室里的正式医生一样拿奖金，收入比先前高了不少。

对魏程，我是有些心虚的，那天的事情并不是我有意去找谭一鸣告状，事后我也几次找时机想向谭一鸣解释。可谭一鸣告诉我，他不是因为这一件事情就不让魏程再上临床的。魏程人聪明，又有名校背景加持，谭一鸣也是爱才的。可魏程责任心太差，谭一鸣平常没少给他善后。谭一鸣觉得做产科医生，最重要的一点就是责任心强，他批评过魏程很多次了，可魏程始终我行我素。对孕妈妈来说，魏程就是个定时炸弹。

谭一鸣说了，把魏程从临床岗劝退，不是因为我越级汇报，我的愧疚感便也逐渐淡化了。科室给我独立核算奖金了，过去的收入相当于我现在的零头。奖金到账的那一天，像所有年轻姑娘一样，我去商场买了好几条想买而舍不得买的裙子。我还请平日里关系要好的同事、朋友在医院附近的火锅店聚餐。

规培还剩5个多月时，区县的医院都开始公开招聘考试了。我也报了名，报的自然是父母老家所在的那个县城。我的笔试、面试都很顺利，父母高兴极了。八年了，他们的女儿终于可以如他们期待的那般有个美满的归宿了。

下面是体检环节，过了这关，我也会成为体制内的一员。规培的这三年里，我很喜欢中心医院的氛围，可这里终究少了点归属感。我有自知之明：我不过是个过客，不可能成为其中的一员。小地方也有小地方的好，更何况我的小叔还是老家医院的副院长。

那天体检时，我还是遇到了一些情况。县医院住院部门口围了很多人，他们吵嚷着医院草菅人命，好生生的一个人，就在医院被医生活生生害死了。

我在中心医院也碰到过医闹，但这些人和我在中心医院碰到的那些医闹相比，明显不够"专业"。医闹的是死者的丈夫和一双十三四岁的儿女。

丈夫一把鼻涕一把泪地控诉着医院的种种做法。医生说他妻子的宫颈有点问题，不治的话以后可能变成癌，吓得他妻子赶紧住院做手术。医生说科室开展了腹腔镜手术，微创就能切子宫了，且住不了几天院就能出院。

做了手术后，他妻子一直说口渴。医生、护士都说术后禁食禁水，口渴很正常。他一晚上去喊了护士好多次，可护士都说他大惊小怪，根本不搭理他们。天亮了，他才发现他妻子血压低到测不出了，脸色也白得像纸。医生急忙又把他妻子推到手术室再开腹，开了腹发现，他妻子的肚子里全是血……人就这么走了……

两个一身素缟的孩子端着妈妈的遗像，哭成了泪人。两个孩子都很瘦弱，那个小女孩更是哭得几近晕厥。小地方是人情社会，和父女三人一起讨说法的是他们的亲戚和邻居。

最后，警方出面协调，这一群人散去了。我在小叔那里了解了其中的细节。那个女人在妇科门诊检查，医生说她有宫颈上皮内瘤变，需要住院做手术。医生说她已经生过两个孩子了，这个病有癌变的可能，不如干脆把子宫全部切了。女人不懂这些专业术语，一听有癌变风险，便觉得医生说什么都对。

本来手术是很顺利的，可手术后妇产科管理严重不到位，没有密切监测患者的生命体征，没有及时发现女人的腹腔存在活动性出血。直到人已经严重休克了，医生才再度开腹探查。出血的地方不是手术创面，居然是腹腔镜入口处被划伤的一处小血管。手术时因为镜杆的压迫，腹腔镜视野里自然是没发现出血的。可手术结束后取出了腹腔镜，原先的那处血管没有手术器械压迫了，就一直在出血。主任大意了，值班医生也疏忽了，这一出悲剧也就酿成了。

小叔有些话没有说全，我是妇产科专业的，知道这种Ⅱ级的宫颈上皮内瘤变有很多种其他的治疗办法，没必要一上来就做子宫全切。小地方的腹腔镜手术做得并不成熟，他们需要更多这样的手术以精进技术。于是，这个本不需要切子宫的女人被安排了这样的手术。这完全是人祸！

我的体检没什么问题，接下来，我会成为这个医院的一员。这是个二甲医院，妇科和产科还没有分家，这次涉事的妇产科就是我将要去的科室。

小叔也不无感慨，还是体制内好啊，那个惹出大事的妇产科主任只是被撤销了主任一职，那一大笔赔偿也是医院和科室出了大头。那主任还是在科里工作，反正没几年就退休了，该有的待遇医院还是都会给他的。

我想起了谭一鸣，艺高人胆大，永远会把产妇的安全和利益放在第一位。我相信这样的惨剧永远不会在他管理的科室发生。我这样学历的人自然是留不下来的，由于主观、客观上的一些因素，我也没有再去读研深造的动力。不过，我还是庆幸自己可以在工作之初便遇到这样一位领导。

想到这里，那份马上到手的医院事业编多少有些鸡肋。人啊，往下走总是更容易的。

为期三年的规培生涯就快结束了。大医院的格局、视野、技术自然是远超区县的小医院，我也愈发珍惜这样的时光。

独立管病人，压力自然要比跟着上级医生大了，我将大量的时间和心血都倾注在患者的治疗和管理上。谭一鸣给了我这样的机会，让还在规培的我有了和科室正式工作的医生相同的收入，我自然不能辜负他的信任。

一天中午，值班护士接到电话：一个妊娠合并糖尿病的孕妇要被收上来，门诊医生轻描淡写地在电话里说病人近期血糖控制得差，上来调节一下血糖。

可孕妇何止血糖控制得差这样简单。她一到护士站，护士便发现她呼吸明显变得又深又快。仔细一闻，孕妇呼出的气体里有明显的烂苹果味。护士一测血糖，发现数值爆表，血酮也高到离谱。护士急忙通知值班医生过来收治病人。

那天中午值班的是王雪梅，患者刚被安排进病房便出现了意识障碍，血压也低到吓人。遇到危重孕妇，王雪梅立即通知了谭一鸣。

糖尿病酮症酸中毒的处理原则，无非是早期大量补液，使用胰岛素控制血糖，并同步纠正酸碱平衡，所以需要给孕妇建立好几个通道，方便快速补液。可这个孕妇很胖，又因为有效循环血容量不足导致血管塌陷，几个经验丰富的护士忙了好一会儿，也没有成功建立静脉通道。

那天我跟着谭一鸣刚下手术台，准备吃手术餐。他一接到电话便立刻赶往病房，我自然也一同前往。静脉通道一直没有建立成功，该孕妇又急需大量补液，那就索性给孕妇做中心静脉置管。谭一鸣赶紧联系麻醉科医生来置管，可麻醉科的住院总医师在电话里告诉他：今天手术太多，骨科刚才有个患者肺栓塞了，要他们去紧急气管插管，医生一时过不来。监护室估计更是忙翻了，电话都没人接。

就在这时，我说我可以置管。谭一鸣看了我一眼，这个操作一般都是由麻醉科或者监护室的医生来做，产科需要中心静脉置管的患者并不多。即使产科患者有需要，一般也是在手术室由麻醉师完成，也因此，产科的医生大多都没有操作过。

可看我一脸笃定，他索性让我操作。这项操作不难，可如果操作者掌握不好穿刺的位置和角度，很容易导致患者出现气胸和动静脉瘘。他叫护士把床旁超声推过来，在超声定位下穿刺总归要安全些，可护士面露难色地告诉他，床旁超声拿去维护了。

我说可以盲穿。我平日里并不爱出风头，眼下如此从容，谭一鸣便直接让护士准备好穿刺包和局麻药。

我做床旁操作的时候，谭一鸣一直在旁边看着。我在产科工作快一年了，这一年里，他不记得科室有需要紧急中心静脉置管的患者。也就是说，至少有一年的时间，我没有过类似的操作。可我手上的动作倒也利落、娴熟。孕妇很胖，胖到看不出锁骨的轮廓，比起常人显然要难穿一些。我连续调整了两次穿刺针的角度都没有回抽到血液，可我也丝毫不慌，继续调整回抽，看到终于有血液出来，我兴奋了一下。谭一鸣也总算松了口气。

置管很快完成，大量液体通过这条管道进入患者体内。没过多久，患者便逐渐清醒过来，手脚也不像先前那样冰凉，血压也恢复到了正常水平。当天晚上，孕妇的血糖、血酮、pH值都恢复到理想水平，胎心监护提示胎儿的状况也很不错。警报总算解除了。

那一天我特别开心，这是我作为一个医生最快乐、最有成就的时刻。

次日上午，谭一鸣把我叫进了办公室。之前在手术室等麻醉的间歇，他问过我今后的去处，我说已经考上了一家二甲公立医院的编制。那是我父母的老家，也有亲戚在那家医院工作。谭一鸣似有话要说，可最后也只是笑了笑。这次他正式地问我，是否愿意留在这个科室工作。他也明确表示：这些时日，他很欣赏我的认真、负责、敬业。我临床上的各类业务很扎实，且反应快，又有担当。产科最需要这样的医生。

我有些受宠若惊。在这样的三甲医院内，人员竞争激烈，这里虽然还比不上北上广的那些大医院，但想进热门点的科室，学历就得是博士。我这样只有本科学历的大夫，在规培完后都是毫无悬念地去小医院，毕竟每个人都要有与自己相匹配的人生。可现在，谭一鸣居然对我抛出橄榄枝，还说上次闲聊时其实就是在打探我的意向。可我说我是独生女，家中还有亲戚在那个医院任职，他便没再勉强。可眼下，他确实觉得人才难得，如果我愿意，还是希望我留在这里，毕竟这里要比区县的二甲医院好太多。

我激动到有些语无伦次。谭一鸣主任就是博导，身边从来不缺乏优秀人才。那些人的背景和光环都让我觉得炫目，他居然不嫌弃我的"鄙陋"出身，主动抛出橄榄枝。

我不知道该说些什么，只是拼命地点头。

第九节
置房

我在规培期间便独立管病人了，收入大幅增加的喜悦并没有维持太久。我知道自己家境不好，未来需要自己操办的东西还有很多。

我没有被"能花才能挣""好看的女人都自带烧钱属性""你值得拥有世间更好的"之类的消费主义的说辞洗脑。规培前期，我的收入虽然少得可怜，但我那时住的是小叔的房子，少了房租这个大头，每个月倒也还能有结余。

小叔早年在天城市中心医院附近买了房，本是作为投资房兼学区房使用的。房子早前对外出租，被租户搞得一塌糊涂，他便索性收回了。小叔的女儿上初中后便到了天城市，在医院附近的一所中学念书，只有周末才回县城。怕小堂妹住校晚上休息不好，她的父母给她办理了走读。小堂妹刚到天城市读初中时不满13岁，恰好我又在中心医院规培，小叔便让我一块住在那个房子里，两姊妹相互有个照应，我也可以省下房租。

规培第二年，我考过执业医师资格证，虽未独立值班，但收入不像第一年那般捉襟见肘，我便从小叔的房子里搬了出来。这毕竟是别人的房子，小婶时不时就要来看望女儿，也经常抱怨：你一天到晚都在忙些啥？平时就不能把屋子多收拾一下吗？堂妹还那么小，功课又那么重，晚上下班就不能帮堂妹煮点夜宵吗？我说平日工作很忙。小婶便说："不就是在这里规培吗，又不是正式工，能忙到哪里去？"

面对小婶有些咄咄逼人的指责，我只能选择沉默，我能感受到小婶的怒气和怨气。我父亲这边的亲戚都是从农村出来的。小叔是草窝里飞出的金凤凰，是举全家之力供出的"体面人"，可他的根还扎在泥土里，还有一众泥腿子亲人，他也从来不是个"忘本"之人。小婶和小叔认识以来，小叔便不断地反哺他还在泥沼里的大家庭。这十多年里，小婶的日子也不好过，先不说这些年没少给小叔这一大家人贴钱贴物，光应对这一堆穷亲戚的日常就足以让她心力交瘁。

我12岁那年的寒假，和母亲回老家探亲。当时，只有结婚没两年的小叔是住在县城里的，回去的时候我们母女俩自然住在小叔家里。毕竟难得来一次，小婶对我们母女俩还算热情。

大叔和大婶早年在外打工，留下两个女儿由乡下的爷爷奶奶照顾。正值寒假，有一天一大早，堂姐、堂妹一人背着一个背篓到了小叔家。小叔不在家，小婶看到两姐妹来了，脸上没有太亲密的笑容，但还是拿出零食招待两姐妹。可是当她走近了看到两姐妹背篓里装着的是什么后，她脸色立刻变了。但她还是没说什么，把这些脏衣服和被单都放进洗衣机里洗了。

几天后，当堂姐、堂妹背着干净的衣物从小叔家离开，小婶忍不住向我们母女吐槽："这些年，这两姐妹的父母都不在家，也不怎么打钱来，我丈夫平日里也得补贴不少。这倒也算了。说真的，我当时看到她们背着背篓来，还以为她们带了些刚挖的红苕，我还高兴了一下，毕竟她们还是想着我们的好的……农村冬天洗衣服是不方便，我们家有洗衣机要方便得多，可是我们也不欠她们家什么啊……"

在这期间，爷爷奶奶也来小叔家住了几次。在生活方式上老一辈总和年轻一辈有很多矛盾，特别是爷爷，从不会顾及他人感受。他每天很早便起来，搞得声音很大，每每出门时还要用力摔门。尽管小叔、小婶已经反复提醒他还有人在睡觉，可他仍然我行我素。比起爷爷来，奶奶倒是随和，可婆媳关系历来是每个家庭的难题。爷爷奶奶的生活习惯也不好，而这个家里所有的家务又都只有小婶一个人做。那时她还没有孩子，且已经考上了公立小学的编制。老师都有寒暑假，可我能感觉到，寒暑假对小婶来说一点都不轻松，她嫁给了这样一个"年轻有为"的丈夫，也要接受他背后这样一个大家族。每个寒暑假，她都要照料一堆不停上门"寻方便"的亲戚的饮食起居。

这样的日子小婶过了好多年，她自然是有怨气的。现在，大叔一家终于不用他们再这样扶贫了，又轮到我了。在小叔的房子里住了一年多，那寄人篱下、仰人鼻息的感觉终究是不好的。可落后就要挨打，穷困自然也会遭人轻贱。我自小就知道这个理，在金钱上自然也极为敏感。

尽管那时经济还是紧张，可我坚持每个月把结余的钱，定投了一些指数型和偏股票型的基金。有几个关系不错的朋友笑话过我，说都多少年了，大盘都横盘在两千多点，还不如放在余额宝里靠谱。我只是笑了笑，不回答。我有自己的一套理财逻辑，虽然那两年，那几只基金几乎没有给我带来任何收益。

规培的最后一年，我的奖金大幅提高，在短暂释放先前被压制的消费欲后，我开始思索收入增长后的理财模式。股市低迷很久了，周围全是唱空的声音。有次休假，我无意间走到一家证券公司的营业厅，那时人们通常还需要去证券公司现场开户，可那里简直门可罗雀。

萧条的营业厅没有使我打退堂鼓，我把两个月攒下的两万元分散买了一些银行股。我不是风险偏好者，毕竟都是辛苦钱，买这些涨跌幅都不会太离谱的银行股，多少还是安全些，股息也不错。之后的每个月，我都会拿出每月的结余补仓，并继续定投指数基金。

彼时，天城市的房价还处于洼地，和股市一样低迷。我那时没有想过能在这里拥有自己的房子。人对遥不可及的东西都不会抱有太多幻想。反正规陪结束后，我会回到区县，在那里工作生活，我接下来的人生轨迹，终究要和父母期望的重合了。

可谭主任却在这个节骨眼上告诉我这样的好消息：我被选中了，我可以留在这里了！

出了主任办公室的门，我像中了头彩一样给家人打电话，迫不及待分享自己的喜悦。第一个电话是打给母亲的，我想告诉她，她的女儿可以留在这样的大型三甲医院工作了！可母亲没有露出丝毫欣喜，她的第一反应是：有没有编制……

我告诉母亲，医生这个行业最核心的竞争力是手上的技术。编制这种东西对医生真的不重要，而且我很喜欢科室的主任和同事，能和这样的一群人一起工作，那是莫大的幸运和福气。我不知道父母那辈人为何把"编制"看得那么重。

我留在了这样的大医院，自然没有编制，但是医院早就同工同酬了。可在父母眼中，没有编制，我便不是"公家人"。在这样的大医院工作，听起来体面，也不过就是个临时工罢了。

令我满心喜悦的事，对母亲来说，是令她失望和担忧的事。填高考志愿的事情让我们母女俩在很长一段时间嫌隙颇深，她不敢再处处干涉我的选择。可我还是感觉得出，在我人生重要的选择上，母亲从来没有认同过我。

母亲嘴上说着随我自己选，却一个劲地分析：大城市的房子那么贵，在那里安家太难了。县医院待遇也不比大医院差，干个两年，首付和装修的事情就都解决了。父母一直没房子，这两年在团部住的公租房，公家也要把房子收回去了。他们年纪大了，又没地方住，女儿终于供出来了，他们准备回老家投靠我了。

母亲怕我拎不清，继续和我探讨利弊：大城市的生活成本非常高，一家人都在那里，我的压力也大。而且小叔还在县医院当副院长，我在老家工作那就是真正的"皇亲国戚"，别人还不都得给我三分薄面。而且有小叔在，以后有他扶持，混个科主任当，也是早晚的事。

末了，母亲也说了她的苦衷。她娘家人也都在县里，条件都不好，自己的女儿在县医院工作，好歹也能帮衬一下那些亲戚。

可母亲的话再次起到了反作用，坚定了我留在这里的决心。我不喜欢别人对我的生活有过多干涉、指点。小叔的控制欲比起父母有过之而无不及。他对我一直不满，当面背地，他都说我自私、不懂事，远不如他从小带大的堂姐乖巧，让一大家人都满意。他还总批评我的父母，就因为他们只生了我一个，过度溺爱我，才让我肆意妄为。他在外是院长，在整个大家族里，他也是权威中心，所有人都要听他发号施令，指点江山。

我不稀罕做什么院长侄女，更没想过靠着裙带关系早日当上主任，我也不觉得自己有能力关照母亲的娘家人。比起小地方密不透风的人际关系网，我更喜欢这里自由、开明的气息。

小叔也打来电话，说他为我这个永远拎不清的侄女操碎了心。他警告我千万不要这般草率，我只有本科学历，基础又差，性格不好，情商又低，在大医院肯定混不下去。而且产科有什么可干的？不就是当接生婆吗？做来做去就一个剖宫产。听上去在三甲医院工作很风光，其实连编制都没有，还不就是一个临时工？这好不容易考上了县医院的编制，就是公家人了，多少人羡慕。县医院以后的妇科和产科也是要分家的，到时候他肯定会想办法让我进修妇科专业。而且我老大不小了，父母又没个去处，难不成还要跟我一起在大城市漂着？

末了，小叔再次对我从不顾及家人的做法表示痛心疾首。他说，就是因为父母只生了我一个孩子，从小太溺爱我了，才会让我凡事都以自我为中心。我做任何事情都不会先考虑父母，永远都没有一颗感恩的心。父母为了我背井离乡在那么偏远的地方苦熬了二十几年，我都二十好几了还那么不懂事，干什么都要由着自己的性子来。我什么时候才能挑起家庭的担子，不再那么我行我素。

这通电话才挂断，爷爷奶奶就给我打来电话，说的内容翻来覆去，还是那些。我自小在新疆长大，对他们并无感情，之前的二十几年也几无来往。可自从我来这边工作，我们之间倒多了不少祖孙之间必要的联系，可不知为什么，每次他们的关心都让我颇为不适。

我原本雀跃的心情慢慢沉入谷底，我在想为什么他们如此迷恋"编制"二字。这编制能保障我什么？保障我像那个妇产科主任一样，犯了不可原谅的错误后仍然能保住工作吗？

有着多年管理经验的小叔给我下了判词：情商低、性格差，专业基础又不牢，在大城市的大医院出不了头。可是无所谓，我也没想过要出头，我就是喜欢这里的氛围，我为什么要去"出头"呢？

可说到底，我还是被家人的"为我好"左右了情绪。这么多年来，父母从来都是我的软肋。他们过得太不容易了，他们下苦力才养活了我。我为什么那么自私，不能在人生方向的重大选择上，将他们的切身利益放在第一位？上大学那些年，我的荒唐经历已经让父母操碎了心，现在的我终于比先前懂事了些，可比起获得一大家人盛赞的堂姐，我还是显得过于自我了。

在看到父亲的电话时，我的心又是一紧。不用接听我便已经脑补出了电话那头的父亲，是怎样一副痛心、哀怨的模样。我知道父亲的脾气，我随便说出的一句话就会点燃这个火药桶，引来不堪入耳的恶毒咒骂。

手机越是这般不知疲倦地响，我的心情越烦躁。现在仿佛我又做了"大逆不道"的事情，需要接受道德审判。这种糟糕的感觉让我有些抓狂。我索性将手机调成了静音模式，耳不听为净。

不过，我还是再度陷入深不见底的迷茫。

我的大喜事没有让我快活多久。它就像一座巨轮，刚开始处女航，就在驶入深海时撞向了冰山，开始不断下沉。

好在规培还有几个月才结束，我还可以不这么快做决定。而这一次，命运却对我出奇的友善。

就在我开户没多久，A股市场有了行情。知道我一直在买基金，一些关系不错的朋友开始向我打听行情。我本着"荐股无朋友"的原则，不做正面答复，毕竟我定投时的点位比现在低不少。

我上大学的时候，看的最多的除了名人传记，就是投资理财类书籍。《小狗钱钱》《富爸爸，穷爸爸》《滚雪球》《巴菲特传》等我都翻过很多遍。我有自己的理财逻辑。我的理财方法并不一定适合其他朋友。比起和我同龄的喜欢"买买买"的姑娘，我对存钱的热情比花钱要高得多。

看到账户里逐渐变大的数字，那种欢喜和欣慰，远比占有一个新款的苹果手机和一款轻奢包来得强烈。我买的那些银行股没太多的涨幅，买房子的事还太早，我索性把每个月的结余都买入了仍在洼地的消费类股票。每天晚上睡觉前，我都会盘点一下自己的基金和股票，并花一点时间浏览雪球网。很多投资者会在这里发表观点，我会标记一些和我理念相近的网络大V，长此以往，我自己搭建的投资体系也愈发稳固，我不会轻易人云亦云。

早些时日，股市便已经有了回暖的迹象，起先连我自己都没重视，还是如常买入。可渐渐地，我发现周围的气氛逐渐热烈起来。在手术间歇，在食堂吃饭的空当，周围同事和朋友都会讨论股市行情，会互相推荐中意的个股。更有甚者，每个交易日都在朋友圈晒出当日的收益，有时候一天的收益就要高过我一个月的奖金。

我手上的基金和股票自然也在一路上涨。我重仓的股票以银行股、消费股居多，远比不上创业板上很多"妖股"的惊人涨幅，可也在短时间内就翻了倍。面对账户上不断变大的数字，我自然喜不自禁，可隐隐地，我也感觉到恐慌。

股市如火如荼，各路媒体都给A股造势，说四千点才是牛市的起点。一时间，大量新股民跑步入场，生怕赶不上这场财富的盛宴。

我平日在科室人缘不错，知道科室但凡有点闲钱的医生护士都加入了炒股大军。他们个个都是股神附体，一有空便向我推荐他们中意的股票。科室里的几个工作时间不长，积蓄也少的年轻人也坐不住了。这样随便买买就能赚钱的行情，没钱入市简直比亏钱还让人心有不甘。我听说，科里有几个护士四下找人借钱，或者透支信用卡炒股，甚至还有两个在借贷平台上借钱炒股。

虽然我账户上的数字还在节节攀升，可我已经没有了先前那种喜悦。越来越多的人深信沪指能冲破一万点，中国股市需要这样一个高光时刻，而此时我却越发恐慌不安。我看过很多遍《小狗钱钱》，这虽然是本儿童理财读物，却让我深刻明白股票赚钱的原理究竟是什么。如今股市这样疯涨，显然已经透支了背后企业多年的盈利。

我的不安在科室里负责清洁和杂务的护工也开始向我荐股时达到了高峰。我犹豫现在就卖掉会不会太早，也许股市真的会像所有股民期待的那样气势如虹，再创新高。可这样的期待不能抵消我每天的焦虑，我发现自己日常的生活和工作都受到了影响。只要一开盘，我的心就会跟着浮躁起来，甚至连做手术的时候也在担心着个股的涨跌。

那些年，天城市的房价一直处于横盘阶段，始终没有太多热钱涌入楼市，以至于当时很多人都相信，天城市的房价估计一直就这样了。

即便这样，能在天城市买房对我来说都曾是一件遥不可及的事情。可眼下股市的大涨给我带来了丰厚的收益，让我有了在天城市买房的可能。

我当时和朋友在医院附近合租，租房很难给人安全感，因为房东随时可以让我连夜搬家。

我索性清空了所有基金和股票，不上班的时候便四处看房。我的股票自然没有卖在最高点，几个相熟的朋友都在为我感到可惜：这么好的市场，我却早早离场了。说我一点都不后悔，自然是假的，可自从卖掉这些基金股票之后，我感觉自己的生活恢复到从前简单踏实的状态。

没有了股市大幅上扬带来的冲击，我反而能专注地精进自己的专业。

我还没有找到合适的房子，股市便开始哀鸿遍野。股灾1.0版，股灾2.0版接踵而来，甚至连续几个交易日都出现罕见的"熔断"。坊间更流传着"侠之大者，为国护盘"的口号，可仍然阻挡不了巨大泡沫的崩裂。

我平日里工作很忙，自然没那么多时间去看房子，找房子的过程并不顺利。天城市是座山城，城市的高楼大抵沿长江两岸分布，加之有嘉陵江交汇，这让"江景房"在天城市算不上稀缺资源。我也看中了江边的几处房子，地段、房型都是无可挑剔的，可这样的房子，价格也不低。

有一天下夜班，我接到中介的电话：名岸雅居的一套小二室急售。我记得那套房子，阳台和卧室都朝着江边，站在阳台上，就有温润的江风拂面而来。我非常喜欢那套房子，可价格超出我的预算了。

中介告诉我，房子的原主人非常缺钱，眼下急售，价格也比先前低了很多。可即便这样，距离首付，我还差了将近八万。父母自然是帮不上忙的。但我知道机不可失，就向平日里关系好的同事和朋友各借了一些。我很快便签下合同，并办好贷款。

那个房子已经做过基础装修，风格颇为简约，可我也不是什么有品位的人，抱着可以拎包入住，不用再寄人篱下、四处租房的朴素想法，我欢天喜地地搬进了新房。

不到27岁，我便在没有家人帮衬的情况下，在这座新晋的一线城市里有了自己的住房。规培结束了，住房问题的解决帮我在天平的这端加重了筹码，我可以没有后顾之忧地留在这里了。

父母知道我买了房，自然欢欣无比。因为政策原因，他们在团部的公租房也不能再续约了，等卖完棉花，已经没有住所的他们会来投靠我。父亲更是逢人便吹自己的女儿有出息了，在大医院工作，还在大城市买了房，他们马上就要去享福了。

电话里，我自然能听得出母亲的喜悦。可隐隐约约，我也能感受到母亲的忐忑和小心试探。如此几番后，我自然是不悦的，让母亲有什么想法就痛快说出来。

虽然母亲反复告诉我不要多心，也不要生气，她不过就是听别人那么一说，所以才随口问问。母亲小心地询问，我们主任是不是对我有点意思，要不然怎么会把我留在这里。这房子是不是他帮忙买的，确定房本上写的是我的名字吗？

我再次怒不可遏，我大致猜到这话应该是小叔对母亲说的。这些年小叔的那些癖好我是早听家人说过的。一大家都是农民出身，好不容易出现个"了不得"的人物。除了小婶，家人每次谈起小叔的风流韵事，都带着炫耀的神色。毕竟在他们眼里，这也是男人成功的标志之一嘛。小叔对自己的风流也颇为得意，这样的人自然会以己度人，以为全天下的成功男士都跟他一个德行。

谭主任一直是我极为尊重的人，我自然不允许别人无故诋毁他。我也恨母亲为何这般低俗、市侩，不相信自己的女儿能通过勤奋和智慧得到这一切，必须委身男人才能得到！

父母还没有来和我同住，而这样远距离的通话就让我的心情无比郁结。

家人选不了，可朋友却是可以选的。

在这里工作三年了，被定在产科之前，我去过不少科室轮转，所到之处都能认识很多好友。和朋友在一起时，我从来都无比畅快。

这次乔迁新居，我自然要喊朋友到家里玩玩。我好烹饪，做得一手好菜，便约了要好的朋友到家吃饭。

在场的全是我这三年里结识的好友。有的和我一样在这里规培，有的像秦松明和李承乾这样刚拿到硕士学位，马上要回科室上班。

到8月底，为期三年的规培就要结束了。其间一起规培的，只有我被留了下来，其余人基本都去了区县的二甲医院。所以，这次聚餐也有吃散伙饭般的伤感。

不过，我们到底都还年轻，认为未来还很美好。特别是想到马上就熬过医生生涯里最穷的阶段了，一伙人又开心地闹成一团。他们知道我这次买房没靠家人帮忙，几乎凭着积蓄和投资解决了问题，都夸我善于理财。

我坦言自己运气好，原房主简装过房子，还没来得及住，不知是这次股灾亏钱了，还是有其他原因，急着用钱。所以我才捡了漏。

那天晚上，一伙人都玩得尽兴，很晚才一一散去。先前我还跟着一群人笑啊闹啊，可眼下看着一片狼藉的厨房和客厅却让我很为难。

就在这时，忽然有人敲门，秦松明居然又折返，说他的手机落在这里了。他拾起了沙发上的手机，看到我独自收拾一片狼藉的桌子，便索性留下来帮忙收拾。

帮我收拾完这些，秦松明也没有立刻要走的意思。他走到阳台，那时阳台还没有吊椅，我便也随着他席地而坐。

对岸便是日夜奔流的长江。江面流转的灯光变换着不同的色彩，原本刺眼的光芒经江面一反射，倒也变得柔和起来。夜色如水，有清凉的江风在我们的空隙间安静地穿梭。

"以后可以一直一起共事了。"

先前我们两人一直没说话，在秦松明忽然开口后，我扭头看了看坐在自己身旁的人：脸上还是带着平日里的温和笑容，眉眼间也有清浅的笑意，嘴角轻轻上扬，下颌处的线条倒也分明。

"宋墨鸢和女朋友分手了。"他把这个"好消息"告诉我。

"哦。"我平淡地回复，反倒让他觉得有些尴尬。

宋墨鸢是胸外科的医生，是中心医院公认的院草，我曾经暗恋过他。对这场无疾而终的暗恋，当事人从不知晓，可秦松明却一直知道。

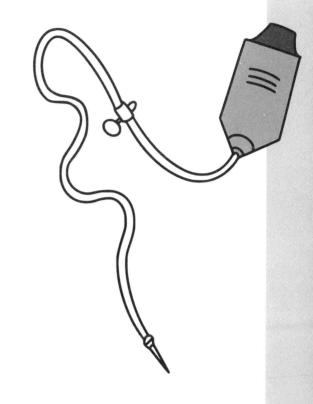

解围

生日

肝衰

独生

—————— 第四章 ——————

第十节
解围

产科的日常工作远不只有"接生"那么单一，"引产"也是科里的一项工作内容。

这天上午，科里收治了三名需要引产的孕妇。其中一个是发现胎儿畸形的，另一个是发现胎死腹中的。两个都是二胎妈妈，都有瘢痕子宫，引产的风险要比其他孕妇大。

黄莉在母亲的搀扶下坐到了我对面，她从包里翻出产检单递给我。在看到这双手时，我心里一沉：黄莉的左手没有一根手指，整个左手像一个光秃秃的肉球，那只健全的右手也粗粝不堪，指尖布满老茧。

见我的目光一直落在黄莉的手上，黄母忙着解释："天生的，左手、左脚都这样。"

我也意识到自己有些无礼，连忙回过神查看黄莉的产检资料。胎儿快28周了，虽说前置胎盘可能出现大出血，但在我们这样的医院，是可以保障母子平安的。

在产科工作的这些时日，我遇到过因为一点家庭矛盾便意气用事，气冲冲找到医生，要求打胎的准妈妈。更有甚者，拉着值班医生，哭得一把鼻涕一把泪，不住地控诉家人，仿佛天下所有的不幸尽数让她们遇到了。

虽说清官难断家务事，可大多数时候，医生只要耐心倾听，便会知道她们控诉的都是鸡零狗碎的事情，完全没到"后悔怀了孩子"的地步。对这些一时气不过的孕妇，我大多采用"打太极"的方式先稳住她们，等把家属找来，让其对着孕妇说些好话，准妈妈大多见好就收。更有甚者直接破涕为笑，亲热地挽着老公回了家。

"和老公吵架了吗？"我开门见山问黄莉。

在我与黄莉沟通时，李承乾也在与一对夫妻沟通。妻子35岁了，之前一直怀不上，做了好几次试管婴儿才成功，这次产检发现胎儿存在严重的生长受限，只能来引产了。这个孕妇大概也从我和黄莉的交流中知道黄莉是来引产的，不停劝告她别想不通，怀个宝宝多不容易啊，怎么能说不要就不要呢。

黄莉从进医生办公室起，便始终低垂着眼帘。我看不清她的表情，但她的鼻头微微发红，再细看，她的面部肌肉也似有微微痉挛。

好半天，黄莉才憋出几个字。

"他跑了……"

年轻的孕妇微抬起头，我这才看清黄莉的容貌。虽然还在孕期，她的面部难免有些浮肿。可如果不是眼圈、鼻子都这样发红，那张脸完全是可以用清丽来形容的。只不过，当黄莉抬起脸看向我时，我被对方眼睛里的绝望镇住了。

楼下绿化带有几株高大的景观树，风吹时，总有枝叶在窗前缓缓摇曳。午后的阳光进入办公室，深绿色的树影在黄莉的脸上晃动。之后她没再说一句话，可眼里却有掩饰不了的悲伤和绝望。

我一时语塞，不知怎么安慰，只是拉了拉对方的手。那只手不仅粗粝，而且触感冰凉，与8月的炎热格格不入。

我本想劝她再考虑一下，可理智告诉我，这大概是她痛定思痛后的决定。我问她是不是下定决心了，如果确定要引产，那就尽快做。再过几天就28周了，这个孩子发育挺好，28周后便不能再随意引产这些无医学指征引产的胎儿了。

"确定了，我没结婚，连准生证都不知道该怎么办理。我这样的情况一个人也不知道该怎么养大孩子……"黄莉哭了，可却没有发出任何哭声，只是任眼泪毫无章法地在脸上流淌。周围没有纸巾，她便用右手指用力地在脸上揩过。

"你说说我这女儿怎么就那么命苦，一生下来手脚就都有残疾，从小到大吃尽了苦头。可我女儿要强，明明身体不方便，可只有几岁大的时候就能自己穿衣、吃饭，不让大人帮忙。她就只有一只好手、一只好脚，十几岁就进城打工了，可城里哪有那么多能让她胜任的工作啊……"

黄母一说起女儿的过往就心疼得直抹眼泪："我女儿从小就懂事，生怕给大人添麻烦。到了城里也是什么苦活、累活都愿意做，这些年都是自力更生。可她都快28了，我们那儿这个岁数的姑娘都出嫁了……"

黄母越说越悲愤："在我女儿打工的地方，他们都觉得我女儿是个实诚人，就想着帮她介绍个对象。可我女儿身体上有些毛病，他们介绍的不是盲人就是聋人，连有智力障碍的人也介绍过。可我女儿生活也能自理啊，干吗要找这样的。后来他们还真给介绍了一个小伙子，人没啥毛病，看着也老实。两个人相处了一阵，女儿一和我打电话，三句话都离不开那个小李。过年的时候还真把人带回来了。在我们那里，都带回娘家了，这婚事就算基本定下来了，而且我女儿还怀孕了。

"我们叫两人赶紧把婚事办了，可他老是支支吾吾的，一会儿说户口在外地，一会儿说没那么多钱。我们当时也没多想，就觉得女儿总算有个伴了。可哪知道，我女儿肚子一天比一天大了，可他还是绝口不提结婚的事情。两个人都在一起住这么久了，他对我女儿也不错，他总说户口那边出点问题，但肯定在孩子出生前把这件事解决了。

"可哪晓得这龟儿子把我们电话、微信都拉黑了。一开始我们以为他欠钱跑路了，甚至都想到帮他还，毕竟是一家人。可后来我们才从别处得知，他一开始就没想和我女儿过日子，就是想'耍一耍'。他还说我女儿出生时手脚就没长齐全，肯定基因不好，现在怀着的这个指不定还有什么问题。他本来就打算让她打掉，可产检时医生说是前置胎盘，打胎容易大出血，搞不好要出人命，这龟儿子就直接跑了！"

一直在旁边听着的李承乾气愤地叹道："渣男年年有，今年特别多啊。"

看到黄莉一直在哭，李承乾急忙递了一盒湿巾给这对悲愤交加的母女。我实在不知道该怎么安慰这个被骗了身体，骗了感情，还要独自承担苦果的姑娘。

可我还是能感觉到，作为当事人的黄莉要比她的母亲更坚忍。从出生起便要同残酷命运抗争的她，有着远比常人坚毅的人生底色。

既然黄莉本人对引产态度坚决，且黄母已经提到这次引产要面临的风险，我便将治疗方案告诉她们。

鉴于黄莉此次怀孕是完全性前置胎盘，引产过程中极易发生大出血，危及孕妇生命安全，这次的引产有两个方案可以选择。

第一种便是直接剖宫取胎，手术时在胎盘上打洞娩出胎儿。但这次住院的目的是放弃这个胎儿，再让母亲挨一刀，人为造成瘢痕子宫，对母体的损害很大，有些划不来。第二种就是口服米非司酮（可以促进宫颈成熟），再联合利凡诺羊膜腔穿刺引产。但这样的完全性前置胎盘，胎盘完全覆盖在宫颈口上，把胎儿娩出的门封堵上，强行引产很容易发生难以控制的大出血。到时，产科会和介入科、输血科、监护室等多方合作，尽全力把风险降到最低。但如果需要介入治疗的话，费用也会明显升高。

其实我有些担心，母女俩会因为费用问题选择对母体创伤大的前者，但黄母抢在女儿表态之前选择了后者。

在术前检查完善后的第一天，我给黄莉开了米非司酮，在次日又给她打了利凡诺。

一天后，黄莉的宫缩开始发动。此前我已经用米索前列醇给她软化过宫颈，现在宫颈口已开，胎儿没娩出，却有鲜血不断流出，而且有越出越多的趋势。

在给她安排好输血后，我也联系了介入科，准备给黄莉做双侧子宫动脉栓塞。妊娠期间的子宫血供非常丰富，眼下宫颈口已经开了，像水龙头被打开了，血液像自来水一样哗哗直流。介入止血就是用可吸收的凝胶海绵栓塞掉子宫的主要供血血管，关掉这个正在放血的"血龙头"。

产科和介入科一直合作密切，而我和秦松明私交甚笃。他早就安排好手术室，落实所有的细则，只待黄莉一来，便可直接做介入手术了。

在黄莉被搬上手术床后，我最后检查了一次她的下身。出血还是很多，但胎头和部分胎盘已经卡在宫颈口了。好在这次到介入室时我备了产包，拿出产钳直接钳夹胎儿。胎儿已经死了，我自然不会像日常上产钳时顾忌那么多。我用力一拉，胎儿便掉了出来，是个四肢健全的男婴。

胎盘就在宫颈口，黄莉是初次妊娠，不存在胎盘种植的情况。我稍一钳夹，胎盘便完整地剥离了，我立刻在她的宫颈口注射了欣母沛（一种强效子宫收缩剂，用于预防和治疗产时及产后宫缩乏力引起的出血），她下身的出血马上以肉眼可见的速度减少。

秦松明和介入科另一名主治大夫早已到位，可现在看来，好像不需要他们上场了。

秦松明面对有些不悦的上级大夫，解释说："产科就是这么瞬息万变，夏医生也不能料事如神。"他的上级医生自然也没太把这次的"意外"当回事，今天的手术很多，他还得去忙下一台。

负责巡回的护士一开门便大叫起来，因为介入室的空间不大，地上布满了染血的一次性中单，手术床的正下方还放着死婴和胎盘，使本就狭小的手术室像凶案现场。介入室历来都是做微创手术，几乎全程无血，护士哪见过这样血腥的场面。黄莉母女俩在事前已经签署了文书，死胎和胎盘都交给医院处理。现在，死胎和胎盘被留在了介入室，自然需要护士来收拾这些血腥恐怖的娩出物。

负责记录的护士也在抱怨："这产科大夫自己都直接搞定了，没必要把人再拉到介入室来，折腾一圈，搞得鸡飞狗跳，还让我做了那么多记录。产科大夫就不能严把一下介入手术的指征吗？"

我有些尴尬，之前黄莉的宫口开了，可内容物出不来，只是一个劲出血。黄莉很瘦，怀了孕也就40千克，就那点血容量哪经得起这样出。这种情况只能紧急做介入手术，我也没想到人都搬上手术台了，再一检查竟然还有转机。

我帮巡回护士一起收拾，可不知护士是不是有意找碴，我一回头便发现护士将装医疗废物的垃圾桶撞倒，我将其扶起，她又将裹好的医疗废物用力甩进桶里。我蹙眉，丢个垃圾而已，用得着这么用力吗，这不明摆着甩脸给我看吗？

我也不是软柿子，准备发作。秦松明拦下了我。他戴好手套，帮我一起整理，收拾得差不多了，才笑着问那个年轻的巡回护士："男朋友来大姨夫了啊，敢惹我们小曼不开心？要不要我和他吃个饭，给他做做思想工作？"

女人在异性面前远比在同性面前更留意自己的言行，尤其是在颜值出众的异性面前。那个叫小曼的护士果然没再继续敲敲打打，我也不好再说什么，和秦松明一起将黄莉搬上了转运平车，推回了病房。安置好患者后，我给秦松明发了条微信，算是道谢。

黄莉的情况还算不错，在胎儿、胎盘娩出后，下身只有少许出血。虽然这天在介入室里和护士闹得有点不开心，但想着黄莉省下了一万多元的介入手术费，这个际遇坎坷的孕妈妈也转危为安，我还是很欣慰。

这天临下班，我收到秦松明的微信，内容非常简单：干得漂亮！

第十一节
生日

我定在产科工作后不久，林皙月便到了本科室。她从广东一所知名的医科大学毕业，七年制的本硕连读，其导师亦是国内危重症孕产妇救治领域里的大咖。

她第一天到科室报道，李承乾便对我说，还好他被主任留到了科室，要不然他就错失了此生真爱。我懒得搭理他。两年前我们一起在监护室转科，他遇到还在读研的杜昀昀，也对我说他找到了此生真爱，便对其展开了热烈追求。可杜昀昀很快便让眼科一博士追了去，李承乾当天就拉着我喝酒，说他失恋了。我回怼，你压根就没谈成恋爱，又何来失恋一说。他想想也对，立刻发了朋友圈感叹：天涯何处无芳草。

可买卖不成仁义在，这两年里，他不仅和杜昀昀保持着良好的友谊，和杜昀昀的男友也成了哥们儿。

这天中午在食堂吃饭，骨科和胸外科的几个年轻男医生，一见李承乾便问："听说你们科近日新来了个大美女？"李承乾指了指一旁的我，回复这群"饿狼"："这就是今年刚定到我们科的美女，不过不是这两天才来的。"

他们看李承乾这么遮掩，更坐实了传言非虚。刚好产科就在手术室楼上，这些光棍下了手术台也不急着回科室，找各式蹩脚理由来产科

"参观"。

林皙月的办公桌在我的斜对面，写病历写到眼睛发涩时我也会抬眼看看斜对面的林皙月。比起男人来，女人对同性的外貌自然是更加挑剔的。可饶是如此，我也不得不承认，林皙月的确美得无可挑剔。从侧后方看过去，她清晰的面部轮廓完美无瑕。她和秦松明一样，都是江浙一带的，天生就带着些温润、内敛的气质，很容易和天城市泼辣、热烈的女土著划出界线。

她的性格谦逊低调，待任何人都礼貌客气，可始终给人一种莫名的距离感。她来这里工作之后倒也给科里增加了一些福利：在医生办公室里隔三岔五便会看到各式鲜花。每次她跟着上级医生值夜班，总有几个献殷勤的男医生往办公室里送各类点心、水果，林皙月不肯收，他们也不会带走，这些点心、水果自然就成医护的夜宵或早点了。早前科里请一些外科医生会诊，只要不是急会诊，他们多半能拖到第二天才来，可现在这些男大夫跑得比急会诊还快。

平日在手术室吃饭时，一些外科医生总爱调侃李承乾近水楼台先得"月"。可我知道，虽然同在一个科室，林皙月看上去也是一副温婉可人的模样，可她却像用金箍棒画出一个保护圈来，一般人根本就没有靠近的机会。

可就是这样一个对异性的追求颇为冷漠的姑娘，面对前来就诊的孕产妇，却又换回了江南一带人特有的温婉柔和。产科工作量大，任务重，节奏快，科里的女人平日里风风火火惯了，一遇到急事难免嗓门飙升。她却不一样，她做事利索，有条不紊，和产妇以及家属沟通时，那吴侬软语似有魔力。一些脾气火暴的产妇家属，在她面前，说话语气也跟着软糯起来。可到了手术台上，那双纤细、白皙的胳膊却同样有力，帮产妇挤压孩子时，力度总是那样精准。

有一天我在做手术，我管的一个产妇的宫口开了五指后便进了产房。那是一个育龄期的普通孕妇，没有什么高危因素，骨盆条件、胎儿大小、胎方位都没什么异常，有助产士全程在场，不需要主管医生操太多心。

产妇一边歇斯底里地叫着，一边配合助产士用力。助产士说："加油，脑袋出来了！"产妇刚打算松口气，随即听到助产士大喊："哎呀！脑袋又缩回去了，再用力啊！"产妇已虚弱不堪，仍打起精神继续配合助产士用力，可孩子却像小乌龟一般又将脑袋缩了回去。助产士牵拉了好几次，仍不见胎肩娩出，瞬间也慌了神。这个助产士在产房工作的时间不长，一直负责给普通孕产妇接生，还没遇到过这样的情况。

恰好林皙月从产房路过，一听到呼叫便立刻进了产房。她意识到产妇出现肩难产了：胎头回缩，胎儿下颌紧压会阴，胎肩娩出受阻，胎儿很容易出现缺氧窒息甚至死亡，而产妇也很容易出现严重的产后出血。

林皙月立刻撤掉产床上的枕头，把产妇摆成平卧位。她让助产士协同她一起将产妇的大腿用力向腹部屈曲，最大限度地缩小骨盆的倾斜度，并施加巧力按压产妇腹部，使产妇耻骨上移，让受压的胎肩松解。这时助产士再一牵拉，胎儿便被顺利拉出产道。

孩子情况很好，此事总算有惊无险。

主管医生不在科室里，病房出了任何事情，其他医生都有义务积极救治。可我还是非常感谢林皙月及时发现险情，并帮忙顺利"排雷"。林皙月那时还没有工号，科里也还没有给她处方权，她也没单独值班，只是跟着上级大夫熟悉科室的工作。

我很佩服她的担当。如果不是她及时处理，避免产妇和孩子出现不良结局，后果将不堪设想。

我拉她出去吃饭，算是答谢。我知道她在天城市也是孤身一人。我在天城市工作三年多了，平日不上班时便主动充当她的向导，我们把城里好吃的好玩的地方都去了个遍。

林皙月刚到科室便招蜂引蝶，同是女性，我说自己一点都不嫉妒自然是假的。可是相处下来，我发现和她还有很多相投之处，我们年龄相仿，又在一个科室，很自然成了闺蜜。林皙月在医院附近租了房子，平时下班太晚或者有急诊手术，我便住林皙月那里，一来二去自然无话不说。可有一点例外，我们都不愿提到自己的家庭。

李承乾久攻不破，索性改变了战术，从我身上入手。眼瞅着我和林已经成了闺蜜，他便时不时就邀我到各路网红饭店碰头，以发掘最新情报。吃人嘴软，我自然是在林皙月面前说尽了李承乾的好话。

可无奈神女始终无意。

谭一鸣历来有给科室成员庆祝生日的习惯。他会用心记下每一个人的生日，如果当事人的生日在工作日，他会在晨会和大家一起唱生日歌，并亲手奉上礼金。他还会给当事人准备一份小礼物，并奉上一个笔记本，扉页上是他亲手写的寄语。这些寄语并不是随处摘抄的鸡汤文，而是他根据每个人的性格特质用心写下的。

林皙月是9月底到科室来的，在11月之前，科室里没有其他同事过生日，她还不知道科室有这样的传统。周五早晨交班完毕后，主任向大家宣告："今天是林皙月的生日，祝她生日快乐。"主任微笑着将准备好的礼金和礼物都递到还在发愣的林皙月手中。接着，主任便和全科室的医生、护士一起唱生日歌。林皙月有些发蒙，科室平日里要收治很多危重孕产妇，谭主任作为学科带头人也终日操劳忙碌，看他平日里一贯严肃，此刻却像慈父一般温和。

她落泪了，那一年她26岁了，可她从来不曾过生日。她出生那天母亲便因为羊水栓塞（分娩时或分娩前后羊水进入母体循环引发的急症，该病起病急，病情凶险，难以预料，病死率高）过世了，她的生日也成了母亲的忌日。一家人对此讳莫如深，父亲再婚后继母对她也是一贯冷淡的，在离开家外出上大学前，她从没有吃过属于自己的生日蛋糕。

打开笔记本时，她再度落泪了。谭一鸣写得一手极好的柳体，扉页上是他的寄语："你给予生命的，就是生命给予你的。有时候我们之所以还缺了一些幸福，是因为我们少了生命中的爱和活力。"

我的生日在周日。周五那天，谭一鸣便提前把礼金和礼物都为我准备好了。他知道我的老家在天城市下面的区县，便让我周末不用来查房，可以和家人聚聚。周五晚上，谭一鸣请科室成员在医院附近的一家火锅店吃饭，我们两人生日挨得近，周末科室成员也有其他安排，索性就在这一天庆祝了。

科室里高年资的医生不少，但平日里在一线收病人值夜班的却都是年轻人。工作之外的谭一鸣不似平日里不苟言笑，和年轻人笑闹成一团。没人感到拘束。

聚会结束后，我约林皙月去了我家。今天是她的生日，多个伴儿总归更开心些。那一晚我们聊了很久，林皙月告诉我，她长到26岁才知道过生日原来是可以这样放松和开心的。从她懂事开始，每个生日给她的感觉都无比糟糕。即便在她还很小的时候，就听到大人们说"是她害死了母亲"这样含沙射影的言语。她一出生就没了妈，可哪个孩子不需要妈疼呢？平日里还好，就像一个穷惯了的人感觉不到日子多苦。可到了生日那天，孤苦无依的痛楚就比平日来得更强烈。既往的每个生日里，她都被负罪感和遗憾包围，所以她特别怕过生日……

我忽然觉得自己还是很幸运的。父母对我的生日历来重视。父母会在我生日那天做很多我爱吃的饭菜，并买好生日蛋糕，在一些重要的生日节点也都会送上礼物。孩子有这样的待遇，在为生计忙碌，无暇顾及子女的农民家庭并不算常见。所以，我一直都盼望过生日。

我不知道该怎么去安慰林皙月，这个世界上没有一个人可以对另一个人做到完全感同身受。那就索性任她尽情哭吧，她需要一个宣泄口。

周六晚上，母亲给我打了电话，说周末是我的生日，爷爷奶奶想让我回老家，他们给我庆祝一下。我本想推托，我自小在新疆长大，和爷爷奶奶他们不亲，这些年每次接触也总觉得不舒服。但我终究没有拒绝母亲。她用哀求的口气说，希望我能更懂事，更有家族意识。我知道，她让我做这些，就是为了让父亲高兴。这些年父亲没少在母亲面前抱怨我家族观念淡漠。

周日查完房，我便坐上回县城的大巴。前些年爷爷奶奶一直和小叔一家住在一起，心思活络的爷爷总爱打着小叔的旗号帮人"办事"，在又一次收了别人好几万的好处费又无法兑现承诺时，受害者找到了小叔，要求赔偿。小叔和爷爷大闹一场，随后便让老两口搬出了自己的家，在小区租房安置他们。

虽说桌上都是简单的家常菜，可整顿饭吃下来，我压抑至极。大家都在数落我一把年纪却迟迟不找对象，眼瞅着就成了大龄剩女。特别是小叔，痛心疾首，他心直口快地指出，我家里条件差，又一把岁数，也就工作单位还算勉强拿得出手。我又不是美女，哪有什么资格学人家挑挑拣拣，差不多了该结婚就结婚，父母还等着回来帮我带娃呢。

见我还没意识到事情的严重性，小叔开始举例，他们医院里有好几个女孩，都是主任的女儿，家庭条件拿得出手，人长得漂亮，工作又好，就是太挑剔，结果拖到30岁，终于开始着急了。可别人一听这岁数，给她们介绍的都是些离异的，甚至是没个正经工作的。女的上了岁数还单身，肯定空虚寂寞，那些感情骗子专挑这样的女人下手，一挑一个准，到时候财色两空。

说完这些，小叔又搬出堂姐来，问我为何就不能向堂姐学学，让家里人省心。堂姐工作一稳定就结婚了，现在孩子都两岁了。他让我也抓紧了，认清形势，别再挑挑拣拣。

见我闷着头吃饭，一直没有作声，小叔压低了音量，说："忠言逆耳，但说到底还都是为了你好，人要有点自知之明。"

小叔已经当了很多年副院长，平日里在医院也颐指气使惯了。在家族里，他虽然是我父辈里排行最末的，可他是真正的"大家长"。每次家庭聚会时，当惯了领导的他都不免这样随意地指点江山。

小叔已经发表完意见，大叔和爷爷也随即"上场"，他们倒没再拿年龄和男友说事，只说，这些年父母把我养大，供我上学太难了。他们全靠下苦力挣钱，我现在也有能力了，又给父母在城里买了房，冲着这一点，我还是个孝顺孩子。父母马上就要回来了，以后我一定要好好孝顺他们。我这些年不懂事，已经欠了父母太多，现在终于有点明事理了，做人一定要有感恩的心，要时刻记着父母的恩。

我的那碗饭迟迟没有吃完，碗中的米粒已然变成了一块块石头，尽数压在我的身上，沉甸甸灌满我的胸腔，让我的呼吸跟着沉重起来。

是的，生而为人，我便亏欠了父母。现在我有能耐了，要赶紧对父母报恩了。连家人都认为，房子是我买给父母的，我终于"懂事了"……

这样的家宴让我如坐针毡，我知道他们都是"为了我好"，怕我大龄未婚，错失良人，最后感情空虚着了别人的道。小叔指责我家贫还不貌美，就该知道自己的行情，早点找个人凑合。积极解决婚姻问题，完成人生任务，别让家人操心、蒙羞，才是懂事明理。

我毕业时已经快24岁了，这三年多又忙于工作。我不是没有喜欢的人，可对方眼里没我。这几年也有人对我示好，可终究还是少了些感觉。我就是想找到与我相爱的人，这有错吗？怎么就变成"不知好歹"了？

更让我无比压抑的是：他们张口闭口就是父母供我太难了。其实，何尝需要他们再去强调，自我记事起，父母便像写程序一样，在我脑中不断灌输这样的观念。

每次有人在我面前强调这些时，无论当时的我多么开怀，这些话都能让我的心情瞬间沉入谷底。这些年我变得慢慢自信了一些，也有了令自己骄傲的事业，不再像过去那般自卑敏感，可每次被这样"善意"提醒，我都仿佛立刻变回原形。我知道自己就像一根挺拔的青竹，表面生机勃勃，充满希望，还有"任尔东西南北风"的风骨，可终究"立根原在破岩中"。

那顿饭终于吃完了，大叔和小叔一家人相继离开，我也准备走了。可爷爷叫住了我，说今天炖了牛肉和排骨，牛肉最近涨价了，排骨好几十元一斤呢，这次帮我省钱，都没有到外面去吃。

我自然听懂了爷爷的意思，这桌菜是他们花了钱置办的，为了帮我"省钱"才没去外面吃，这材料费自然也是该我来出的。好在我身上揣着现金，我拿出了四百元钱递给爷爷，并说"辛苦你们了"。

我在新疆出生、长大，在天城市实习和工作之前，很少来这里，自然和爷爷、奶奶没有感情。可自打我工作，逢年过节都会给他们包红包。我对外公、外婆的感情深一些，因为每次回老家，我能感到，他们对这个久居新疆的外孙女的关爱。可他们在我上大学期间便相继过世了，从来没有花过我的钱。

我也一直为这事遗憾，对爷爷奶奶，每次拿钱自然是没那么心甘情愿，无非是帮父母尽孝心而已。毕竟于我而言，他们和陌生老人无异。他们从没抚养过我，过去也没有给我买过任何东西。他们时不时便告诉我，大叔家的两姐妹又给他们拿了多少钱，她们有多懂事，多乖巧。这样的言行在某种程度上倒逼我"奉献"。可我没想到，即便这样，连我生日这天一顿普通的家宴，他们也不肯让我这个孙女占一点"便宜"。

在回天城市的大巴车上，父母接连打电话，问我今天和家人吃饭开心吗？我不想再装，告诉他们糟糕透了，把爷爷问我要菜钱的事情和盘托出。两人这次都不说话了。

想到这一天的遭遇，我便心里积着一团无名怒火，好端端的生日被他们搅了。车还没进城，我便接到谭主任的电话，问我回来了没有，回来了就直接去他家。他说自己亲自下厨，招待科室几个小年轻到家里吃饭，蛋糕他都买好了，科室也是家，晚上还得聚聚。

接通电话前，我原以为自己管的产妇出了什么事。可接完电话，心头一热，鼻子一酸，我忽然明白，"家人"并不是以血缘关系定义的。

到场的都是科里的年轻人，不过让我有些意外的是，秦松明也来了。李承乾说他们下午在打球，听到老谭招呼吃饭，一问聚餐性质，索性叫上了秦松明。产科和介入科合作密切，科里不少凶险性前置胎盘、产后出血等危重症产妇都要有介入科参与，两个科算得上兄弟科室，谁都不拿对方当外人。

席间都是亲密的同事和朋友，一群人相谈甚欢。李承乾那里一直是医院各类八卦新闻的集散地，他一开口便成功聚集了所有目光：胸外科的宋墨鸢院草又有新欢，据说是一直和胸外科合作的美女器械商。秦松明注意到我脸色微变，便找了个新鲜内容岔开了李承乾的这个话题。谭一鸣夫妻俩任由我们这帮年轻人笑闹，听到大家闲聊，嘴里不时冒出他们不曾听过的词语，他们也觉得很新鲜。

晚饭吃得非常愉快，我中午的压抑情绪也一扫而光。科里的年轻医生大抵都租住在医院附近，从老谭那里出去很快就能到家。我和秦松明所在的小区挨得很近，我们自然同车返回。出租车到达名岸雅居后，他便跟着一块下来了，说太晚了送我上去安全些。

出租车停靠的地方距离小区还有一个十字路口。绿灯还没亮，但我看附近已经没有车辆了，准备往前走，左手却突然被人牵住。秦松明正视前方的红绿灯，丝毫没有察觉自己异样的举动。我迅速缩手，我一直有意避嫌，可他却始终没这个认知。

还在车里时，外面就下起了小雨，我们都没带伞。秦松明脱下外套，顶在头上，顺势把我拉到身边，一件外套支撑起一小块无雨的空间。可是两个人要站在这么狭小的空间，显得过于亲密了。脱下外套之后，他身上只剩下一件单薄的黑色毛衣。

"太冷了，你还是把外套穿上吧，会感冒的。"说这句话的间隙，我也往外闪，怕下一刻暧昧的距离会引人误会。

我已经往旁边迈出了几步，成功脱离了他的外套覆盖的区域。"你当不当我是朋友！"秦松明的声音突然高了几分贝，语气坚定。我闪躲了几次，可衣服都执拗地遮住了我的头顶。

"可是……"我突然找不到合适的说辞，尴尬地站在原地。

我找不到推托的理由，只好跟着他往住处走去。

时不时有汽车从我们身边开过，车灯亮起时，我们会看见眼前细密的像水雾一般的雨帘，雨声"沙沙"，温柔悦耳。

外套支撑起来形成的空间很狭小，加上对方有意让外套往我的头顶多挪一些，此刻的我只能乖巧地跟着对方的步调走。经过路灯时，我可以看到我们在地上的影子，影子交叠在一起，显得格外亲密。

我躲在外套下，一直低着头没怎么看路，等脖子都僵硬了才抬起头。我这才惊觉，这不是回去的路线。平白无故在雨里多绕了很多冤枉路，可是我却有点意外，有点小欢喜。

我们上次一起回家，还是在胸外科轮转的时候。他知道我暗恋胸外的宋墨鸢，那次胸外科去户外烧烤，他还找机会制造我和宋墨鸢单独洗菜、穿串儿的机会。那天活动结束后，他和我一路回去，问我单独和宋墨鸢相处时有没有心跳加速的感觉。

我也怀念那段时光，可以无所顾忌地和秦松明开各种玩笑。暗恋哪个人，也可以向他和盘托出，还可以让他出谋划策、指点迷津。可是那样的时光，终究一去不返。宋墨鸢也好，秦松明也罢，他们都不属于我。

已经到了我家门口，我们无论如何该道别了。可就在门要被关上的一瞬间，秦松明伸手一挡，在我还没反应过来时便顺势进了屋内。我一愣。就算平日里关系再好，可这样大晚上到一个单身女性的住处，终究是不好的。有些东西终究该有个度。

对方倒更像主人，进屋便直奔客厅，顺势坐在沙发上。见我独自站在离沙发很远的地方，他笑着拍了拍旁边的沙发，示意我别站着，还笑话我太敏感。他不过是要坐会儿。

见他没有立即要走的意思，我也索性坐在他旁边的沙发上。两人都没说话，只是安静地坐着。客厅里只开了吊灯，昏黄的灯光给秦松明增加了一些暖意，他双手把玩着两小块塑料泡沫，泡沫相互摩擦时发出了一些让人不甚愉快的声音。

还是我先打破了沉默："不要再玩这个了，声音很难听……"可他没听进去，嘴角微微上扬了一些。

我的目光自然落在那双把玩着塑料泡沫的手上：十指修长，关节"含蓄"，温柔却也有力量。我受不了泡沫有些刺耳的摩擦声，伸手阻止，却在碰到他手心的那一刻，感觉到难以言说的暧昧，便也收了手。

我们还像过去那样无话不说，一聊起来，两人都停不下来，不知不觉已经快夜里十二点了。秦松明像忽然想到了什么，从口袋里拿出一个包装精美的盒子，递到我手中。

"生日快乐。"他冲我笑笑，眼里有一如既往的暖意。

盒子里有一个造型精巧的发夹，蝴蝶的翅膀在盒中绚丽地展开，微微地颤抖，就像我此刻胸腔中的心脏。

是的，一直以"朋友"的名义相处着，可是好像又一直比这层关系更亲近和暧昧一些。那就这样，不要去点破，能有这样一个"朋友"，其实还是非常幸运的一件事情。

第十二节
肝衰

林皙月很快便独立工作了，独立工作就可以拿科室全奖。参与值班的人又多了一个，夜班倒得自然也就没那么勤了。用李承乾的话说，就是一起搬砖的又多了一个，纵有千斤重担，分担的人多了，也就没那么辛苦了。彼时二胎政策已经全面开放，高危孕产妇自然随之增多，产科的工作压力也随之剧增。

周一早上交班时，谭一鸣的手机响个不停：一个肝衰竭的孕妇要从妇幼保健院转过来。

谭一鸣急忙打断还在交班的护士，让她们赶紧安排床位。护士才安排完毕，他的电话再度响起。听完内容后，他索性让护士长把这两个肝衰竭孕妇，都安排在护士站旁的抢救室里。

谭一鸣才安排完，医生办公室的电话又响了起来，李承乾挨得近便接了。一放下电话，他便开始吐槽："今天是世界肝衰日吗？门诊一会儿也要收个肝衰竭孕妇来住院。"

不一会儿，一个神情憔悴、面色蜡黄的孕妇便被家属用轮椅推到了护士站，孕妇怀里抱着的，就是她这些天进食的"补药"。

这个孕妇该林皙月接诊。林皙月看了孕妇在门诊的检查报告：转氨酶升到一千多了，孕妇没有病毒性肝炎，彩超也没有发现脂肪肝。看到孕妇抱着一大堆"来历不明"的补药，林晢月推测，孕妇应该出现了药物性肝衰竭。

孕妇眼圈发红，显然才哭过。一看到医生来询问她的孕期用药，便情绪激动地把那包药递到林晢月面前："婆婆非要让我吃这些，说能保胎，补气血，那药特别苦，很难喝，闻着都想吐！可婆婆非得逼着我喝，说对孩子好，一顿不喝她就唉声叹气，说我不懂事，不仅不会当儿媳，还不会当妈！"

林晢月看了一眼那包孕妇口中的"补药"。她没学过中医，认不得中草药的成分，可看到形状完整的干蝎和整块的龟板，还是倒吸一口凉气。她问产妇的婆婆："这些'补药'是在哪里开的？"

孕妇的婆婆急着解释："这是我们老家的一个老中医开的。他看病老灵了，我觉得儿媳怀孕后气色差，就专门托人找那个老中医开了药，想给儿媳补补气，这样，孩子也能长好点……"

林晢月不便再开口，事已至此，再去抱怨孕妇的婆婆，只会增加她们的家庭矛盾。她赶紧让护士给孕妇安排了床位。她一边给孕妇开保肝药，一边忙着后续的检查和处理。已经32周的胎儿一般情况还不错，可是孕妇的肝功能很差，胆汁酸高得离谱，这样就有胎死宫内的可能，她必须把这些情况告诉孕妇及其家属。

她还没说到肝功能衰竭对孕妇本身的影响，孕妇便已经暴怒，指着婆婆声泪俱下地控诉，婆婆倚老卖老，每天住她家，吃她家的，还什么都想让别人听她的，一不听她的就去跟儿子倒苦水，翻来覆去地说"人老了就没用了，谁都嫌弃，再掏心掏肺对儿媳妇好，也要被嫌弃"。

婆婆没敢还口，只望着儿子抹眼泪，然后说自己也不知道这药会这样，自己没有退休金，在儿媳家寄人篱下，凡事都小心翼翼，生怕儿媳不高兴。这次费了好大工夫弄来这些药，也是想着对儿媳好点，让儿媳高兴，给自己一个好脸色，哪知道会搞成这样。

孕妇的丈夫夹在中间左右为难，可孕妇却丝毫没有退让的意思。肝衰竭的患者大多疲软乏力，可她却爆发力惊人，说如果孩子没事这次就算了，但要婆婆搞清楚，她才是这个家的女主人，不可能凡事都由婆婆说了算。要是孩子出了事，她立马离婚，铁定要和这个老太婆没完！

林皙月想，这个叫冯柳的孕妇，来这里住院纯粹是因为"人祸"。

作为主管医生，林皙月不愿去过问孕妇的家务事。这起看似非常意外的事件，本质上就是几千年来，困扰着绝大部分中国家庭的婆媳矛盾的缩影。这哪里是她一个小医生可以解决的。

林皙月看到冯柳的丈夫夹在婆媳中间左右为难，那种感觉她很熟悉。这个两边讨好却又永远都在回避问题的男人，多么像她的父亲。他有过两任妻子，又经历过第一任妻子生产时因羊水栓塞亡故，他一生中要面对的这些"左右为难"的时刻，要远多于冯柳的丈夫。可父亲留给她最多的印象，便是像鸵鸟那般将头埋进身体里，眼不见为净。

面对婆媳矛盾时，他是这样；面对亡妻家人的指责时，他是这样；面对女儿和继母的矛盾时，他还是这样。这些都无所谓了，她早就长大了，不需要父亲去维护她。可她对父亲也从来都爱不起来，哪怕他是自己的血亲。

她一生都无法释怀，母亲生下自己后出现羊水栓塞，产科主任给家属的建议是，立刻切子宫，减少出血，这样或许还有保命的机会。可她的奶奶觉得媳妇生的不是男孩，那时虽有计划生育政策，但奶奶总想着或许过几年政策就松动了。于是奶奶迟迟不同意医生切掉儿媳的子宫。父亲从来不敢违拗奶奶的意思，而他的妻子也失去了最后的抢救机会。

林皙月从没有见过母亲。她义无反顾地做了产科医生，她想拯救这些危重孕产妇，护母婴周全，让自己的悲剧不再发生。可她终究改变不了复杂的家庭关系。

在她安顿好冯柳之后，另外两个肝衰竭的孕妇也被送到科室。接下来，该我和李承乾收治了。

两个孕妇到科室的时间差不多，办公护士问我们怎么收。李承乾看了看那两个孕妇，两个人皮肤都黄得厉害，像焦黄的已经失去生命力的枯叶。两人此刻的生命体征还算平稳，不过年龄大一些的孕妇看起来更糟，她怀的是双胎，一查体就知道还有不少腹水，整个人的反应也非常淡漠，应该出现肝性脑病（严重肝病引起的中枢神经系统功能紊乱）了。

高龄、双胎、肝性脑病，还有不少腹水，一想到这些我就觉得头大。而且这种慢性乙肝导致的重症肝炎，预后很差，搞不好就落得做肝移植这一步。

另一个是28岁的初孕妇，应该是有妊娠期急性脂肪肝。虽然看化验单情况也很糟，但好歹这是个胎源性疾病，只要不发展到无可挽回的地步，及时终止妊娠后，这个病也会很快好转，一般不会有后遗症。

同样是肝衰竭，后者的病情明显较轻，收治起来压力也没那么大。李承乾脱口而出："我收乙肝那个。"他知道我最近收了好几个危重的孕妇，再把这个重症肝炎的孕妇收了，我操的心更多。

"按顺序来吧，'脂肪肝'那个先到。该来的总要来，躲得过初一躲不过十五。"我没有领他这个情，让护士把那个叫马兰的有重症肝炎的孕妇收在自己名下。我当然知道李承乾为何要对我大献殷勤，可他越这样，我就越心虚。

和林皙月接触得越多，我们的关系也就越亲密。我和李承乾认识挺久了，他这人平日里油嘴滑舌，但也大方仗义。自打林皙月到科室来，他便像中了蛊一般，跟我一开口，三句话离不开林皙月。他各种示好无果，便改走"闺蜜路线"，这些天没少拿好吃的好用的孝敬我，就为了在我这里探点口风。我吃人嘴软，又觉得李承乾人不错，自然肯帮这个忙，在林皙月跟前没少旁敲侧击，可一番试探下来发现李承乾真的没戏，便再也不肯沾他一点光。

可真的收治了这个叫何梦的年轻孕妇，李承乾才发现她比他初判的情况严重得多。她的凝血功能非常糟，更要命的是，胎动还不好，存在胎儿宫内窘迫。

谭一鸣也查看了何梦的情况，她一直在县医院做产检，之前一切都正常。可两周前，她出现乏力、厌油，还嗜冷饮的情况。一开始她本人也没太注意，直到她的皮肤、巩膜都变黄了才急匆匆去了医院。因为妊娠期脂肪肝的超声敏感性低，医生没有在第一时间诊断出来，她在医院住了一周，医生发现情况越来越差，便让她转院了。

李承乾叹了口气，说："明明孕妇分级转诊制度已经建立了很多年，可执行的情况并不好。各地医疗水平差距很大，基层医院对很多疾病的认识也非常有限，经常让这些潜在的危重孕产妇被延误转诊。他们其他的都没落实好，可这'三个一'原则倒贯彻得彻底。"

我问他什么叫"三个一"原则。

李承乾说："就是先前的治疗让产妇家庭还剩最后一分钱；产妇被拖得只剩最后一口气；这些基层医院才在最后一分钟将这些危重孕产妇转到这里来。这让我们的工作非常被动。"

科室的其他医生都跟着尬笑。他把这些年科室被动接收的从各地转来的高危产妇的尴尬处境做了精准概述。

李承乾迅速和何梦一家做了首次沟通。

"妊娠期脂肪肝是一种胎源性疾病，是和妊娠相关的一种疾病。主要就是严重的肝功能异常和凝血功能障碍，病情重，进展快，短时间内就可能危及母儿性命，一确诊就建议立刻终止妊娠。"

一家人自然心急如焚，他们也知道孩子没到"瓜熟蒂落"的时候，这会儿应该先把母亲的生命放在第一位。一家人意见统一，愿意先把孩子取出来。

可事实上，这个疾病并不会因家属做出了某种"让步"就能治愈。李承乾还是要告诉他们，胎儿情况也不好，有宫内窘迫的表现，需要急诊剖宫产。可孕妇的凝血功能太差，产时、产后都有可能出现难治性出血，可能危及产妇生命安全。所以眼下必须要在短时间内大量输新鲜血浆、纤维蛋白原，孕妇的凝血功能改善一些后，再做急诊剖宫产手术。但在这期间，胎儿情况可能会更糟，甚至胎死宫内。

何母当场便哭了，可她很快便止住，说相信医院，医生大胆治就行，她相信女儿挺得过难关。其余家属也都通情达理，需要家属配合的，他们表示将全力以赴。

孕妇用血永远优先，短时间内，科室便调配了充足的血制品，在输血浆的同时，李承乾联系手术室做准备。

可在麻醉的选择上，又出了问题：有凝血功能障碍的患者，肯定不适合硬膜外麻醉，这样很容易造成椎管内出血。可在术前，医生已经发现何梦的计算能力明显下降，这个毕业于985高校金融系的孕妇，居然连两位数内的加减法都算不对了。她和那个重症且有乙肝的孕妇一样，也存在肝性脑病，全麻可能加重病情。在麻醉科主任和家属沟通后，何梦家属也只得权衡利害，同意全麻。

谭一鸣带着住院总和李承乾一同手术。何梦没有腹部手术史，进腹腔自然非常顺利，孩子很快便被取出，是个男婴，但存在重度窒息，新生儿科的医生早就到场，孩子一放到辐射台，他们便开始抢救了。孩子的生命体征稳定后便被送到了NICU。

孩子还在抢救，母亲同样没有脱离风险。何梦的凝血功能不好，创面还在不断渗血，谭一鸣给她做了B-Lynch缝合术（在子宫前后壁缝线，加压子宫，很大程度上避免了产后出血导致的子宫切除）。

手术后的何梦被送进了中心监护室。而差不多同时，手术后的马兰也被推到了这里。

李承乾在术前便和何梦的家属说了，不是所有的妊娠期脂肪肝患者都会在终止妊娠后得到有效缓解。很不幸，何梦就是其中之一。她的凝血功能还是很差，在不断输注各类血制品的情况下，暂时没有出现弥散性血管内凝血，可她的肝功能和肾功能都在恶化。因为肝脏已经没了合成、解毒的功能，她出现了严重的腹水和内环境的紊乱，肌酐也急剧升高。

监护室立即给她安排了人工肝支持系统，以短暂代替肝脏的功能，将血液中大量的毒素从血浆中分离出来，并不断输入新鲜血浆代替。同时输入凝血因子、人血白蛋白以及胎肝细胞。

这样的治疗费用自然是高昂的，而且很多都不在医保支付的范畴里。入住监护室那天，何梦家属交了五万元押金，可没多久便欠费了。

好在这样的治疗很快便看到了成效，何梦的各项指标都在迅速好转，受损的脏器都开始迅速修复。入住监护室的第四天，她便从监护室转回了产科。

冯柳的情况也很不错。她肝功能恶化的原因是喝了那些成分不明的药物。在隔绝了致病源，又积极治疗的情况下，她的肝功能很快便好转了。胆红素迅速下降，这使她的皮肤没了先前的枯黄，逐渐露出原本透亮的颜色。住院的这些时日里，她腹中的胎儿好像没有经历过任何风雨，还在茁壮成长。冯柳快出院时，林皙月给胎儿做了系统的检查。她发现这孩子比刚入院那天还长了几两，做彩超时，孩子的双脚连蹬几下，颇有佛山无影脚的架势。冯柳一脸期待地望着林皙月，说感觉这孩子特别调皮，是不是儿娃子？林皙月抿嘴笑了笑，没有回答。

周一这天同时入院的三个肝功能衰竭的孕妇，除了马兰，都恢复得很好。何梦虽然也遭遇大劫，在鬼门关里走了一趟，但总算是有惊无险。

何梦康复得很好，每次查房时，她都会热情地和李承乾打招呼。除了还是有些虚弱，已经没人能看出她是前些日还在死亡线上徘徊的孕妈妈。

李承乾也和这家人开玩笑，说何梦整个治疗过程惊心动魄，但她真不愧是985毕业的高才生，得了这个病还按照教科书里说的来。既然是胎源性疾病，那按照教科书里的标准，终止妊娠再积极治疗后，病情就能得到很好的控制。好学生就是不一样，严格按照标准来，坚决不滑到终止妊娠后病情还继续恶化的小概率队伍里。

他说得轻巧，可何梦住在监护室的那些天，他又何尝不是提心吊胆，生怕何梦变成了终止妊娠后病情还不断恶化的少数案例。当监护室医生提出给何梦安排人工肝时，如果家属面对高昂的费用犹豫不决，造成了肝脏不可逆的病理损害，她也不可能像现在这样，住在普通病房里，热情地和他打招呼了。

何梦的孩子还在NICU住着，听说情况也在慢慢好转，肺部感染控制得不错。他出生时有重度窒息，前天做了头部的核磁共振，没有发现缺血缺氧性脑病。胎儿的某些基因缺陷，是母亲发生妊娠期脂肪肝的高危风险因素，新生儿科给孩子做了基因检测，还好孩子没这方面的缺陷。再观察一下，没什么意外，孩子也能转到普通病房了。

只有马兰，还在监护室住着。

马兰刚到科室那天，前期的治疗方案和何梦接近，那对双胞胎马上就36周了，接近足月。马兰的凝血功能也很差，在输注了很多血制品，凝血功能得到纠正后，我们就立马给她做了剖宫产，副主任邢丽敏主刀。

两个孩子都是头位，取孩子倒没出现问题，两个都是男孩，大双（双胞胎中大的那个）一般情况还不错，可小双（双胞胎中小的那个）要差很多。

考虑到马兰凝血功能差，又是高龄产妇，且再无生育需求，手术中因为创面不断出血，与家属商议后，我们便摘除了她的子宫。术后，马兰被送到中心监护室。

两个产妇是同一天到的监护室，又都是肝衰竭。到了探视时间，医生把两人的家属召在一起做医患沟通。两人病因不同，但治疗方案却相近，医生自然也向马兰的家属提到做人工肝治疗。

马兰的女儿和丈夫，在询问了具体的费用，听到做人工肝可能存在的风险和并发症后，开始犹豫不决。马兰虽有肝性脑病的临床表现，整日都是嗜睡状态，不过倒也能被唤醒，能配合医生做基本的交流。当她听到医生要给她上人工肝，还听到医生说"人工肝治疗可以缓解临床症状，但不能降低死亡率"后，她便坚决拒绝这项治疗。既然她本人这般反对，马兰家属便不再考虑人工肝的事情。

马兰目前在监护室住着，又是慢乙肝导致的肝衰竭。如果后期病情好转了，理论上也该转到感染科治疗，和产科关系并没有那么大。可她目前还在产褥期（女性从分娩至身体各器官除乳腺外恢复至未孕状态的一段时间，通常为6周），我又是首诊医生，这些天，我每天都去监护室看她，了解她最新的情况。

这天手术结束得晚，我去监护室查房时刚好赶上探视时间，正逢监护室的陈灵在和马兰的家属谈话，我便听了双方的想法。

何梦在积极地治疗中，病情迅速好转。马兰的家属在看到人工肝立竿见影的效果后，便要求做人工肝治疗。而这时的马兰已经彻底进入昏迷期，她本人已经不能再发表任何意见了。

陈灵告诉家属，马兰的情况比何梦糟，人工肝是肯定要上的。虽然两人都是肝衰竭，但何梦是妊娠期脂肪肝，这种胎源性疾病生了孩子之后，大概率会自行好转。但重症肝炎却相反，孩子娩出后各项激素水平的变化容易加重肝脏负担，让肝功能更差。本来手术后医生就建议马兰直接做人工肝治疗，但患者本人拒绝，家属又在观望，导致现在病情更严重。医生也不能保证，马兰做了人工肝治疗就能活下来，但不做，肯定会死。如果做了人工肝效果还是不好，那就得考虑肝移植了。

我们科收治了不少病情危重的孕产妇，和监护室合作一直很密切。监护室里的年轻医生，我最欣赏陈灵。但凡陈灵接管的产科患者，我们就不用担心会有任何纰漏。陈灵一向严谨，可眼下直接说到"会死"，这也让我的心随之一沉。

马兰的家属都在这里，我打算找他们了解一下情况。我过去也收过重症肝炎的孕妇，她们大多都是从偏远地区转来的，没做过产检，更没进行过抗病毒治疗，都是人快不行了才去医院。当地医院一检查，便像甩烫手山芋般火速转到我们这里来。

　　这些重症肝炎的孕妇大多来自农村家庭，文化素养不高。可马兰和她们不一样，她丈夫肖均有内敛、谨慎的气质，一看就是体制内的工作人员。她女儿这些天因为母亲的事情心力交瘁，可从气质上很容易让人看出，她是家庭条件不错的独生女，至少过去是的。

第十三节
独生

我问肖莹莹，母亲怎么拖成这样才送到医院来？肖莹莹突然大哭起来，涕泪横流，像个受了委屈的孩童。肖均急忙抽纸巾给女儿抹眼泪。她靠在父亲肩上，抽泣着说母亲太任性，说什么怕她以后孤单，非要给她留个手足，还不听医生劝，才会搞成这样。母亲这辈子总觉得自己是对的，什么都是有理的。可她现在都24岁了，还要什么手足？

她说母亲体检发现有乙肝"小三阳"很多年了，也去医院检查过，肝功能都正常，病毒量也不高，便一直没重视。

她去外面上大学那一年，"单独二胎"政策放开了。她母亲是那个年代罕见的独生女。有了这个"单独二胎"的政策后，父母便商量生老二的事情。父母说只有一个孩子，要是他们走了，她以后就没伴儿了，有个血亲在，自然是好互相照应的。她知道了自然是反对的，她都上大学了，有恋人，有朋友，她根本不缺"伴儿"。她一开始听母亲这样说，以为是自己外出上学，父母孤独，反正她上学的地方离家不算远，一有假就坐高铁回来陪他们了。

可她看到家里的叶酸片，知道父母是动真格的了。她也找父母吵闹过，父亲安慰她，有了老二也会一样爱她。母亲则说，都是为了她着想。

肖莹莹发飙了，说现在养个孩子多费劲，父母都在事业单位，又不是高收入人群，以后他们年纪再大些更没精力了，谁来照顾老二？她以后也会有自己的家庭，难不成她以后又要照顾父母，还要帮衬弟弟或妹妹，反正她坚决不接受！

母亲和她大吵一架，说自己就是吃了独生子女政策的亏，一辈子没个手足。肖莹莹的外公外婆从生病到过世，全程只有母亲一个人操持、照料，知道独生子女有多难。肖莹莹的爸爸有好几个兄弟姐妹，什么事都能商量着来，多好！母亲骂她自私自利，就是因为当年计划生育政策要求只能生一个，家里什么都考虑她，才把她惯成这样。

她愣了，她的小名叫一一。父母说因为她是他们唯一的孩子，是他们一心一意爱着的宝贝，所以取了这个小名。可她现在才知道，这样的"唯一"不过是计划生育政策下的迫不得已，这样的小名何其讽刺，她哪是他们的唯一？

她开始和父母冷战。毕业前夕，她和初恋男友因工作地发生了分歧，男友希望她能到他的家乡发展，他也是独生子。可她选择回到天城市，毕竟父母就她一个孩子，她不想他们老了以后孤零零地留在这里。因为距离问题，她只得和相恋四年的初恋分手。

父母前些年给她买了套房，她工作的地方离那套房不远。她便一直住在那里，一有空就回家，虽然心里始终有个疙瘩，可毕竟是一家人。

母亲一直没怀上，她也没再过问。毕竟这年头好多年轻夫妻怀个小孩都那么费劲，要不那些生殖辅助中心的生意怎么会那么红火？父母都这个岁数了，要孩子也是一厢情愿的事情。

有个周末她带了母亲最爱吃的卤鹅回家，可母亲一闻到味就吐个不停。她愣住了，看到父亲欲言又止的样子，她什么都明白了。

更让她接受不了的是，母亲担心年纪大了胚胎不易成活，就种了两个，这两个胚胎都存活了。这意味着，她将一下子多两个"手足"。

因为有乙肝，建档时医生也跟母亲说了建议口服抗病毒药物，可她没重视，说发现乙肝都好多年了，肝功能一直没问题。她怀孕到28周时，医生让她吃替诺福韦酯以阻断乙肝病毒的母婴传播，她看了药物说明书上可能存在的副反应，便再度拒绝了，说她肯定是要做剖宫产的，新生儿可以打乙肝免疫球蛋白阻断母婴传播，不会被传染上。她到医院前的几天就已经不舒服了，可她非说自己是这几天吃多了螃蟹和柑橘才这样……

母亲就是这样的，总是一意孤行，什么都要按她自己的意思来！

肖莹莹还在不停地抱怨母亲，可看到母亲裸露在外面的半条胳膊，还是小心地帮她掖到了被子里。看到母亲愈发枯黄的身体，周身插遍了维持生命的各式管道，肖莹莹的眼眶又红了。

此刻的母亲活得太艰难了。她不过是有点盲目自信了，也不该落得这样凄惨的下场。说到底，她不过是生了二胎而已。

肖莹莹也没想明白，就像母亲说的，她得乙肝好多年了，肝功能一直都没问题，怎么一下子就变得这么严重了。

我边安慰着这个情绪复杂的年轻姑娘，边给她解释其中的缘由：怀孕后内分泌系统剧烈变化，激素代谢加重了肝脏负担；孕期新陈代谢率升高，营养物质消耗多，胎儿产生的代谢物也需要母亲的肝脏进行解毒，这些都会加重母亲肝脏的负担。肝脏又是一个"哑巴"器官，不到崩盘那一刻不会提前报警。

探视时间结束了，我和马兰的家属一起走出了监护室病房。在那道铅门被关闭前，我看到肖莹莹扭头，马兰的床位正对监护室的大门，在视线被彻底隔绝前，她又望了望被束缚带捆缚在病床上的母亲。

肖均说一会儿要去儿科看孩子，问女儿要不要和他一起去。肖莹莹没作声，迷惘地看着前方，那眼神像小鹿一样。而她看的所谓"前方"不过是一面白墙。

肖均无奈地叹了口气，向楼梯口走去，明明是平地，可他步履蹒跚，跟跟跄跄。

我初次见到肖均，是他陪妻子来到科室那天。距今不过几天，一个人居然可以老得这样快。原来"一夜白头"不只存在于武侠小说里。

马兰还在监护室住着，这样的危重孕妇，历来需要多科室协同诊治。这天下午，重症医学科再度对马兰发起多学科会诊，这次除了产科和感染科，还特别邀请了肝移植团队。

马兰的情况很糟，目前有人工肝支持，原本指望她的肝脏能得到充分休息，为肝细胞再生赢得时间，但从目前的评估结果来看，她的肝脏损害得太严重，迟迟不见有恢复的迹象。眼下只能考虑肝移植，这个人工肝还得继续维持，等找到肝源，并且移植成功了，才能撤下。

这天的会议，肖均和女儿都参与了。医生问他们意见的时候，这两人都表示支持。可当他们了解到肝移植的具体费用后，都沉默了。

五十万元，对绝大部分中国家庭来说，都不是一个小数目。即便在这之前，肖均一家也算得上城市中产家庭。

全国各个医院都高度重视危重症孕产妇的救治。其中既有卫健委对各大医院孕产妇死亡率的严格考核，也有政府层面的意志。毕竟孕产妇的死亡率也在某种程度上反映了当地的经济和医疗水平。这里面同样有一个社会大众最朴实的愿望：不能让孩子没有妈妈。

为此，无论全国哪家医院，都要优先保障产妇用血；即便产妇家庭条件再差，医院也要创造条件，全程绿色通道，保障产妇得到有效治疗。放在器官移植上同样如此，在严重危及产妇生命的情况下，器官移植也要紧着产妇先来。

可即便有了这样的"优先级"，孕妇找到合适的肝源还是需要时间的。

国内很多患者需要器官移植救命或者改善恶劣的生存状况，可器官来源太少。国人"入土为安""死要全尸"的观念很重。亲人的亡故已经让家属悲痛不已，再加上历来"死者为大"，绝大部分家属接受不了死者还要被"开膛破肚"。

过去，不少器官是从死刑犯身上摘取的，这种不算人道的做法被喊停后，器官来源就更少了。这些年红十字会做了大量宣传工作，人们意识到，这也是让亲人的生命得以延续的一种方式。局面总算有些改善，可还是无法满足大量需要器官移植的患者。

在寻找肝源的同时，马兰一家也在积极筹措换肝的费用。

这天我值夜班，监护室打电话跟我说马兰的下身出了血，让我去看看。

已是半夜，监护室门口的过道上挤着不少家属。监护室里有最完善的专业护理，本就不需要家属陪护，每天只有半个小时的家属探视时间。入住监护室的费用太高，好多家属为了省钱不住酒店，便在夜里铺了被褥席地而躺，天亮了再将被褥卷起来，就这样尽可能省钱。

肖均的家离医院不远，平常父女俩都是回家住。今晚估计情况有变，父女俩半夜也在这里。

两人正在争吵。看得出肖均顾忌周围有人，把女儿拉到角落里，压低了声音，几近哀求："我们这些年供你上大学，又给你买了房子，眼下哪里还有大额存款？你妈和你两个弟弟这次住院已经花了很多钱，我都开始找你大叔借了。可肝移植费用太高，就算现在借到了钱，一时半会儿也还不上，现在只能先把你的那个房子卖掉。"

肖莹莹情绪非常激动，她没法像父亲一样顾忌周围的环境："那房子卖了，我以后住哪里？"

"当然是和我们住在一起了，以后结婚了……"

肖莹莹立刻打断父亲："以后我结婚了，就更是嫁出去的女儿泼出去的水了。你那个三室一厅，你和我妈一间，两个弟弟长大后一人一间，还有我什么事？"

肖父还是耐着性子好言相劝："你小弟弟检查出有新生儿白血病，后面的治疗也需要很多钱，你那个房子现在至少值一百万，卖了以后，家里很多问题都解决了。"

"他有没有病关我什么事，是你们自己要生的！生了就要自己负责！"弟弟的情况，让她一点就炸。

我也看得出肖均被女儿气得够呛，可还是尽力压着不发作。他对女儿说："我和你妈当初买那个房子本来就是想着做投资的，想着以后房价肯定会涨。"

见女儿始终一脸怒容，他继续细声细语地劝："一一，你都是大人了，不能啥事都先考虑自己，你妈妈，还有你弟弟现在都在渡劫啊……"

听了这番话，她哭着对父亲吼道："什么狗屁'一一'，什么我是你们唯一的宝贝，你们当年为了保住工作才只生了我一个。房子是你们买的又怎样，那是我名下的资产！我不同意，看你们怎么卖?！"

她无比愤怒，觉得自己这些年被欺骗了。她为了回家工作，为了守着父母，放弃了初恋男友。可他们呢，喊了她那么多年"一一"，原来从不是真心的。现在，他们终于说出那套买给她的房子，不过是他们的投资品，是可以随时收回的资产。

单纯为了母亲，那也就算了，可父亲这些天反复强调弟弟，觉得就该卖掉房子。就因为她是姐姐？她从来就没想过当姐姐。如果不是有这两个弟弟，母亲也不可能搞到需要换肝的地步。

可退一步想，母亲的事还真不能怪在这两个弟弟的头上。这不是她求得的结果吗？如果不是他们非要生老二，怀不上也要创造条件怀上，还要"有备无患"，一次种两个，哪有后面这么多事情。

现在大家都得偿所愿了，凭什么要让她让步？她越想越怒不可遏，当父亲再次求她赶紧卖房救母亲和弟弟后，她说："你救人心切，怎么不先卖自己的房子?！"

肖父终于暴怒了，修养再好，也无法压制心中的怒火。他像看怪物一样看着自己的女儿，浑身颤抖，咬牙切齿地吼道："你妈说得对，当年只生了你一个，才把你惯得这么自私自利！早知道如今是这么个情况，我和你妈宁可双双被开除，也不会只生你一个！你说得对，你的房子我们不能卖，我就卖自己现在住的。你给我听好了！"

肖均表情复杂地看着女儿，眼前这个他宠爱了很多年、完美复刻了他年轻时模样的女孩，已经变成了不共戴天的仇敌，多年悉心养育，就换了这么个不顾至亲死活的白眼狼！

他一字一顿地冲女儿低声吼道："从今往后，我没你这个女儿！"

说完这句话，他头也不回地走了，那背影比我前些天看到的还要苍老、凄凉。但这次他的步履已经不再踉跄，留下肖莹莹蹲在原地失声痛哭。

已是深夜，原本就不宽敞的走廊睡了不少患者家属。这样激烈的争吵自然是让人睡意全无，可也没人劝阻。被吵醒的人翻个身，又继续"睡去"。监护室门口每天都会有家属上演闹剧，他们都见怪不怪了。

马兰下身的出血量很少，不需要产科做特殊处理。我写完会诊意见后便出了监护室。肖莹莹还蹲在门口哭，哭得撕心裂肺。我本不想惊扰她，现在去安慰，怕徒增她的尴尬。他们父女俩发生冲突时，肖莹莹也看到我了。历来清官难断家务事，更何况我一个管床医生。

可她哭得实在厉害，我就这样走开，又于心不忍，索性陪她一会儿，告诉她，她母亲的病情没有再恶化。

我知道，此刻让肖莹莹烦恼的不只母亲病危这一件事情，可再提其他的，纯粹就是给她添堵，我也不知道该怎么安慰这个在短期内连遇变故的女孩。

马兰入院当天便做了手术，之后一直住在监护室。作为首诊医生，我和肖莹莹接触的并不算多，可她现在却把我当成了唯一的支撑，哭得更加没完没了。

也不知过了多久，肖莹莹实在哭不动了，才慢慢停下来。她松开我的肩膀时，我才发现她的鼻涕、眼泪把我的工作服搞得一塌糊涂，她一时更加尴尬了。

我没在意这些，问她要不要先到我的值班室睡一会儿。见她尴尬地看着我，我解释，病房里事情很多，估计我一整晚都没机会回值班室睡觉了，她安心在那里休息就行。

我那晚果真忙了个通宵。临交班前，我进值班室准备吃点东西，看到床头柜上有张字条，是肖莹莹写的"感谢信"。

没几天工夫，红十字会便通知马兰的家属，有合适的肝源了。马兰的家属也及时把那笔钱打到了住院部的账户上。马兰后续的情况和产科关系不大了，我自然没有特意过问这对父女，筹钱方案是什么，到底卖了哪一边的房子。我唯一确定的是，这家人的关系再也回不去了。

马兰的手术很成功，术后也没有出现严重的并发症和排斥反应。可那个不幸罹患新生儿白血病的小双却没那么幸运，在NICU住了十多天后便夭折了。

这轮夜班很忙，我又有二十多个小时没合眼。正值下班高峰期，地铁三号线像密封的沙丁鱼罐头，自然是没有座位的。我站在车厢入口处，一路拉着吊环，被不断进出的人挤得烦躁。地铁里开了暖风，我的嗅觉一直不算灵敏，可在这密不透风的狭小空间里，让人不甚愉悦的气味始终如影随形。

在新华站下去了很多人，我发现一个空座便顺势坐了下去。我坐下不久，便看到身边站着带孩子的妇人，她身边的男孩三四岁。妇人用期待的眼神看着我。我知道那是什么意思，换在平日我就让了，可连着工作了二十几个小时，我像被人拆散了筋骨。我不想面对那种期待的眼神，索性闭目养神。

肖均父女在监护室门外争吵的场景不断在我的脑海中回放。一想起肖家父女因为五十万元的移植费用几近决裂，我便觉得钱真的是个好东西。

　　父母就要来天城市定居了。母亲已经在团场办理了退休，虽然退休金少得可怜，但好歹医保也能转过来。父母慢慢老了，身体难免会陆续出现问题，我在医院工作，见了太多因病返穷的例子，必须考虑到这些。可父亲离正式退休还有好些年，他不想在团场多待一天，迫切要回来享福了。他是未离退人员，医保还转不过来，异地报销的比例非常低。父亲是个老烟枪，抽了几十年的烟，每天三包起。

　　一想到这些，我便压力很大。我这些天查看了好多款重疾险，准备给父亲先买上一款性价比最高的。我和肖莹莹一样，都是独生女，自然是家庭风险的唯一责任人。我可不想有一天面临和肖家一样的尴尬处境。我虽然还背着需要还很多年的房贷，可买房给我的舒适感和安全感足以抵消房贷的压力。我就这一套房子，要是遇到重大变故，没多余的房可卖。要想生活少点风波，就必须未雨绸缪。

　　我出生在新疆的小农场，邻里大都是从内地过来讨生活的。那里的计划生育政策远不如内地严，所以周围很多家庭都有两三个孩子，我反而是连队里为数不多的独生女。

　　虽然家里条件一直不好，可我占着独生女的优势，家里好吃的、好用的，都是我一人独享。农忙的大半年里，父母整日早出晚归，却从不肯让我下地，连家务活都不让我做。在那个物质贫乏的年代里，父母时不时给我零花钱，让我能成为小卖部的常客。我独生女的身份，让周围的小伙伴非常羡慕。

　　那时还年幼的我和曾经的肖莹莹一样，认定自己是父母心中的唯一。

　　10岁那年的暑假，我家种的西瓜到了上市的季节，我和母亲去瓜棚替换看瓜地的父亲。瓜地很偏僻，蚊子又多，入夏后父亲每个晚上都在这样的地方度过。看到蚊帐上布满已经吸足了血的蚊子，我很心疼父亲，一下午都在拍蚊子，想帮父亲报仇。

　　傍晚，我无意间在蚊帐里看到一个小本。那时家家户户都穷，邻里买瓜有不少赊账的，父母把名字都记在这个小本里。我百无聊赖地翻到底部，上面突兀地写了一句话："夏兵的儿子夏小风。"

那是父亲的字。我拿去给母亲看，母亲看到后笑得前仰后合。10岁的我第一次知道，原来在父亲心中，我并不是唯一的。幼年的我也是个幸福的孩子，母亲经常把我揽在怀里讲故事，父亲常把我驮在背上，任我吆喝"马儿、马儿快点跑"。他们都告诉我，我就是他们的掌上明珠。

那一刻我才知道，原来在父亲的心底，他其实是更想要个儿子的。我当时便问母亲，为何他们没有再生。

农场的星空甚是壮观，整条银河如玉带一般在浩瀚的星海中游弋。

月光下的母亲摸着我的头，说父亲和老家的爷爷奶奶一直想让她再生一个。大叔生老二被罚了很多钱，老二也是个女儿，这一家都没有生出男孩来。爷爷奶奶自然就盯着我母亲，说既然这边允许生二胎，那就赶紧再生一个吧。母亲借口家里条件不好，孩子又没人带，爷爷奶奶立刻在电话里说，他们会想办法。

母亲绝大部分时间都是听父亲的，唯独在不生二胎这件事情上，母亲坚持了一回。

母亲告诉我，先别说家里条件不好，生多了养不起，人的爱也是有限的，再生个孩子，给我的爱也就少了。前些年她看见邻居家生了老二，夫妻俩欢天喜地。可我母亲看到那家人的大女儿，大冷天坐在树林边发呆，整个人都恍恍惚惚的。从那时起，她就坚定了不生老二的决心，怕我受委屈。

我上初中时和父亲的关系变得紧张，我因为父亲爱赌钱没少和他哭闹，到后来，对他彻底死了心。那会儿同在一个屋檐下，我对父亲冷言冷语，有时也会对父亲恶语相向。一般情况下，只要不太过分，父亲对我还是忍让的。可要是我哪天考不好，攒够了怒气的父亲便会变本加厉地朝我发泄。从我记事起，父亲倒没怎么对我动过手，不过盛怒的父亲会把各种粗俗恶毒的言语说尽。

独生子女也不容易。他们独享了父母全部的爱意，可也连带承担了所有的期望和反哺的责任。快乐没人分享，痛苦和压力更没人分担。

我是被邻座喊醒的，她告诉我已经到终点站了。我这才意识到自己睡过站了，在看清叫醒我的正是先前那个带着孩子的妇人后，我有些尴尬。我冲对方笑笑以示感谢，那妇人看我通宵忙碌后灰白的脸色，也小声说了句"都不容易"。

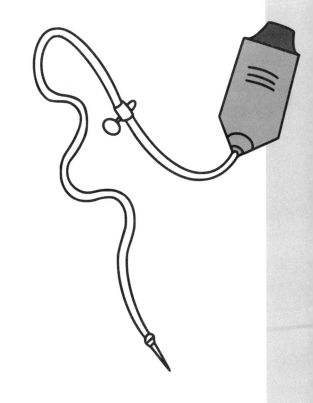

重 症 产 科 1

纠纷
重建
进退
隐疾

—————————— 第五章 ——————

第十四节
纠纷

我能留在这样的三甲医院实属不易，我感念谭主任的知遇之恩。我不愿落人口实，更不愿让谭主任失望。我在工作上非常卖力，再加上和科室医生、护士都能维持不错的关系，科室成员对我的评价一直不错。而刘顺顺的出现，却成为我职业生涯里的第一场风波。

生孩子历来是一个家庭的重大事件，产妇的丈夫、父母、公婆都会上阵，夸张一些的，三姑六婆也跟着到医院来。可即将分娩的刘顺顺却显得凄凉，她是一个人来医院的。

谭主任常对我们说，即便不是高危产妇，因为受到产力、产道、胎儿匹配度、产妇精神心理因素等多方面影响，生产过程瞬息万变。即便是起初评估可以顺产的产妇，在生产过程中仍可能意外频发，所以产科医生一定要有良好的决断力，遇事要当机立断，争分夺秒。毕竟产科医生需要同时面对产妇和胎儿。

可即便医生有很好的决策力，产妇家属来得太多，出现意见不统一的情况，产妇和孩子也都会跟着遭殃。前些天林皙月才遇上一起事故。

她收了一个叫魏珍的产妇，彩超提示胎儿体重在4千克左右，胎儿双顶径以及腹围也都超过正常值，考虑是巨大儿。一家人要求顺产，在林晳月反复告知了经产道分娩可能存在产程停滞、胎儿窘迫、肩难产等各类并发症后，家属仍要求试产。

魏珍的宫口都开全快三个小时了，可胎头始终卡在S+1（坐骨棘平面以下1厘米）的位置不下降了。林晳月再一检查，发现胎头处有一个不小的产瘤（胎儿在分娩过程中头皮被产道挤压，淋巴回流受阻形成的头皮水肿）。胎儿存在骨缝重叠、胎先露下降停滞，这是明确的剖宫产指征。

可产妇和丈夫都不同意。魏珍已经33岁，这是她第一次怀孕，夫妻俩是准备要生二胎组成四口之家的。做了剖宫产又得再等两年才能怀孕，到时候就成了高龄产妇。而且这频繁的宫缩已经让魏珍痛得死去活来，顺产的罪她已经遭了大半，实在不想再做手术遭二茬罪了。

可胎监已经提示胎儿存在宫内窘迫，林晳月再次建议赶紧做剖宫产。宫缩再度袭来，魏珍痛得满头大汗，不住地大叫。

所有人都知道生孩子会痛，但痛到了哪种地步，还是只有生过的人才知道。很多产妇临产时才发现这种疼痛超过了她们的预期，上了产床后才强烈要求改做剖宫产。虽然有些产妇没有剖宫产指征，但产妇本人和家属强烈要求，我们也会给产妇做剖宫产，毕竟早生早解脱。可魏珍还是要坚持。

林晳月赶紧劝魏珍的丈夫，可丈夫居然和妻子统一战线：不剖，继续试产。

林晳月赶紧让主任救场。谭一鸣告诉夫妻俩，胎心跳得太快，羊水污染也重，孩子的脑袋卡着出不来了，不剖，孩子就没了。

见主任这样发话了，魏珍夫妇也意识到了严重性。林晳月已经给手术室打了电话，加做一台剖宫产手术，并通知麻醉师和护士做相关准备。可就在这时，候在产房门口的几个家属开始内讧：有拿顺产对孩子脑部、肺部发育更好说事的；有拿做了剖宫产，产妇容易得肠梗阻说事的；有拿剖宫产后再怀小孩容易子宫破裂说事的；还有阴阳怪气地说这

个节骨眼医生逼着做剖宫产，纯粹就是为了多挣钱的……

一堆家属提议让这对夫妻再度犹豫了。谭一鸣反复与之沟通，他们还是迟迟拿不定主意。产妇和家属没同意手术，谭一鸣再着急也不可能把产妇绑到手术室里硬划一刀。眼看胎心越来越弱，最后，谭一鸣直接开始用手机录像，对夫妻俩说，再这么犹豫下去，孩子就算不死，也残了，这纯粹是他们当父母的不顾孩子死活，后悔了别来找医院！

夫妻俩这次意识到事情的严重性了，可就在他们准备签字的时候，胎心彻底消失了。孩子没了。

夫妻俩在产房里哭作一团，产房外的一群人却噤若寒蝉。孩子没了，自然不能待在母亲的身体里。巨大儿，又有产瘤和骨缝重叠，胎头娩出困难，再从产道里把孩子拉出来不现实。再做一次剖宫产取个死孩子出来，对母亲伤害又太大。而且做了剖宫取子，至少又要两年才能考虑怀孕的事情。

一家人反复权衡，选择了对母体伤害更小的方案——穿颅毁胎术。这个手术非常残忍，在历来讲究死者为大的情况下，医院极少开展这样的手术。我们科这么多年也只开展过两例，还都是针对畸形儿和患有重度脑积水的胎儿。

由于这项手术非常残忍，现代产科几乎不采用。可在死胎不能娩出时，毁胎术比起剖宫取子少了很多远期的并发症，所以谭一鸣也觉得"存在即合理"。我们这些年轻大夫都没有见过这样的手术，在征得魏珍和家属同意后，谭一鸣让科里几个年轻大夫配合着一起做手术。

毁胎术的器械非常尖锐，而且毁胎后，破碎的颅骨在取出过程中也很容易划伤产道，所以手术过程中需要非常小心、细致。林皙月固定胎头，我和王雪梅用拉钩撑开产道，李承乾配合传递器械。我们看着谭一鸣切开胎儿的头皮，他一手护着软产道，一手持穿颅器穿透胎儿囟门，撑开器械并左右旋转毁坏脑组织，很快便有脑组织外溢，李承乾用吸引器吸出脑组织。胎儿的头部缩小了，用力一牵拉便娩出产道。谭一鸣唏嘘不已，如果胎头不能迅速娩出，还要设法用碎颅器压轧颅骨，将颅骨一并损毁才行。一想到如此野蛮的操作，他的手都跟着发颤，这本是一个健康的孩子啊……

第一次参与这样的手术，我们这些年轻大夫也心里发怵。这确实太残忍了，已经远超我们的心理预期。

我们事先已经和产妇一家讲过，用这种方式取孩子，家属最好就不要再看孩子了。除非心理素质极其强大，又或者对自己的孩子没有任何感情，否则看到这样的场面，家属很容易情绪崩溃。如果夫妻同意的话，医院可以帮忙处理死胎。

孩子被取出后，谭一鸣便一直挡在魏珍面前，他知道她忍不住想看一下，那是她辛苦孕育了将近10个月的孩子。这是她第二次上产床，第一次是为了生产，而这次却是为了毁胎。她的丈夫也进来了，两人再度抱头痛哭，那哭声让人听着揪心。哭够了之后，魏珍的丈夫不住地大力抽自己耳光，说自己害死了亲骨肉。李承乾费了好大的力气才将他扶起带出了产房。

到医院就诊的都可以被称作患者，可产科例外，科里也要收很多普通产妇，她们并不能被称为"患者"。可即便是普通产妇，在怀孕和分娩的过程中，也可能无任何征兆地出现各类突发情况以及预想不到的恶劣局面。而产科医生要同时面对母亲和孩子，这使得产科历来都是医患纠纷最多、最严重的科室。

魏珍的生产过程中，胎儿的情况急转直下，医生已经反复告诉他们剖宫产的迫切性，可他们没有听，导致了如此严重的后果。夫妻俩万分懊悔。谭一鸣采用了对母亲创伤更小的毁胎术取出胎儿，产妇恢复得倒也不错，没两天就出院了。

可这事根本没完。没过几天，一大家人便到科室来，要林皙月给个说法。做了那么多次产检，明明是个健康的孩子，最后怎么就死在她手上了。林皙月也无比愤怒，当初在产房门口质疑剖宫产手术的是这帮人，眼下拼命"甩锅"的也是这帮人。我也上前帮忙解释，可这一帮情绪激动、怒不可遏的家属，压根就没给我说话的机会。

李承乾倒是没耐心和这帮人啰唆，他手机里有张做了穿颅术的死婴的照片。他直接调出照片给这帮人看，说："人家好好的孩子，当时听医生的话，剖出来皆大欢喜，就是你们瞎撺掇，毁了一条生命。你们看看这孩子取出来的样子，睁大眼好好看看，你们这辈子还能心安理得吗？"

一伙人偃旗息鼓，几个妇人还悄悄抹泪。一个穿制服的男子质问李承乾："孩子生不出来为何不侧切，不上产钳？"李承乾解释，胎头卡住的位置太高，这些方法用不上。他也指明，家属觉得有问题的话就上医患和协办，该找律师就找律师。白纸黑字的"不手术"的签字有；主任反复劝说做急诊手术，可产妇和丈夫一直拒绝的录音录像也有。看到底是谁的责任！

产妇的公公被再度激怒，他一把上前抓住李承乾的衣领，说医生害死了孩子还要诬陷家属！李承乾挣脱了，可那个制服男一把拽住他，眼看就要转化成暴力冲突，我急忙给保卫科打电话并通知谭主任。

和制服男挨得近，李承乾看到了他胸口的标志，果然是有正经单位的，他一下便心中有数了。李承乾提了音量："你们想打人就直接动手好了，放心吧，我是不会还手的，我还了手就叫互殴！你们今天谁敢再动我一下，我立马倒地，昏迷不醒，醒过来了也记不得刚才发生了什么事。这妥妥是脑震荡伤。办公室有监控，到时传到网上，有些人等着丢工作吧！"

这一招果然够狠，家属面面相觑，制服男也松了手。谭一鸣比保安先赶到，一家人已经恢复了理智，听主任解释了当天的详细经过后，他们一阵长吁短叹，离开了。

事后，林皙月请李承乾吃饭，答谢他此次解围。她还邀请我作陪，以免尴尬。我想给李承乾制造机会，自然没有赴约。还是李承乾脑子灵光，将平日一些家属对付我们的招数又用了回去。这"脑震荡"（头部受伤后出现短暂的意识障碍，短期内便可自行清醒，但清醒后不能记起受伤经历，且头部影像学检查提示无明确颅内损伤）的临床诊断标准，还真让他学到了精髓。

都说名字是最短的咒语，当刘顺顺的丈夫出现在医院后，我对这个说法深信不疑。

她的丈夫叫李响。我告诉他，刘顺顺是经产妇，这是她怀的第二胎。她的第一胎是足月顺产的，这一胎产检过程中，发现胎儿一直是横位，而且是肩先露（胎儿最早进入骨盆的部位是肩部，此时胎儿横卧在骨盆入口处，是对母儿最不利的胎位）。从超声来看，不管是体重还是腹围，都支持胎儿是巨大儿。无论从哪方面看，她首选的分娩方式都是剖宫产。

可李响不乐意了："媳妇上一次是顺产，怎么生二胎还得剖宫了？"我解释肩先露时，胎体嵌顿在骨盆上方，不能有效衔接，容易出现胎膜早破。破水后，羊水迅速流失，胎儿肢体以及脐带很容易脱垂，导致胎儿窘迫甚至死亡。由于横位胎儿无法娩出，产妇生产过程中容易出现病理性缩复环（子宫体和子宫下端之间形成的环形凹陷，是子宫破裂的征兆，危险性较高），导致子宫破裂。而且任由产程延长，也很容易导致产妇出现严重的宫腔感染或者产后出血，这些都会危及产妇生命。

我这样解释，李响显然听明白了。他瞪了妻子一眼，一脸恨其不争的表情，说："之前检查就发现横位了，医生让你在家练膝胸卧位（孕妇纠正胎位不正的一种方法），每天练两次，你练到哪里去了？但凡你听了医生的话在家好好练，就不用挨这一刀。"

刘顺顺低垂着头，似要辩解，可声若蚊蝇。她在丈夫面前说话，也紧张到口吃。她说自己练了，还每天练了好几次。看李响铁青着一张脸，我也帮她解围，不是所有的孕妇都可以通过练习膝胸卧位的方式，将胎儿转成头位。甚至有的医生做了外倒转术（孕妇在麻醉状态下，医生通过手经腹壁转动胎儿，使不利于分娩的胎位转成有利的头位），也不一定能帮胎儿转成功。

这样的说辞并不能让李响满意。他继续当着我的面数落妻子："现在都什么年代了，在网上学习知识那么便利，可她还是以前那个死脑筋！从不肯学学营养搭配，整个孕期都在喝鸡汤，吃猪蹄。怀个孕就像坐月子，成天在家蜷着，给孩子整成巨大儿，只能剖宫产。"

我独立工作时间不长，阅历不多，还没有看出让李响烦躁的根源，就说："如果是头胎，家属对剖宫产有所顾忌医生也理解，毕竟两年内不适合再怀孕，生二胎的风险也相应增加了。可这本来就是老二啊，现在又不能再生第三胎。"

这句话让李响瞬间炸毛，他当时就回怼："生不生三胎是我们一家的事，轮不着你管！"

我觉得来气，又不便发怒，剖宫产的好处坏处都跟这对夫妻说了。李响万分不情愿地在手术知情同意书上签了字。而刘顺顺再没有说一句话，好像明天要做手术的是一个与她无关的孕妇。

手术的过程倒是顺利的，是个女婴，体重有4.4千克，是个巨大儿，不过孩子出生时的阿氏评分为满分。护士给孩子做完常规的处理后，照例把孩子抱到母亲面前，告诉刘顺顺是个珠圆玉润的千金。这一刻，我才看到台上的刘顺顺有了情绪起伏：她哭了。可显然不是看到新生儿后的喜极而泣，是委屈，更是失落。

产妇术后照例要在科室观察几天。我看到了刘顺顺的公婆。一家人对刘顺顺都冷着脸。刚做完手术的刘顺顺活动不便，可她没能心安理得地接受婆婆的照顾。她低眉顺眼、小心翼翼的模样让我心疼。产妇是给家庭带来新生命的头号功臣，而天城市女性地位之高，历来在全国都是排得上号的。病房里多的是众星捧月的产妇。产妇身体不便再加上激素影响，对家人颐指气使的情况我没少见，可刘顺顺这样的让我着实揪心。我看了她吃剩下的饭碗，里面还有点稀饭。

同病房隔壁床的产妇也是我经管的。我一直觉得那个产妇过于娇气了，可一家人还是把她宠上了天。这家人的经济状况并不算好，可床头柜边放的全是些昂贵的进口水果。产妇家人还几次找我咨询月子中心的事情，想让产妇出了院就去那里。产妇婆婆说，月子中心收费高昂，但起码比在家里坐月子舒服得多。同样是生了女儿，这待遇差别让我看了都难受。

刘顺顺术后三天都没什么异常，我决定在第四天早晨给她办理出院手续。可就在我给她下出院医嘱的时候，护士急匆匆地跑来告诉我，刘顺顺下身出了很多血。

产后出血是产科最常见的急症，我自然没慌。我一边给刘顺顺按摩子宫，一边让护士给她输上缩宫素。经过对症处理后，她的出血很快缓解，但出院的事得再缓缓了。

次日夜晚，刘顺顺的下身再度大量出血，碰巧这天是我值班。在给她使用欣母沛并再度按摩子宫后，出血量却没有减少的迹象。她的血压还算平稳，可心率已经代偿性增快，我立刻给她安排了输血。看着妻子不断出血，李响也慌了，质问我为什么会这样。我解释这应该是子宫复旧不良，出现了产后出血。

他对这个解释很不满意，质问我，是不是手术没做好，为什么顺产生第一个孩子的时候就没出现过这样的情况。我解释，本身巨大儿就是导致产妇产后出血的高危因素之一。我再次让护士抽血复查血常规和凝血，李响这会儿更来气了，吵嚷道："人本身就在出血，你们还不停地抽血！"我继续耐心解释："现在出血厉害，必须复查相关指标，指导输血。"

在李响的骂骂咧咧中，我叫来了住院总梁博。刘顺顺的面色愈发苍白，反复出血把她吓得不轻，她不住地问我，她会不会死。李响立刻说："别没事老吓唬自己，这都什么年代了，哪有女人因为生孩子就死的？"见妻子开始哭，他更无心安慰，索性跑到外面吸烟。

李响虽然不住地抱怨，可对医生的每项操作倒还算配合。在充分沟通后，梁博给产妇的子宫里置入止血球囊，并往里面注射了足量的生理盐水撑开球囊。出血量比先前有所减少，可我观察了一个小时，产妇还在出血。我不得不再次和夫妻俩沟通。

我说："产妇出血太厉害了，因为凝血因子不断消耗，现在已经出现了凝血功能障碍，一会儿还得输新鲜冰冻血浆纠正。按摩子宫、药物治疗，还有球囊填塞的方法都用过了，可效果不太理想，血再这么出下去，产妇会有生命危险。现在我们要提供几个选择方案。第一，做介入手术，栓塞掉子宫动脉；第二，马上剖宫探查，今天我又给她复查了彩超，确定宫腔里面没有残留，而且感染指标也不高，出血还是考虑由子宫收缩乏力引起的，所以再次手术，用外科缝合技术捆绑子宫止血；第三，就是直接……"

我想说第三种就是直接切除子宫，这种方法止血最有效。可李响打断我："我算是听明白了，搞了半天是之前子宫没缝好，所以现在要'二进宫'了！"

我一时语塞，支支吾吾地解释，手术当天总不能因为巨大儿会使产后出血的概率有所增加，就用特殊缝合技术捆绑子宫，毕竟外科加压缝合子宫，也会增加子宫缺血坏死和感染的风险。我本就不像李承乾那般伶牙俐齿，更不如他机警善辩，被对方气势汹汹地抢白，我居然心虚到口吃。

梁博已经工作了好几年，阅历、经验自然远超我，他半开玩笑地说："是夏医生说的这个理，这就像小孩只要出门玩耍，理论上就有出车祸的风险。我们不能因为这种低概率事件存在，就先打折孩子的腿，让他没法外出。用这种方式去避免小概率的危险，实在得不偿失。"

虽说是在开玩笑，可我发现梁博的神态、语调都恰到好处，那种镇定自若的气场天然地就让人信服。李响虽然还在生气，可也没再反驳。梁博继续沟通，他还要将这些选择方案可能存在的并发症告诉这对夫妻。他也要如实告知，介入手术虽然是微创的，但也可能导致血栓形成，异位栓塞。如果异位栓塞到卵巢动脉，则会影响生育。他也补充了我没来得及说完的第三条——如果这些止血方法都不好，那就只能切子宫。

倒是刘顺顺先反对。她哭着说自己对不起夫家，肚子太不争气，一连生了两个女儿，没啥也不能没有子宫。她反复问我们，介入手术成功的概率到底有几成，会不会真的伤到卵巢。我如实告知，介入科做这些手术，已经做得很成熟了。但只要是手术，就肯定有风险和并发症，落在个人头上就只有零和百分之百。

见梁博眉头微皱，我意识到自己又说错话了。他显然是想快速结束这拉扯半天的术前谈话，他提高了音量："再不快点决定，就真的要直接切子宫了。吃饭还有人被噎死的，难道就不吃饭了吗？这种极小概率的事情，还纠结它干吗？"

这对夫妻同意了做介入手术。刘顺顺被送到介入室后，梁博小声对我说："以后要多注意沟通技巧，紧急的医患沟通一定要打在患者和家属的'七寸'上。如果沟通的时候，医生不够坚定果决，患者一方自然也就没那么信任医生了。表达上也要有技巧，凡事都要拿捏好尺度。说重了会吓到对方，说轻了又会给自己挖坑。有时候同一个理，换个说法效果却完全不一样。"

我这才意识到，当医生不只是个技术活，不是只专注提升业务和手术就好，沟通的艺术，同样是我迫切需要精进的。

产科和介入室的一线值班人员的人数相同，我和秦松明经常对班。

负责手术的是介入科的一位高年资住院总，秦松明打下手。手术倒是顺利的，从介入室出来后，秦松明告诉我刘顺顺右侧子宫动脉有活动性出血，所以在双侧子宫动脉栓塞的基础上，又加做了右侧髂内动脉栓塞。因为刘顺顺产后出了不少血，容易出现其他器官的缺血性损伤，经过我的沟通，李响同意将妻子转进监护室观察。

刘顺顺在监护室只观察了一天，便转回了产科病房。就在我觉得终于可以松一口气的时候，刘顺顺感觉右小腿不舒服。我心里咯噔一下，不会是血栓吧！

对年轻医生来说，真的是怕什么来什么。彩超证实刘顺顺的右侧腘动脉出现了血栓。在面对李响的质问时，我也知道无论什么解释都显得苍白无力。刘顺顺已经成了"纠纷产妇"，谭主任主动出面做后续的沟通工作，可每次要进刘顺顺的病房，我仍然觉得头皮发麻。

谭主任告诉李响夫妇，介入科和血管外科的主任都来会过诊了，考虑术后有一块很小的栓塞剂脱落到腘动脉。手术后需要压迫股动脉止血，也在一定程度上使得血流减弱，产妇的血液又处于高凝状态，几个方面的原因导致了血栓形成。如果不处理，右下肢可能会出现缺血性坏死，甚至截肢，而栓子脱落也可能导致肺栓塞。肺栓塞是要人命的。

李响只是唉声叹气，说今年是他的本命年，事业、家庭都不顺。好不容易盼来的老二是个女孩，老婆生个孩子还搞出那么多幺蛾子。主管医生前些天还说没问题，准备让他老婆出院了。结果后面有那么多事，输血的钱、介入手术的钱、住监护室的钱他已经交了，后面随医院怎么处理，人搞好了就当没这回事，再出点问题那就法庭见！

在反复沟通商议后，夫妻俩拒绝了开刀取血栓，要求局部溶栓治疗。我便将刘顺顺转到了介入科，由介入科主任张伟亲自操作，将小剂量的尿激酶从股动脉注入溶栓。这项手术也有风险，一旦栓子脱落跑到肺部或者大脑，那后果不堪设想。秦松明告诉我，他们科室还有其他更好的方式取血栓，可主任压根没有和这对夫妻提过。我也知道那些方法的耗材成本很高，从出现术后并发症、发生医疗纠纷的患者身上大抵也收不回费用了，所以张主任就选了这么一种性价比更高的方式。

好在刘顺顺的手术很成功，那块血栓被成功溶掉了。但刘顺顺还需要继续住院观察，她被转到介入科后，秦松明成了她的主管医生。他知道刘顺顺是医疗纠纷患者，自然格外小心，每天都几次下病房观察她双下肢的皮温和脉搏，并每天向我动态汇报患者的最新情况。

第十五节
重建

刘顺顺在介入科住院观察的这些天，没出现什么情况。她现在既没有产科的问题了，下肢血栓也得到了妥善解决，秦松明准备让她出院。可李响不乐意了，坚决要求继续住院观察。张主任坚决要求把她转回产科，于是我再度成为她的主管医生。

我反复和这对夫妻说，不用再住院了，产妇抵抗力弱，医院环境又复杂，住久了很容易出现院感。我承诺，出院了还可以在门诊随访，有问题我们产科会处理。可李响坚决不同意，说上次就被我忽悠出院，结果当天就出了这么严重的事。这次要万无一失，他们才能考虑出院的事。

看我这般为难，谭一鸣也做了让步，让刘顺顺继续住院观察。可她转回来的第四天，居然出现寒战、高热。李承乾都在调侃我是神算子，说啥来啥。我才和刘顺顺说了，在医院住久了容易出现院感，她就直接出现院感给我看。

刘顺顺发热的原因，考虑是泌尿道感染，细菌入血后引起了败血症。血培养的结果出来了，致病菌就是普通的大肠埃希菌。这还好不是耐药菌，使用抗生素后效果还不错。她的临床症状迅速缓解，可即便这样，没有十天半个月也别想出院。虽然之前我和这对夫妻说过，产妇在医院住久了有发生院感的可能。现在出现了这个情况，我已经无力解释。我实在不知道，该如何面对哀怨不已的刘顺顺和暴跳如雷的李响。

先是因为横位的巨大儿做了剖宫产，随后产妇出现产后出血。止血效果不好，做了介入手术，介入手术后又出现了血栓并发症。好不容易处理完了并发症，又来了院感。介入手术前，梁博和夫妻俩说了，这些都是概率极小的事件。可我都纳闷了，为何这些小概率事件就尽数发生在刘顺顺身上了。最初的大出血，我还能解释为"意外"，可谁能接受住院期间屡次三番出现"意外"。

由于"意外"频发，医患间的信任自然彻底崩塌了。李响到处吵嚷，逢人便说自己的这个本命年真是绝了，诸事不顺也就算了，冲着中心医院名声大，来这里生孩子都能遇上个不靠谱医生。

他不住地抱怨，别人的老婆生了孩子就出院了，他老婆倒了八辈子血霉遇到这么个不靠谱医生。医生乱治疗，乱用药！他老婆生个孩子，什么并发症都让医生整出来了。他还特意看了墙上的医生简介，在得知这些医生里就属我学历最低时，他甚至恶意揣测，我是花钱进来的关系户，还扬言要去告发我。

李响去医患和谐办投诉了好几次。整个行政办公楼的人都知道这件事了。院领导之前就对谭一鸣破格录用本科生的做法有些意见，但他们念在他这些年将原本平平无奇的产科，打造成天城市数一数二的危重症孕产妇救治中心，在整个西南片区都颇有影响力，便也默许了他自主招录医生。现在行政部门也有意无意给谭一鸣施压，我的学历、学校都不怎么样，在科里正式工作第一年就出这种事，该辞退就辞退。

我和医务科的几个干事关系不错，我已经从他们口中听说这些了。当然，他们顾及我的颜面，已经尽可能弱化了李响对我言辞激烈的评论。他们还让我不要太担心，谭主任已经出面和医院斡旋了。而且谭主任也做出了很多让步，李响一家对主任的处理还算满意。他们让我先安心工作，不要想太多。

经过科室的几轮沟通和让步，李响已经不在病房和办公室里闹了。刘顺顺出院还得有些时日，每次一想到要进她的病房，我都头皮发麻。李承乾索性让我把刘顺顺转到他名下，省得我每天查房时见了尴尬。

林皙月看我这些天情绪低落，只要我们都没上夜班，她便约我吃饭、逛街。我们都还没成家，没有一地鸡毛等着处理。各大商圈从来都不缺好吃的、好玩的，这些都是对冲工作压力的好地方。

面对林皙月屡次婉拒，李承乾改变了先前的死缠烂打战术。李承乾也认识到，两人在一个科室，抬头不见低头见，追得太急也不好。他索性听了我的建议，先和林皙月从朋友做起。

周六我们三人都不值班。上午查了房，李承乾便说新开的光华购物中心有室内的植物园和人工瀑布，值得一去。他在这里读研时父母便给他买了房，正式工作后又给他配了车。他一有空就开车到处溜达，自然比我和林皙月会玩得多。

周六我们玩到很晚，那个商圈离我家很近，林皙月便索性住在了我家。李承乾送我们上楼后才惊叫一声，说他家门钥匙找不到了，大晚上也找不着人开锁，要我今晚务必收留他。我自然知道他醉翁之意不在酒，反正次卧一直没人住，就让他住了。

见自己诡计得逞，李承乾特意在楼下的便利店买了关东煮和啤酒当夜宵。他一坐下便开始讲各科医生的八卦。他口才不错，再加上他略显夸张的演绎，我和林皙月都被他逗得哈哈大笑。

虽然林皙月并不爱他，可也把他当成好朋友。平日里，她也喜欢看我和李承乾互相贬损。我对酒精有些过敏，这些年极少沾酒。可我先前苦闷不已，遇到这样畅快的时刻，就跟着喝了一罐。

我平日里有些大大咧咧，这样的性子很容易和人打成一片。林皙月和李承乾一直觉得，像我这样的人应该不容易藏心事。可今晚他们才知道，虽然刘顺顺已经出院了，但我对这件事还是耿耿于怀的。

我情绪无比低落地说，我是这几年科里唯一的本科生，基础也不好，大学那几年都荒废了，和科里其他医生差距还挺大。我之前被主任破格留下，家里人就说我情商低、性格坏，底子还差，在这样的地方根本就混不下去。我当时还不信，想证明给他们看看，可这才没几个月，就被家里人说中了。我有愧于谭主任的器重，给科里捅了那么大的娄子。李响也好，小叔也罢，他们的话虽然刺耳，可也不无道理。

林皙月见我这些天闷闷不乐，还以为是我在刘顺顺家属那里受了气的缘故。可听我这么一说，她才知道那还不是重点。

李承乾说，刘顺顺这事确实有点奇葩，无论哪个医生遇到了都只能认栽。这事根本没必要往心里去，又不是我的诊疗操作有问题才导致了她出现产后出血。介入手术的并发症跟我就更没关系了，那是介入科的事。产妇生了孩子，家属疏于照顾，嫌搀扶产妇如厕麻烦，就给她用尿不湿。家属对换尿不湿都嫌麻烦，一个尿不湿让产妇用大半天。产妇下身的卫生条件那么差，本身产后免疫力差还出了那么多血，天天还得面对这么糟心的家人，刘顺顺不感染才奇怪了。李响这么诋毁我，肯定有原因啊，那家人那么重男轻女。从知道孩子是女孩，他们就已经很不开心了，产后又出了那么多问题，搁谁家都闹心。家属在一定程度内小吵小闹，引起医院重视，医院根据情况适度让步和进行合理补偿，这不一直是很多家属的做法吗？既然这样，家属肯定要攻击和诋毁主管医生，让医生觉得全是自己的错，那既然都是你的错了，多赔偿点就更是理所应当的了。

他对我有些恨其不争，那么容易就让患者家属给我洗了脑。抱怨完李响，他又说起了我的小叔："你确定那是你亲小叔？孩子留在更好的平台了，正常的家人不都该为孩子高兴吗？不是应该鼓励孩子加油干吗？怎么一上来就拆台，还断言别人早晚混不下去？我要是有这样的小叔，肯定一辈子不上他家！"

他又说起了谭一鸣。他研一的时候就跟着主任了，对老谭还是很了解的。"他这人平日里什么话都好说，但要是在医疗安全上做不好，他管你是名校博士还是领导亲戚，铁定会让你走人。他就是认可了你的工作能力才留你在科室的。平日里谁在管理病人上出了差错，他哪次不是铁面无私？这回他说你一句不是了吗？谭主任也知道，你管理刘顺顺的每一步，都是严格遵循医疗常规的。手术后出现一堆并发症的确太罕见，我们换位思考一下，也能理解家属的不满。所以心电监护费、氧气费、床位费、护理费那一堆涉及我们科的收费，谭主任都给免掉了。最后李响一家也就满意了。"

他万万没想到，这事都已经过去了，我还在不断内耗。听他这么一分析，我也觉得的确是这么个理，也感慨为何李承乾那么轻松就能看明白的事情，却一直困扰着我，为何我就不能像他那样自信。

这个压了我好多天的包袱被放下后，我轻松了不少，原来自己也没有别人说的那样糟糕。我又抓起了第二罐啤酒，再入口时发现啤酒没有先前那样涩了。

李承乾说他周日要上二十四小时班，周一还得接着上手术台，就不跟我们俩聊了，洗漱完毕后就自觉去了次卧。其实林皙月这些天也有和我类似的困扰，她也一直在纠结，如果当初把后果说得更严重一些，或许魏珍夫妇就同意手术了，自然就没有后来穿颅毁胎的悲剧了。她虽然自责，却不像我，还要重重地自我攻击。

经李承乾一开导，我没了那么严重的自我怀疑，可我也意识到自己的沟通能力和经验丰富的大夫比，还是有不小的差距。谭一鸣反复跟年轻大夫说，技术好、知识全是取得患方信任的根基。医学知识越扎实就越自信，就不会对患者一方的任何提问心虚；如果基础不牢靠，患方一发问医生就露怯，患方自然也不会信任医生了。

我开始见缝插针地学习各类知识，看到科里的上级医生给产妇和家属做医患沟通时，我就在旁边观摩，学习他们的沟通技巧。

一周后我值夜班时，接到急诊科的电话，急诊科要我去急会诊。

孕妇叫唐婷，29岁，孕34周。四个小时前吃完羊肉汤后出现恶心、呕吐、腹痛等症状，并解了两次稀大便。急诊科的值班医生初步考虑，孕妇是急性胃肠炎。由于孕妇主诉有腹痛症状，不能排除宫缩痛的可能，所以请产科医生会诊。

虽然已经理清了诊断思路，但急诊科医生还是请了消化科和普外科会诊。这两个科的医生写的会诊意见很雷同：完善血尿淀粉酶、脂肪酶，腹部彩超，必要时完善腹部CT检查，我科随访。

我和值班的急诊科医生，看完了消化科和普外科医生写的会诊意见，都有些无语。他们的会诊意见太套路化，写了和没写都是一个样。

每个周四晚上，我们科都会开展业务学习。谭一鸣每隔一段时间就会讲妊娠合并腹痛的课题。妊娠中晚期，增大的子宫会使腹腔其他脏器移位，且会使大网膜对炎性物质的包裹减弱。炎性物质的流出可引起腹痛和腹泻，炎性刺激子宫收缩导致的宫缩痛也会掩盖腹痛的原发病灶。多方面因素交织，使得孕晚期的腹痛不那么容易鉴别。所以但凡碰到腹痛的孕妇，医生一定要多长几个心眼。

唐婷晚上吃得太多，腹腔内全是气体，她腹部的脂肪又厚，腹部彩超能看到的脏器有限。抽血化验也要等一个多小时才能出结果。唐婷本人怕CT检查对胎儿有影响，坚决不同意做腹部CT。可我在看到护士抽出的格外浓稠的血样后，觉得唐婷多半得了急性胰腺炎。

可唐婷已经有规律宫缩了，合并先兆早产。虽未明确诊断腹痛原因，但我还是将唐婷收到了科室。其间严格禁食禁水并密切监测胎心。抽血的结果已经回来了，唐婷的淀粉酶、脂肪酶都没有升高，血脂却高了五倍不止。

唐婷的诊断尚未明确，可她的呼吸明显变快，在高流量吸氧下，她气促的症状有所好转。她的腹痛愈发明显，而且左侧腰部还出现了花斑，胎心监测提示胎儿心率偏快，胎儿也开始出现宫内窘迫。我急忙召集产妇家属做紧急术前沟通。

"胰腺位置很深，而且被子宫挡住了，彩超看不到胰腺的情况。唐婷的淀粉酶、脂肪酶都没升高，但我还是考虑唐婷得了急性胰腺炎，而且是重症的。"

唐母一听女儿得了胰腺炎，便开始百度了。她百度完就立刻打断我："不是淀粉酶升高了好几倍才能诊断胰腺炎吗？"

"这倒不一定，急性胰腺炎的严重程度和淀粉酶的升高并不成比例。特别是重症胰腺炎，因为腺泡破坏得多，淀粉酶可以不升高。她的腰腹出现了花斑，而且血钙明显降低，血糖还升高了，整个血液都快成乳糜状了，呼吸还明显增快，这些表现都高度支持重症胰腺炎。"

我没有给家属喘息的机会，接着讲孩子的问题："现在胎儿也有宫内窘迫，但是患者宫口又没开。所以我建议立刻做剖宫产！虽然早产儿会有相应风险，但现在就把孩子剖出来，对大人和孩子都有好处。重症胰腺炎死亡率很高，患者很容易出现全身炎性反应综合征（机体对感染或非感染因素的严重损伤所产生的全身性非特异性炎性反应，导致机体对炎性反应失控所表现的一组临床症状），患者后期很容易出现多器官功能能衰竭，导致死亡。孩子在这样的母体环境下肯定也长不好，剖宫产不但能救孩子，还能减小腹压，缓解子宫对胰腺的压迫。手术可以暴露胰腺，也方便外科医生做后续的探查和处理。很多重症胰腺炎的患者，本来也需要开腹减压。孩子被剖出来以后，产妇的血脂也会降得更快。而且孩子取出来了，医生用药也没那么多顾虑了，产妇救治成功的可能性也更大。家属能快速做决定，大人和孩子就多一分生的希望。"

一家人一听，忙不迭签了字，唐婷也很快被送到了手术室。

住院总梁博还在产房处理另一个肩难产的孕妇，病房也还需要人手，这一晚的二线是谭一鸣。在家属签字的空当，我已经通知了主任，并让手术室也做了急诊剖宫产的准备。

麻醉科医生给唐婷上了全麻，整台手术，麻醉科医生负责保命，而我们专心手术。

因为要探查胰腺，这次的手术做的是纵行切口。唐婷是初产妇，既往无腹部手术史，一路划下去倒也顺利，只几分钟工夫，胎儿便被取出了。新生儿科的医生也已到位。这是个早产儿，且存在新生儿窒息，儿科医生在给孩子完成初步复苏后，便把孩子带到了NICU。在我和主任剥离胎盘又缝合好子宫后，肝胆外科的医生也上台协助探查。

唐婷罹患的是急性坏死性胰腺炎。探查中，我们发现，唐婷的腹腔里因为感染已经出现了不少浑浊的积液。外科医生切开了胰腺被膜以减轻压力，并清除了部分坏死的胰腺组织，反复进行腹腔灌洗，减少周围脏器的感染。清理完毕后，他们还给唐婷的腹腔安置了几根引流条。

唐婷脱离不了呼吸机，外出做CT风险很大。手术一结束，谭一鸣便给唐婷做了个床旁胸片，胸片提示唐婷的双肺有大片炎性病灶。谭一鸣也感慨，这病来得真凶险，产妇这么快就出现了急性呼吸窘迫综合征。

术后的唐婷被转入了重症监护室做后续的治疗。

第二天我去监护室查房，唐婷不可避免地出现了多器官功能障碍，肾功能和凝血都很糟。我看到唐婷身上插满了各种管道，床旁的透析机正有条不紊地运转着，有创呼吸机在规律地通气。

恰逢探视时间，唐婷的丈夫和双亲都来了。唐母一看见在死亡线上挣扎的女儿便哭个不停，她就这一个孩子，从小女儿胃口就好，怀孕了更是从不忌口。唐婷每天把各种汤汁当水喝，昨天唐母买了几斤羊肉煮汤，女儿一个人就吃了一大半。这下女儿可惨了。

我听了也跟着皱眉，孕期要加强营养，可也不是这么个加强法。国人得胰腺炎大多因为有胆囊结石或暴饮暴食。唐婷没有胆囊结石，她这个病全是吃出来的。

重症胰腺炎出现了MODS（多器官功能障碍综合征），死亡率很高。唐婷在监护室的主管医生是陈灵，我跟她合作过很多次了。有她在，我也感觉更安心一些。

危重产妇的救治，历来不是哪一个科室、哪一个医生可以独立承担下来的。监护室数度发起多学科会诊，联合诸多科室的力量共同救治唐婷。

唐婷术后的第三天，各项指标开始趋于正常，呼吸机参数也可以下调了。可她的腹部却鼓得愈发明显，像充气的河豚。肝胆外科再次会诊，考虑腹压太大导致出现急性腹腔筋膜室综合征，这会进一步损害腹腔内的各器官，甚至加重器官衰竭。在与家属充分沟通后，唐婷被再度送到手术室做开腹减压。

唐婷的病危通知书下了一次又一次。术后的第十二天，唐婷的病情终于稳定下来，她被转到了肝胆外科的病房。

唐婷还没有出院，她的家人就给我送来了一面写有"术精岐黄，丹青妙手"的锦旗。唐母拉着我的手，千恩万谢："多亏了夏医生处理果决，现在大人孩子都安全了。"

这是我当医生以来收到的第一面锦旗，李承乾让我发表一下"获奖感言"。我坦言看到锦旗上的标语，还是有些心虚的，毕竟这回母女脱险，靠的是多学科团队的力量，我不过是其中的一朵水花。但说我一点都不激动肯定也是假的，毕竟这也是人生第一次。

李承乾让我请客，地点还是在我家。我约上了平日里关系好的同事、朋友，亲自下厨做了一桌家常菜。一帮年轻大夫无拘无束地谈天说地，倒也快活。我的两室小居已经成了朋友聚会的"窝点"。

科里近期接连出现两起医患纠纷，谭一鸣便在科室开展了"胎儿急性宫内窘迫""产妇产后大出血"的应急演练，全科的医生、护士，甚至护工都要参与。他认为，只有平日里多加练习，查漏补缺，大家在工作中出现各种紧急情况时才能从容应对。

刘顺顺的事件像一朵乌云，不偏不倚地遮住了我头顶的"阳光"。而这朵乌云已然散去，我亦不会再妄自菲薄。我相信自己不是李响嘴里的不靠谱医生，也不会像小叔判定的那样"早晚混不下去"。

在产科独立工作以来，我已接诊了不少高危孕产妇，其中马兰和唐婷的病情尤为严重。可重症肝炎和胰腺炎都是可防可控的疾病，这两名产妇也都接受过不错的教育。如果马兰肯遵医嘱，积极吃抗乙肝病毒的药物，唐婷的家人可以真正理解"增强营养"的概念，她们都不至于在鬼门关里走一圈，吃尽了苦头，还花光了积蓄。作为危重症孕产妇救治中心，本科室救治的大多是些"已病"的孕产妇。如果医生能做好医学宣教，让更多的孕产妇受益，减少疾病的发生，同样是意义重大的事情。

我的科普文以马兰的病案为脚本，重点阐述了慢乙肝对母儿的影响，并附上了吃阻断药的时机、需要定期检查的项目。我国是乙肝大国，像马兰这样的乙肝妈妈着实不少。而在唐婷的病案中，我重点科普了"营养"的定义。在上一辈人眼中，女人在孕期加强营养便是多进食高脂肪、高蛋白食物，国人历来喜欢喝各类汤品补充营养，这却是导致各类心脑血管疾病和痛风的食物。

我不像科里其他念过硕士或博士的医生，受过专业的科研训练，她们可以写出高质量的科研论文。我的科普文基本都是大白话，简单易懂，受众面反而更广。我起了"白衣小夏"的网名，在各社交平台上推送文章。起初，并没有多少人关注我，但我秉着传递医疗知识的心态，倒也乐在其中。

而彼时的我还不知道，此刻的无心插柳却让我搭上了知识付费的班车。"白衣小夏"在日后也成了一个颇有影响力的医疗自媒体品牌，给我带来了丰厚的物质回报。

第十六节
进退

年底又迎来结婚的小高峰。周五晚上，心内科的尹毅约相熟的好友聚餐，他的婚礼将在周日举行，这一晚算是最后的单身派对了。我和李承乾、秦松明也应邀在列，我们早前都在心内科轮转过，关系都不错。

在座的都是早前我下临床轮转时认识的医生。我回产科工作后，和大家见面的机会就少了，可此次相聚大家仍甚感亲切。一伙人聚在一起，免不了八卦医院里的各类新闻，抱怨科室的奇葩患者，以及总是找各种理由扣钱的医院行政部门。等这顿饭吃得差不多了，尹毅才开始和大家商量婚礼当天的细节。他邀请的伴郎就是秦松明，李承乾负责开婚车的事宜。

在谈妥了细节后，李承乾像忽然想起了什么，问秦松明："你应该也好事将近了吧？你们俩都谈七八年了，现在工作也稳定了，怎么迟迟没动静？"

秦松明脸色微变，说自己刚工作，还没立稳脚跟，暂时还没考虑过结婚的事情。李承乾显然觉得这个说辞站不住脚。秦松明和赵梦瑶谈的是校园恋情，现在两人都在医院工作，房子、车子都是现成的，赵梦瑶没有读研，本科毕业后直接去了医院行政岗，两人不都在临床岗位，家庭也更有保障。准岳父是卫健委领导，秦松明还害怕站不住脚？准岳母马上退休，别说结婚了，就算立马生娃，方方面面也都有保障。

李承乾又像忽然想起了什么，笑话秦松明："你明明有女友，却老和我们这些单身的扎堆凑热闹！"

秦松明没有接话，只微垂着头，嘴角微微上扬。可我看得出来，那笑容有些勉强。可随即他又打起了精神，和邻座骨科和神经外科的医生玩起了行酒令。外科医生普遍酒量更好，几轮下来，秦松明的脸色已经微微发白，可神志倒也清醒。李承乾劝他先别喝了，怕一会儿回不去了。

秦松明还是喝多了，靠在座椅上昏昏睡去，任李承乾反复拍打肩膀都没有反应。醉酒后的秦松明行动困难，李承乾本想打120，可一想到聚餐的地方就在医院附近，这样浪费医疗资源实在说不过去。他叹了口气，招呼我帮忙，我们一起把秦松明送到急诊科去。

急诊科像个不散场的大型集市。我之前在急诊也轮转过3个月，和这里的医生、护士倒也熟络。急诊科能用的床位都被占了，只有洗胃室的床还空着，护士让我们把人暂时安置在洗胃室里。

明天是周六，可我和李承乾都要上班，肯定不能守着秦松明。他已经吐过几次，醉酒的人最怕呕吐物引起窒息，这里的护士太忙了，不可能时刻盯着换液体的事情，总得有个人在场。

李承乾给赵梦瑶打了电话，说秦松明喝多了，让她赶紧到急诊科来一趟。不到半个小时，赵梦瑶便到了急诊科。

已经是夜里十点，看到喝得烂醉的男友，她没有任何抱怨。在确定今晚把他带回家不大可能时，她离开了科室，又在数分钟后折返，再返回时手上拎了很大一包水果，礼貌而周全地谢过今晚把秦松明送到急诊科的友人。

看到赵梦瑶已经来了，我和李承乾也准备离开。在离开洗胃室前，我鬼使神差地回头看了一眼。

洗胃室空间狭小，还堆了不少仪器，就更显得逼仄不堪。秦松明躺在狭窄的洗胃床上，惨白的日光灯直射下来，我的目光也因此凝滞。过去我从没有如此细致地打量过他的全貌：高身量，匀骨架；原本就干净的皮肤，此刻在清冷的日光灯直射下像象牙一般白皙；虽然眉眼紧闭，但也看得出，他有着清俊柔和的面部轮廓。

与此同时，我看到站在他对面的人。那么晚了，接到一个电话便急匆匆赶来，看到男友喝那么多酒，却没有抱怨，就这么一直守着。这个逆光而站的女子焦虑地看着躺在检查床上的男友。尽管刚才她还满脸笑意地答谢着送男友过来的同事，可是此刻，却忧心忡忡地看着自己的爱人，眼神透露着无法掩盖的心疼和担忧。

此刻，我看到一个人无意间对爱人的真情流露。

这小子真有福。我现在能做的就是先出去，顺带帮他们把洗胃室的门关上。

周六晚上，我们到婚礼现场彩排。我近视，酒店里还有另外两对新人也在这天夜里彩排，我一时间没有找到目标人群。秦松明看见了在大厅门口东张西望的我，对我不停地挥手。这一晚他和李承乾都在，昨夜的醉酒显然对他没有任何影响，可还是像以前一样，在很多场合，他都是一个人。

举行婚礼的酒店在江边，距离我和秦松明的家都不远。彩排结束后，我们一起步行回家。

我们边走边聊，我问他打算什么时候结婚，秦松明再度沉默。他停了下来，将胳膊撑在江边的护栏上。他坦言和赵梦瑶在一起快八年了，所有人都觉得他们该结婚了，要不然就是不负责任。就连赵梦瑶的父母对外人介绍他时，说的也是"这是我女婿"。

可越是走到这个关口，他就越迷惘。他虽然今年27岁了，但是刚毕业，什么都才刚起步，马上就要踏入婚姻。赵梦瑶的父母把什么都准备好了，可他算什么，倒插门吗？

而且这段感情都快八年了，走到现在，他也不知道到底该怎样面对这段需要靠责任和义务维系的爱情。

"瞧你说的，难道她当初没有让你神魂颠倒，一日不见如隔三秋啊？"我笑着问他。这些时日里所有的朋友聚会，秦松明都是一个人出现，他一直回避结婚的话题。我也察觉出他们之间的感情出了些问题。

秦松明笑了笑，说："有啊，可是……"

"可是敌不过男人喜新厌旧，哈哈。"我说。诚然，每对恋人都有两情相悦的过往，可是时间会慢慢使爱情变淡。很多人多年后再回头看热恋时的山盟海誓，只能哑然失笑，感慨世事无常，另觅安慰。

"其实梦瑶吧，喜欢她的人一直也挺多，上学那会儿是，现在也是。有时候我都在想，如果我真离开她了，说不定她会找个对她更好的人。"

我忍不住提到昨天晚上的情景，说："梦瑶对你真好，我当时都特别羡慕你，真的，特别羡慕。"

说完这句话，我看了看这个站在身旁的人。他脸上的笑容加深了，不同于宋墨鸢坚毅硬朗的面部轮廓，这张脸的线条更加柔和。他像青春漫画中俊美的男主角，却比少年多了几分成熟和宽容。他身上天然带着江南一带人特有的温润气质，有吸引人靠近的暖意。我莫名地把他和宋墨鸢做了对比。我暗恋宋墨鸢已经快两年了，这单向的暗恋像一条寂寞的青藤，偶尔有人提到这个名字，我的心中还会有微微的涟漪。

我已经察觉到和他有微妙的暧昧，便拒绝了他送我上楼的提议。

婚礼开始了，坐在宾客厅的我向台上看去，秦松明着一身正装站在新郎身边。在礼台灯光的映射下，这个身材颀长、面容俊秀的伴郎以压倒性的优势抢了婚礼男主角的风采。

和秦松明认识三年多了，一直以来，他在我的心目中，一直是好友，甚至是知己。

"如果他没有女朋友……"一个怪异的想法突然在我脑中浮现，这个想法冒出来的时候，我自己都被吓了一跳。

三天后我值夜班，这一晚病房和产房难得安静。已是夜里十一点了，住院总已经回值班室休息，夜班护士也回到工作站写交接材料。我也打算再去巡一遍病房，摸清在院孕产妇最新的情况。就在这时，我意外看到了秦松明。

他知道产科今晚是我值班，进来时没有一点意外，径直坐在我的办公桌前。

我纳闷他这么晚了还来我们科室。离得近了，我可以闻到他身上的酒味。我感觉到他最近有些反常。他过去从不在工作日喝酒。

"又喝多了？我打电话喊楼下护士，上来接你回值班室休息。"我拿出手机，准备给介入科护士站打电话。可他一把握住我的手，气氛瞬间变得尴尬。

"我没喝多，我有些事情想和你说。"

我猜到他想说什么了，可我害怕他说出口。

"你喜不喜欢我……"

"你先回科室休息吧，你今晚真喝多了。"

我的手再次被他握住，这次的力度大了些。我有些尴尬，还在办公室，值班护士、患者家属、行政查房的领导随时可能进来，可他丝毫没有要避人的意思。他虽然喝了些酒，但是我也清楚，他还没有醉到不知道自己在做什么的地步。

我索性陪他一起坐下来，温言问道："你是不是遇到什么麻烦了，都说出来吧，我不一定能帮得上忙，但我也许可以分担一些。"

"介入方向是我自己选择的路，我无论如何都会走完。可我现在想离开这里，继续读博深造。"听秦松明的语气，这应该是他经过慎重考虑的，一点也不像醉酒后的妄语，可是下一句，还是让我觉得他这一晚喝了不少，"你会不会和我一起离开这里，和我一起回江苏？"

一时间，我不知该怎么接话，可他还是自顾自地说下去："其实之前我是特意调到和你一天值班的，就是可以多见到你……"

每个值夜班的医生、护士，都不希望在晚上收患者，特别是危重患者。可我此刻却无比希望多收两个待产的孕妇，帮我中断此刻荒唐的一幕。很久以前，我就隐约感到他对我有些特别的好感，但我一直不希望把这种感觉挑明。我也一直在回避我们之间若有若无的暧昧。我希望默契的友情可以一直持续下去，因为他在我心里，也有着不同寻常的分量。

可是酒后的秦松明还是把这层关系说破了。

"我有喜欢的人了，你自己也是有女朋友的，而且你们是要结婚的。"

他知道我说的是宋墨鸢。可他也知道那是两年前的事情了，不过是我单方面的暗恋而已。

"太晚了，你早点回去吧，家里人会担心你的……"

"我搬出来了……"

这下我倒有些意外。其实我已经感觉到了，他和女友的感情出现了很大的问题，越是在结婚的节骨眼上，这些问题就越容易被放大。他从女友家中搬出来，大有就此分手的意图。每个男人心中都有两朵玫瑰，一朵红玫瑰，一朵白玫瑰。当他娶了白的，久而久之，白的就成了他衣服上的一颗陈旧的饭粒，而红的却成了他胸口的一粒朱砂痣；如果他娶了红的，红的就成了墙上的一摊蚊子血，而白的就成了他的"床前明月光"。

曾经朝夕相伴的爱人，当年精心呵护的白玫瑰，多年之后，终于变成了他衣服上的一颗陈旧的饭粒。

看着眼前的这个人，我忽然觉得有点陌生。

"你和她在一起的时间久了，觉得腻了，所以就要把一个对你那么好的女人甩掉。假如我现在和你在一起了，最多一年，你就会把我当成'鸡肋'，同样的苦恼你会在醉酒后对另一个女人说。对吗？"我看着他的眼睛，半开玩笑地调侃。

他的脸色愈发阴沉。

我突然有些后悔，如果他现在只是借酒试探，我这样刻薄的话一说出，在他酒醒之后，先前的友情会出现变化。我放缓了语气，说："回去吧，别让家里人等太久。"

"其实，我要……"秦松明把头埋在桌子上，像做着激烈的思想斗争，又好像在用最后一点力气顶着千斤重石。

我的目光穿过焦虑到不能自持，甚至有点绝望，想最后一搏的秦松明，看到他身后的另一幅景象：在他人有意无意说他好事将近的时候，他眉头紧皱，思虑重重，尴尬且不耐烦；"一家四口"围坐在一起吃晚饭时，赵梦瑶的父母试探性地问他们大概什么时候领证，看秦松明始终言辞闪烁，没有结婚的意思，他们掩饰不了失望，极力压下怒气。

赵梦瑶肯定不止一次一脸憧憬地和他谈结婚的事情，当看到他冷淡的反应，委屈、失望地哭。虽说眼泪是女人最厉害的武器，可是在他心疼与不忍心之外，眼泪对他来说，更像他没完没了的噩梦。他梦见一张巨大的网把他罩住，接着诸如"责任""道义"这样的大字像巨型冰雹一样劈头盖脸地砸下来。

我也能理解，他虽然27岁了，可说到底他刚毕业。他也并非想不负责任，不管不顾地离开她，离开她的家庭，只是不甘心刚刚正式工作便立刻踏入婚姻。如果和赵梦瑶结婚，也就意味着他毫无悬念要在这里定居，从此彻底远离了家乡和父母。我知道，他其实和我一样敏感、要强。他来自江苏的一个小镇，父母早年便都失业了，他如何能坦然接受这样明显存在阶层落差的婚姻。他从来都是一个要强的人，他又如何能在别人或是艳羡或是嘲弄的目光下，心安理得当着"领导的女婿"。

他以前和我说过，他和赵梦瑶相识于校园。大五实习时，两人对未来的去向已经出现了分歧。秦松明是家中独子，他和父母感情亲密，本想考回江苏的学校。而大五在临床实习工作中，赵梦瑶发现这份工作过于辛苦，夜班太磨人，又没有正常的节假日，还会面对各种突发情况和难缠的患者和家属。她决定不再当医生，可毕竟学了五年，完全放弃又有些不忍。她便决定毕业后到医院的行政岗位，也算学以致用。她是独生女，她父亲又是天城市卫健委的领导，无论从哪方面来说，她都没有不回天城市工作的理由。研究生报名当天，当她看到秦松明选择的是江苏的院校时，她哭得不能自持。秦松明到底不忍，这志愿一填，意味着两人日后必然分道扬镳。在最后一刻，秦松明将目标城市改成了天城市。

八年的时间都没有冲淡赵梦瑶对他的爱意。他何尝不知道，不管从哪方面来说，她都是无可挑剔的好妻子的人选，可现在的他并不想走入婚姻的牢笼里。可一步步走到这里，如同箭在弦上，他已经没有退路。

这就是他来找我的原因。他误以为我是他最后的救命稻草，是他摆脱婚姻这张大网的那道微光。

这些年，他们两人的感情曲曲折折，其间也有不少变故。他们都是在北方读的大学，毕业后离开对方，从此天各一方、相忘于江湖的理由并不少。可是两个人都对这段感情缝缝补补，始终没有真的离开对方。他虽然惧怕进入婚姻，可我知道，赵梦瑶在他心里同样有着非同寻常的分量。只是在现实和自尊面前，他不愿意承认。

不管是终成眷属，还是相忘于江湖，对他们来说，最后总归都有遗憾。

此刻，我除了无比理智，还能做些什么？

凌晨一点，秦松明的手机铃声响过很多次之后，他终于接通电话。

"回家吧，太晚了，天亮还要上班……"我们年纪不小了，今晚一翻篇，理智自然会归位，白天我们都还要上班。

这场闹剧终于结束了。可是天亮之后，秦松明再无酒意时，我们还能当什么事情都没发生过，像从前那样推心置腹吗？

第十七节
隐疾

好在这些天，我没有收到需要介入治疗的孕产妇，不用和秦松明面对面接触，也避免了一些不必要的尴尬。

科室这些年一直致力于危重症孕产妇的救治。近年来，随着胎儿医学不断进步，经济水平不断提高，那些产检时被发现有严重问题的胎儿也有了被救治的机会。这些有隐疾的胎儿也开始逐渐被当作"患者"来对待。这一年多的时间里，谭一鸣为数不多的假期都花在了各大名院举办的胎儿医学研讨会上。

周一上午，科室陆续收了几个产检时发现胎儿存在问题的孕妇。

看到朱萍的产检报告时，李承乾愣住了。她没有做过羊水穿刺、基因筛查这样复杂的产前诊断项目，光通过普通彩超便发现胎儿存在严重的多发畸形：严重唇腭裂；双手像高度痉挛的鸡爪；双膝和双足也是明显的外翻畸形。

他再次向朱萍夫妻俩确认，是否真的要这个孩子。夫妻俩都点头。其实他知道问了也白问，胎儿都39周了，眼下孕妇都破水临产了。但他还是忍不住啰唆了一番，这孩子有多发残疾，但从彩超来看，大脑、胸腹腔脏器发育得还都挺好。不出意外，孩子出生后正常存活肯定是没什么问题的。唇腭裂可以修复，不过双手、双脚都有这样严重的残疾，这孩子一出生，这辈子基本就是"困苦模式"了。

听他这样一说，朱萍的眼眶微微发红。她丈夫却说他们心里有数，让医生保证生产时不要出什么意外，让孩子活着就好，孩子毕竟是他们的亲骨肉。

在问朱萍既往史的时候，李承乾知道她已经生过一个健康的男孩了，这一胎也是自然受孕。夫妻俩年龄都不大，这个有严重缺陷的胎儿并不是医学上所谓的"珍贵儿"，这对夫妻还能如此执着，要把孩子生下来，实属不易。大概就像朱萍丈夫说的那样，这毕竟是他们的骨肉。一想到这里，李承乾也有些感动。

林晢月收治的那名叫袁莉的产妇，怀的是双胞胎，但存在严重的双胎输血综合征（宫腔内供血儿将血液源源不断输送给受血儿，从而引起的一系列病理生理改变和临床症状）。在近期的产检中，医生发现其中一个胎儿（受血儿）出现水肿，另一个胎儿（供血儿）存在心脏畸形。袁莉夫妇一到科室便表态：不要那个有心脏畸形的胎儿。林晢月便给夫妻俩做了第一次医患沟通。

"从彩超上看，这是单绒双羊的双胞胎，就是两个孩子各自拥有独立的羊膜囊，可两个孩子却共用一个胎盘。这样的情况使胎盘的血管吻合，使一个孩子在向另一个孩子输血。输血的孩子自然会有贫血、生长发育迟缓的状态。而接受供血的孩子因为血容量高，就会出现水肿。正常情况可以选择做胎儿镜下激光凝结术，这是个微创手术，局麻就可以做。用激光凝结掉胎盘血管的吻合支就可以了。但这两个孩子脐带挨得非常近，手术难度也大，这个生长受限的输血儿有心脏畸形，你们决定放弃这个孩子，那我们现在就选择用射频消融减胎术减掉一个。但受血儿出现了水肿，虽然考虑还是因为双胎输血综合征，但我还是建议做一次羊水穿刺，看看是否存在染色体异常。"

虽然知道羊水穿刺对母儿都有相应的风险，但夫妻两人都没有意见。他们此次也做足了功课，也知道胎儿水肿还可能有染色体异样、感染或者血液病等原因。两人都是中学老师，他们不允许自己的孩子有一点问题。

谭一鸣本来建议袁莉夫妻俩到蓉城市就诊，那里有西南片区最好的胎儿医学中心。这种IV期的双胎输血综合征，胎儿镜下的激光凝结术并不好做。在蓉城市的胎儿医学中心做手术，更保险些，而且那个心脏畸形的胎儿也能保住，等孩子娩出后，再去小儿外科做心脏方面的手术。可夫妻俩商议后，还是决定在这里做减胎手术，放弃那个有心脏畸形的胎儿，他们本来就打算只要一个孩子。

夫妻俩也通过很多途径了解到，减胎的方法有很多，可没有哪一种是绝对安全的。特别是他们这样的情况，两个孩子共用一个胎盘，减掉其中一个，另一个也很容易受到影响。他们在几家医院都咨询过之后，才决定来中心医院做射频消融减胎术。

科里的年轻大夫都没见过这样的手术，手术当日想去观摩。袁莉虽然是老师，理解医学也是一个传帮带的行业，可她还是拒绝其他医生观摩。但她同意了手术录像，并要求非手术部位要全程打码。

射频消融的范围是之前便确定好的，避开了要保留的胎儿和脐带。可正式手术前，谭一鸣还是让超声科的医生到场做引导，有了精准定位，谭一鸣一下子便将射频针穿入目标胎儿腹部的脐血管。在原位消融了两次之后，彩超屏幕上目标胎儿的脐血流信号便消失了，胎儿的心脏也停止了搏动。

我没有参与这台手术，只在事后看了手术视频。视频时间并不长，可不知为何，看视频时我全程都在神游。这是个微创手术，对产妇几乎没什么影响，可这样的微创操作却让她腹中的双胞胎有了截然不同的命运。没有供血儿不断输血，那个受血儿水肿的情况很快便会缓解，并像正常胎儿一样苗壮成长，直至顺利出生。那个有心脏畸形的供血儿仍然会和自己的手足继续待在母亲的宫腔内，不过这个已经被"处死"的胎儿自然不会再发育了。等到母亲临产时，它会和那个健康的胎儿一起被娩出，不过它和胎膜、胎盘一样，被称为"娩出物"。它在医学上被定义为无生机的"纸片儿"，顾名思义，就是外观单薄、苍白如一张纸片，一般会和胎盘一样，被当作医疗垃圾处理。这条生命明明已经被父母带来了，可因为不符合父母的期待，便是这样的结局。

　　不是都说父母的爱是最纯粹、最无私的吗？我有些困惑了。

　　而我收治的这个叫周渝的孕妇，是科里重点关注的对象。她也算高龄初孕妇了，结婚多年一直没有孩子，上医院检查发现她患有严重的多囊卵巢综合征（持续无排卵，以卵巢多囊改变为主要特征，伴有痤疮、多毛、不孕等，常伴有胰岛素抵抗和肥胖）。她吃过很多药，做过很多治疗都没用，最后还是通过辅助生殖技术怀上了孩子。

　　周渝在县医院产检时就发现胎儿有严重的膈疝（胚胎发育过程中，横膈出现裂孔导致腹腔脏器疝入胸腔引起的一系列病理改变），而且有双侧的膈疝，在这种情况下，孩子根本就活不了，医生劝她不要这个孩子了。夫妻俩不甘心，跑了好几家医院。可医生的说法都差不多：胎儿的胃和肠子都疝进左胸了，左肺和心脏都被压得厉害，肝脏也有一部分跑到右胸里了，右肺也被压着。夫妻俩在网上查了，胎儿膈疝可以做宫内治疗。可现在肝也疝进去了，实在没法补。

　　她不甘心，之前迟迟怀不上孩子，夫妻俩已经走到离婚边缘了。现在好不容易怀上，孩子都快30周了，她当然不死心。这次她又到中心医院产科门诊，一见到谭一鸣便哭个不停，让他帮忙想想办法，看能不能留住孩子。她和老公在一起好多年了，她不能没有老公，没有婚姻。

　　谭一鸣安抚了好久，她才慢慢平静下来。他看了她在外院的各项产检，胎儿的左右胸腔都被其他器官疝入，两边肺都有受压。但他测算了一下胎儿的肺头比有1.3，还不算太糟。而且胎儿已经做过羊水穿刺检查，没发现染色体异常，彩超也没看到胎儿有其他畸形。看到夫妻俩期盼的表情，他说如果夫妻俩执意要这个孩子，而且也能承担孩子出生后可能存在的风险，那他愿意和这家人一起努力。

现在胎儿快37周了，已经出现了生长发育受限，周渝便入院待产了。因为胎儿有严重的膈疝，不能耐受分娩刺激，这次分娩自然是选择剖宫产。他决定此次直接开展产时胎儿手术：打开子宫取出孩子，在胎盘支持下由小儿外科的医生直接给新生儿做手术。

他对家属解释，孩子的肺脏发育很差，肺功能很糟，出生后可能无法耐受手术。所以他打算剖宫产后不剪断脐带，利用母体的环境，并充分发挥胎盘和脐带的功能，让它们在一定程度上替代人工肺。

这样的手术有几个好处：麻醉药会通过胎盘直接麻醉胎儿，省去了新生儿麻醉的程序。外科手术势必造成新生儿失血，孩子的血很少，血出多了，手术并发症就会更多，脐带在供氧的同时也保证孩子的有效循环血容量。而且新生儿对环境的湿度和温度要求都很高，羊水循环和母体自身的温度也为这样的手术提供了足够的保障。

我也是第一次听说这样的手术。既往的剖宫产手术都是孩子取出，断开脐带，取出胎盘，然后关闭腹腔。我知道这一听起来堪称完美的方案，其实操作难度很大。先不说小儿外科方面了，单是产科方面就挑战不小。在孩子手术中，我们肯定是要想办法抑制宫缩的，可这样一来，母亲很容易出血。术后又要尽快促宫缩，稍有不慎母儿就可能双双出现问题。

参与手术的人员很多，麻醉科给周渝安排了一间超大手术室。我是她的管床医生，自然也参与了这台手术。全麻起效后，产科医生配合熟练地打开了她的宫腔。刀口的位置离胎盘很远，宫腔暴露后，谭一鸣迅速让人接上羊水循环装置。这一装置可将引出的羊水加温后再度回输，保证宫腔内的压力和温度都相对恒定，避免出现子宫收缩和胎盘早剥（妊娠20周后或分娩期，正常位置的胎盘在胎儿娩出前，全部或部分从子宫壁剥离，属于妊娠晚期严重的并发症之一。主要临床表现为阴道出血和腹痛，不及时处理会危及母儿生命）。

胎儿的胸腔已经暴露出来了，小儿外科的主任主刀孩子胸部的手术。而我全程密切观察脐带的情况，生怕医生术中不慎压住这条生命线。

这台手术不好做，孩子身体两边都有脏器疝入，新生儿的器官又非常娇小。超声科主任也上了台，时不时用探头探查胎盘的情况，好在胎盘没有剥离的迹象，孩子的手术可以继续进行。麻醉师也根据谭一鸣的要求，泵入了阿托西班抑制宫缩，并密切观察记录周渝的生命体征。

有如此严丝合缝的配合，小儿外科的医生完成了新生儿胸部的手术。我们迅速将孩子从宫腔里拉出来，交给NICU的医生处理。孩子娩出后，麻醉师也立即停用阿托西班。我们取出了胎盘，在周渝的子宫上注射欣母沛促进宫缩。这一步完成后，谭一鸣便下了台，关腹的工作交给了我。

袁莉在手术后第二天便顺利出院。朱萍也顺利分娩了。可李承乾看到这个面部和四肢都有严重残疾的男婴，他有些说不出的难受。

朱萍看到孩子后不住地哭，尽管早已有了心理准备，可这会儿的心理冲击太大。这孩子虽然有多处畸形，可一来到人间便哭声嘹亮，只是那声音略显凄厉，好像已经预见了日后的艰难命运。

孩子的父亲小声问李承乾："这孩子大概能活多久？"李承乾诧异地瞅着对方，说："孩子虽有畸形，可心肺那些都挺好的，就正常活啊。"医生的说法并没有使他感到欣慰，他长长叹了口气。

我这天下午没收新患者，早早便写完了病历。离下班还有点时间，我拿出一本关于胎儿宫内治疗的书，重点看了胎儿膈疝的章节。

追问之下，李承乾知道为何朱萍夫妇要留下这孩子了。去年年初，他们那里要拆迁，朱萍夫妇住的是父母的老房，面积很小，而且人丁少，拆迁补偿有限。他们当时咨询过胎儿有没有补偿，当地的回复是"正式下文的一年里，出生的孩子都可以有补偿"。夫妻俩本就打算生二胎，看到这样的政策更是动了心的。产检时发现孩子有这样严重的问题，朱萍开始打退堂鼓，可丈夫说天城市的房子一天一个价，多分点补偿款不好吗？

知道真相的李承乾气不打一处来，他一回到办公室便开始说这对夫妻，这样的父母真是绝了，为了点利益，硬要带一个畸形的孩子来世上遭罪。他现在明白朱萍丈夫那句意味深长的"这孩子能活多久"到底是什么意思了。可孩子爹到底失算了，这孩子虽然残疾，却命硬！

我没有接话。"天底下没有不爱孩子的父母"是这些年来外界不断给我灌输和强化的观点。过去，我一直认为这是真理。尽管有些父母会用错方式，但他们都是爱孩子的，比如我的父母。

可是在产科工作之后，我开始质疑这个"真理"。很多夫妻要孩子，并不是因为他们爱孩子。不少人生孩子，不过是因为到了这岁数，别人都生了，所以他们也生；也有人千辛万苦怀孕生子，不过是为了稳定婚姻和家庭；也有像朱萍夫妇这样的，纯粹为了利益生孩子……

周渝产后没有出现相关并发症，新生儿科那边也传来佳音，孩子的情况尚可。手术虽然成功了，并不代表孩子就此治愈了。文献里记录：罹患膈疝的新生儿，即便手术成功了，也有将近一半的孩子会存在长期的肺部问题。在孩子成长中可能会出现哮喘或者反复的呼吸道感染，甚至出现持续的肺动脉高压，还有很多孩子会长期面临食管疾病的困扰。这些问题，主任在周渝生产前已经说明了。

已经进入1月下旬，天城市的冬天非常阴冷，城市终日笼罩在铅灰色的密云之下，让人心情郁结。据说这里的雾天比有"雾都"之称的伦敦还要多，可压抑的天气却没有减少这座城市的烟火气。

我住的小区就在滨江路一带，小区沿街的门面大多是餐馆和棋牌社。已经晚上十点了，滨江路一带依然热闹非凡。小区的物业公司旁又开了一家棋牌社，生意很好，我下晚班路过，也能听见里面传来洗牌的声音。

很多人讨厌一些特殊的声音，如：电钻声，刹车声，指甲划过黑板的声音，不甚礼貌的喝汤、咀嚼声……有些人一听到这样的声音便烦躁、抓狂，甚至有严重的生理不适。

有一种声音我一听到便心悸、头痛，那便是搓麻将的声音。如果刚好父亲还是参与者，我的不适感便会更严重。

我非常讨厌搓麻将的声音，所以每次路过那家棋牌社时，就会加快脚步。可这天晚上，我鬼使神差地往那里看了一眼。

玻璃门对着的正厅里，四张麻将桌旁都坐满了人。其中一张桌子旁放了一个塑料板凳，一个大约10岁的小女孩坐在一个马扎上，趴在那个板凳上写作业。

棋牌社最亮的光都聚焦在麻将桌上了，匀给女孩的光线有些黯淡。她的脸埋得很低，都要贴在课本上了。

我像被点了穴一般站在原地，愣愣地看着那个小女孩。

也不知过了多久，小女孩抬起头来，茫然地看着门外深沉的夜色。她也注意到门外站着个陌生女人，神经质地往门里看。可她的注意力很快便回到了麻将桌边的那个女人身上。女孩的模样和那个女人有几分相似，她们应该是母女。

那女孩对身边的女人说了些什么。距离太远了，我自然听不见。那女人的表情亢奋，她不断地摸牌，又不断地打出，直到这一局结束了，她把码好的"长城"推倒。女孩的眼神里瞬间有了光彩。

可接下来，女人和其他人一起洗牌，完全没有要走的意思，她甚至全程都没看女儿一眼，好像女儿压根就不存在。女孩也没闹，默默地收拾好书本，又从书包里掏出面包和香肠，一口一口地吃完。那张小脸表情麻木又疏离，她应该早就习惯了。

我自己的童年又何尝不是这样呢？

从我记事起，那个只有一室一厅的房子便是连队里打麻将的聚点。

打麻将的、看热闹的挤了满屋。北方冬天烧煤，窗子自然是不开的，十几个人在那间房里吞云吐雾，狭小的房间充斥着浓重的烟草味，年幼的我整日咳个不停。

一群人像吃了兴奋剂，一玩就是通宵。他们高度亢奋，永远不知疲倦。其中以父亲的嗓门最大，哪怕在房间外我也可以听到父亲的声音。

屋里只有一个瓦数很低的黄灯泡，就在麻将桌的正上方。我没有自己的写字台，父母"筑长城"的日子里，我都和这个小女孩一样，趴在板凳上写作业。即便我临近考试，他们也不会有任何收敛，我也习惯了在这样乌烟瘴气的环境里看书、写字，在通宵喧闹中迎接第二天的考试。

只要我一考不好，下了赌桌的父亲便会抓住我的成绩单又吼又跳："老子在外面辛辛苦苦全是为了你，你这个不中用、不争气的……"

当然了，我家并不是唯一的麻将聚点，父母也会到其他人家里打牌。幼年的我也会被他们带到麻将桌边。那时的我比这个女孩小几岁，我一遍遍追问父母，什么时候打完。他们总是说"这一局打完了就回"。

那时的我还不懂，大人的"这一局"是看不到头的漫长等待。没人做饭，父母便会给我一些钱，让我去买在那个年代算高级零食的方便面和水果罐头。可我到底是被父母"宠坏了"，小小年纪就敢表达我的愤怒和不满。我躁狂起来就会抓几颗麻将捣乱，甚至故意推翻大人垒的"长城"。

如此一来，父母再外出打牌时便不会带上我。我没有兄弟姐妹，唯一的亲人就是父母。平日里父母很忙、很辛苦，没有时间陪我。我不能接受父母把所有的闲暇时间全部耗在麻将桌上。我也撒过泼，打过滚，可这样做没用，反倒给父亲留下了我被惯得无法无天的"罪证"。

母亲不像父亲那样嗜赌，可牌瘾也不小。冬天没农活的时候，我也会哭闹着让她陪我。每次被我从麻将桌上拽回家，母亲也会怨气冲天，抱怨我被"宠坏了"，这样磨人，这些年简直要把她磨死！

那一刻，我困惑了，在母亲眼里，我居然是"磨人"的存在，他们都说把我"宠坏了"。坏就是不好的意思，那我就要学着改正。

我不再那么缠着父母，试着在没有父母的夜里一个人生活。一个只有几岁的孩子独自待在没有一点光亮和声音的黑暗中，在惊恐和无助中独自等父母回来。完全漆黑的屋子，只要门一关，就像我想象中的坟墓。每到那时候，我就觉得自己被整个世界遗弃了。

那时的我到底是没办法独立的，非常害怕晚上一个人待在家里。每到父母外出打牌的夜里，我都会又哭又闹拽住他们的衣角，让他们别把我一个人留在家。父亲自然是留不住的，母亲倒还有回旋的余地。可被我拉着不能外出打牌的母亲，总会把最冷漠的一面留给幼年的我。她宁可一个人在床上玩纸牌，也不愿搭理这个总爱"磨人"的女儿。

即便这样，我也还是开心的，起码我不用独自面对黑暗。睡觉时，我会拉着母亲的手，可半夜醒来时，母亲已经不见了，我怎么哭喊都没有人回应。我是个有些胆小的孩子，却从小就对各类刑侦剧格外着迷。可看了涉及凶案的恐怖画面，我晚上一个人睡就愈发害怕，听见一丁点响动，我就会把整个身体蜷缩在被子里。

年幼的我那时已经在心底埋下充满恨意的种子。尤其在父母承诺我不会外出的晚上，当我醒来看见像墓地一般的家，那种被抛弃和被欺骗的痛苦，像黑夜中的老鼠一样啃噬着我的心。

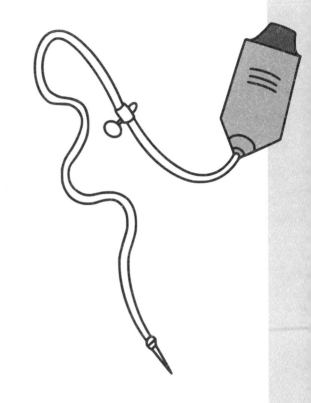

重 症 产 科 1

———— 第六章 ————

团圆
新年
魔咒
传承

第十八节
团圆 ｜｜ ➕

这天夜里，我接到母亲的电话。母亲兴高采烈地告诉我他们买到车票了。火车上人多，带东西费劲，家里本来也没什么值钱的东西，能送人的都送了，他们就带了些要穿的衣服来。母亲还兴奋地告诉我，他们还带了两箱我最爱吃的红富士。

我的回应非常冷淡，让母亲把车次和到站时间发来。母亲好像没有觉察到我的冷漠，还在激动地说一家人终于可以团圆了，终于有自己的房子了。

我坐在沙发上一边和母亲通话，一边环顾住了不到半年的新房。虽然一个人住难免孤单，可我很喜欢这房子带来的舒适惬意。父母在团场住的安置房已经退了，再无片瓦可供遮挡，他们只生了我一个，不来投靠我去投靠谁？

"你们能不回来吗？或者晚一年再回来。"

我一说出口，母亲和我都愣住了。

在我大学期间的寒假里，父母也回过几次老家，父亲自然是喜欢这样灯红酒绿的生活的，出门就是麻将馆，还有个厉害的弟弟让他跟着沾光，走到哪里都生怕别人不知道他是领导的亲戚。父亲早就想回来定居了，可之前母亲也没退休，老家又没住房，只得作罢。现在母亲已经退休了，我又买了房子，新疆的房子也不让续租了。他们欢欢喜喜地回来和我团圆，可我给了他们当头一棒。

我说，买房子还欠着别人的钱，想先还钱。而且这边到处都是麻将馆，我怕到时候旧债未还，又新添了父亲的赌债。母亲慌忙解释，父亲这些年改了很多，像变了一个人一样，早就不赌钱了。而且他们也有手有脚，来了也会找份工作干着，欠的钱一家人一起还，这样，我也没那么大压力了。

我当然知道父亲不可能改，江山易改本性难移。父母的归期越近，我就越焦虑。挂了这通电话后，我大口地呼吸，努力让自己平静下来。可越是如此，我越感觉胸腔里像被强行塞入了一大把跳跳糖。我心悸，很难描述自己复杂的情绪，有恐慌和焦躁，有怨恨和逃避，还有绝望和恐惧……这些难以名状的情绪像气泡，越吹越大。

接连几天，我都无精打采。李承乾神秘兮兮地问我，是不是最近有新情况。我坦言因为父母要回来了，晚上睡不着。李承乾有些纳闷了，这不是值得高兴的事吗，以后天天吃现成的不说，屋里也没那么空荡荡了。

周四下班后，我去了家乐福超市，父母周日就到了，我要给他们准备些生活用品。我拎着那包沉甸甸的物品挤进地铁，没有座位了。电话响了，我只得艰难地腾出手来接。是父亲打来的，接通后没有任何寒暄，他质问我是不是不想让他们回来。我的心率再度加快，到底是有些忌惮他的，我心虚地回答"不是"，便匆匆挂了电话。父亲的质问让我分外自责，他们是辛苦养育我的父母，可我为何这般自私、不孝？

车厢里挤满了形形色色的人，年龄、职业都不尽相同，此刻却有千篇一律的麻木神情。我一手拎着重物，一手吊着扶手，离家还有几站路，手里那一大包沉甸甸的物品也将我拉入沉重的往事。

母亲在电话里说他们只带了随身的衣物，所以这次去超市我帮他们置办了不少东西。父母在新疆奋斗二十八年了，最后离开时居然只有那

么几件换洗的衣服。而父母这样赤贫，和他们嗜赌脱不了关系。

自打我记事起，父母便总向我诉苦，说家里太穷，他们挣钱又太辛苦，我花的每一分钱都是他们的血汗钱。这让我从小花钱便小心翼翼。其实小的时候，我对贫穷并没太多概念，反正那会儿，家家户户的贫富差距不大。

长大后，我才体会到"贫穷"这两个字多么锥心刺骨。在过去的很多年里，我都不知道"轻松"和"快乐"到底是什么样的体验。我和李承乾同在一个科室，收入相差无几，可我却不敢像他那般大方潇洒。

整日省吃俭用，并不断告诉我"挣钱不易"的父母，一旦上了麻将桌，就像下了水的鸭子畅快自如起来。我一直都知道父母辛勤劳作赚不了多少钱，可平日里吃穿都节俭的父母，在麻将桌上却总是那么大方豪爽。我不知道父母到底输了多少钱，反正那些年被抓赌的罚款就有不少。每次被罚款后，父母总会痛心疾首地咒骂那些抓赌的片警。

父亲第一次被戴上手铐时我只有8岁，我惊恐万分地看着父亲被人带上警车。我拖着父亲的衣角大哭不止，以为要和父亲分开了，自己也会变成"劳改犯"的孩子。父亲当天便被放了回来，因为母亲及时交上了三千元罚款。而当年的三千元足够给十几个孩子交一学期的学费。这样的罚款，父母交过好几次。

很多年里，父母的运气都不好，承包的棉田效益很差，即使辛苦劳作一年仍然捉襟见肘。而年关临近时，总有我熟悉或者不熟悉的乡亲来我家要钱——父亲以各种名义欠下的赌债。我印象最深刻的一笔赌债，是父亲以给我过生日的名义向别人借的。那是父亲在4月借的钱，可我的生日在11月。我记得那个叔叔在讨债未果后，瞪了我一眼，说："赌棍的孩子还要学人家过生日，真把自己当大小姐了！"虽然不是我欠下的钱，可那一刻，我感到深深的羞耻。我第一次知道，出生在这样的家庭，我连生日都不配过。

我后来知道，14岁那年给我留下心理阴影的除夕，父亲用斧头劈开存钱柜，更像给母亲一个下马威，让她日后少管束他。

我14岁那年的正月还没有过完，便又有人来我家要钱。那晚父亲不在家中，我和母亲自然没敢给醉酒的催债人开门，对方用煤块砸烂了我家的窗户后便骂骂咧咧地走了。

早前我也恼父母打牌，可孩子是天然就爱父母的。不打牌时的父母对我的好也是真实存在的。难得那晚母亲不在，父亲也没去打牌，我和父亲围坐在火炉旁谈心。父亲说他的胡子长了，我立刻心领神会地拿来小剪刀，帮他一根根剪。我从小就喜欢帮父亲剪胡子。我像搂猫咪一样搂住父亲的脖子，说打打小麻将就算了，赌大了家里条件不允许。

平日里惹恼了父亲，他总会说我不懂事。那天我又任性了一下，让父亲对我承诺，不再赌那么大了。父亲笑着答应我了，说女儿要星星他都会去摘，何况这点小事。

我很天真，以为父亲会照做，以为一家人会和好如初。可第二天我便发现兜里的一百元压岁钱不见了。父母和姑姑各给了我五十元，这是我一年里所有的压岁钱。我清楚这个钱只可能是父亲拿了，我收剪刀时钱还在衣兜里，也就是说，我和父亲撒娇的空当被父亲趁机摸了衣兜。这已经不是父亲第一次偷拿我的钱了。我从小爱攒钱，父亲总会找到我藏在枕头或者夹在书里的钱，有两次连硬币都没放过。

那钱是我准备开学拿来买辅导书和运动鞋的。老是借同学的辅导书不方便，得有本自己的。体育课上老师要求我们穿运动鞋，我那双运动鞋早就脱胶了，鞋底都快掉了，每次上体育课我都不敢做剧烈活动，生怕鞋底掉了在同学跟前出丑。父亲应该刚走没多久，钱也许还能追回来。当我终于找到坐在牌桌前的父亲时，我一开口便委屈地直哭。父亲知道我来的目的，说压岁钱本来就是该父母管着的，这哪里是我的钱。那家的女主人将我拉了出去，说大过年的，在别人家里哭，太晦气。

被劝出门的那一刻，我扭头狠狠瞪了父亲一眼。父亲的头发凌乱、油腻，还夹着一片枯叶。父亲打牌和了，咧嘴大笑，露出一口满是烟渍的黄牙，上面还沾了些绿色的菜叶。看着这样的父亲，一阵生理上的不适袭来，我的胃无故地剧烈痉挛，我直接吐在了门口。

我回去抱着母亲痛哭，说："连家里人都这样一而再再而三地欺骗我，我以后还能相信谁？"母亲抱着我，说我应该安心读书，只有努力学习才能改变命运。母亲对我说，她的命很苦，嫁了这样的老公，她这辈子所有的希望都在我身上。

那晚父亲回来吃饭，我发了脾气，说在家里要像防贼一样防父亲。我看得出，父亲已有怒意，可他到底没发作。那天晚上下了大雪，吃完饭的父亲接了电话。我听到田家新组了牌局，我知道那家人很爱抽老千。母亲也反对父亲再去，说他已经在那里栽过很多次了。父亲自然不依，和母亲大吵一架，母亲又提了离婚。那天母亲提离婚还是意气用事，但父亲屡次将家庭推入绝地的做法，让母亲离婚的念头更强烈了。

看到父亲再次出门，我怕极了。我想，这个家可能真的要散了。我追出去，拽着父亲的衣角跪下了，我哀求父亲不要再这样了，这个家要完了。可父亲像头失控的疯驴，恨上了逼迫他"改邪归正"的妻女。他不顾啼哭不止的我，扬长而去。

我跪的地方有一块玻璃碴儿，虽然穿了棉裤，可我跪下去的时候太用力，膝盖被扎破了。心中的痛楚让我无法意识到身体上的疼痛。我跪倒在雪地里痛哭，在西北零下十几摄氏度的雪地里，任凛冽的寒风刀片般划过我哭花的脸。

母亲把我拉回家，说父亲就那样，我只能通过好好学习改变这一切。开学后，我和同桌共用辅导书，用线缝上了开胶的旧运动鞋，就这样将究着过了半学期，直到父亲有一次赢钱了，把钱还给了我。

春节还没过完，我就把那几年的眼泪都流完了。之后的几年，我很少再哭，可我同样很少再笑。那些被压抑的怨恨和痛苦，也同我的身体一样逐渐成长。我和父亲的关系每况愈下，我对父亲还是畏惧的，我怕他的暴力和蛮力。我不敢随意表达对他的愤怒，而逐渐深入骨髓的厌恶，让我对父亲再无任何好脸色。原本就恶劣的父女关系，在他软硬兼施强迫我报医学专业时达到巅峰。在大学里痛不欲生的那几年，我恨透了父亲，将大学里的各种不如意都怪在了他头上。

后来我喜欢上了父母"包办"的专业，我对父母的怨恨也不像大学时那般深了。工作后的三年半里，我像得到了新生，此前那个终日闷闷不乐、自怨自艾的女生已消失不见，取而代之的是一个生命力勃发的正值盛年的女性，我像自己的名字一样开始真正绽放了。

现在，父母辛苦培育的这株植物已经枝繁叶茂，开花结果。

此时，我感觉像是在湖心处被人拽住了双脚，我不断地沉溺。我的胸腔再度被窒息感灌满，我彻底无法呼吸了。我又像在前几天的那个晚上，接到家人电话后开始凄声尖叫。周围的人被我这样疯癫的举动吓得纷纷躲闪。

我很快意识到自己失控了，好在已经到站，我在周围或是惊奇或是恐惧的眼神中狼狈下车。我对自己的失态感到震惊，如果前几晚自己的失控不过是在独处时发泄心中积压的不良情绪，那么刚才呢？在人员密集的公众场合，我这样的癫狂行径和一个病入膏肓的精神病人有何两样？

周日我休息，查完房后我便去了火车站。那列火车比预计的时间晚了两个小时，我百无聊赖地在站台上等待。这样枯燥的等待又增加了我的怨气。火车终于到了，正值春运，一堆人扛着大包小包鱼贯而出，等到人都下得差不多了，我才在人群中看到父母。

他们比我上大学时更苍老了。他们其实也就五十出头，可常年的艰辛让他们看上去比实际年龄苍老很多。我白皙的肤色自然是从父母那里遗传的，可他们看上去面容黝黑，肤色记录了父母这些年的艰辛。父母背着大件行李，看上去格外佝偻。他们被生活的重担压弯了腰。

我忽然鼻子发酸，心里责怪自己没有给父母买两张机票。虽说这个季节的机票没有折扣，两张从南疆直飞天城市的机票要七八千。可春运期间，坐四十多个小时火车，着实难挨。我为什么不能对他们好一点？

母亲先发现了我，看到女儿后，她的眼神瞬间亮了。我和母亲已经快两年没见了，和父亲更是四年没见了。可重逢时我的心里也没有荡起太多涟漪。我拎过母亲手中的一个袋子，和父亲简单打过招呼，便带着他们向车站外走去。

进入窗明几净的新房时，父母开心得像小孩一样，笑得合不拢嘴。特别是母亲，她说没想到这辈子还能有这样的福气。

我理解母亲的心情。我家曾有一片果园，我上大二的时候父母卖掉了那片果园供我上学，余下的钱还了前些年欠下的债。在那之后父母便没了自己的房子，这些年靠帮人种地为生。前些年，团场给老职工分了保障房供他们租住，可政策变了之后不能续租了。父母这些年居无定所，我自然理解为何母亲那么执着房子的事情。

待父母休息过后，我便打算带他们去外面吃晚饭。可母亲拒绝了，说在外面吃饭贵，让我带他们去附近超市买菜，做顿家常菜，顺带也能认认路。

父母在厨房里忙碌，我还是像过去那样在卧室看书。这个家一直是这样的，父母几乎包揽了所有家务，我安心学习就好。等饭菜端上桌后，父母语调轻快地唤我出来吃饭。

我一落座，母亲便将排骨夹到我的碗里。排骨被烧过了头，有些发焦，我吃了两块便开始夹青菜。母亲觉得我吃得太少，又接连夹了很多块放在我的碗里，原本就不大的碗被堆成了小山状。我和母亲说了自己不想再吃，可母亲还是不住地夹给我，说专门给我做的。父亲和过去一样，尽管食物早已不再短缺，可他仍然风卷残云般大吃大嚼，发出夸张的声音。我一直很讨厌他吃饭的声音。我已经拼命忍耐。可当父亲吃到一粒花椒，直接将嘴里的食物残渣吐在餐桌上时，我还是忍不住发飙："又没人和您抢，干吗那么狼吞虎咽？手边就有餐巾纸，为什么还要往桌上吐？"

被我一顿斥责，父亲也有些尴尬。他抬起头笑了笑，意识到满嘴是油，便用袖子直接抹嘴巴。我把碗中的排骨又夹回盘子里，拣了两样小菜后便端着碗来到了卧室的书桌前。我还是没办法心平气和地和父母一起吃顿饭。

饭后，父亲去阳台抽烟，母亲收拾碗筷，而我在书桌前看文献。不早了，我拿出两套新买的冬季睡衣递给父母。他们舟车劳顿，我让他们早点休息。

这一晚我和母亲一起睡在主卧。临睡前我登上了购物App，进入羽绒服专区，让母亲自己挑衣服，挑完了我来下单。虽然没照镜子，但我知道，这一天我的脸色始终不好。

从把父母领进屋，对他们说以后就住这里了，到我拿出新买的睡衣，再到要给母亲买衣服，母亲每次都感动地说"太谢谢了"，像受到别人天大的恩惠。她言语中的感激和客气不像对自己的女儿，更像对雇主。我的心一沉，觉得应该对她再好一些，母亲这辈子着实不易。

第二天清晨，手机闹铃还没有响，我便听到次卧里的父亲开始吆喝。他让母亲早点起来给我做早饭。我看了看时间，才五点半，可母亲已经下了床。他们从新疆带来了葡萄干和大枣，母亲要给我煮八宝粥。我拦着母亲，让她别忙活，小区楼下就有早餐店。母亲说他们都回来了，怎么能让女儿吃外食呢？

新疆和这里有两个小时的时差，这个时间点对母亲来说，还真就是半夜。我告诉母亲，我不想吃这些，升糖指数太高了，不利于健康。

母亲不听，笑着说红枣补血，多吃点才好。母亲把食材下锅，开着火回了被窝。我已经没有睡意了，到了时间便起床。火开得不大，可稀饭还是煳了，我自然是没有吃的，拉着脸向母亲抱怨："明明说了不要做这些，偏不听！"

我还是在小区楼下吃了早饭，想到对母亲的指责，我再度感到自责。母亲这样做都是为了我好，我在医院无论面对多难缠的患者家属，

都能做到温言以对，为何要对自己的至亲这般刻薄？

这天临下班的时候，李承乾约我聚餐，他今天请客，一起吃饭的都是医院各科的年轻大夫。我一听便爽快地答应了，我打电话回家说今晚不回来吃了。母亲说今晚特意给我烧了一份大盘鸡。我听得出电话那头的失落，可我还是拒绝了。比起和父母相处时那种说不清道不明的别扭，我更喜欢和朋友在一起时的畅快自在。

吃饭时，不知是谁把话题引到了感情方面。一个骨科医生感慨，这个年龄段，大家都开始陆续组建家庭了，以后这样的聚会也不容易搞了。李承乾说，的确是这样，他也预感自己好事将近，以后全心投入恋爱之中，估计也不会隔三岔五组织这样的活动了。

林皙月要值夜班，没参与今天的聚餐。我有些好奇，这两人的进展真的有李承乾说的这样快吗？两人连手都没牵过，怎么在李承乾嘴里，感觉马上都要发请帖了。其他人也跟着我起哄，李承乾却引开了话题。他说就算自己恋爱了，也不会那么早步入婚姻。"你们看看秦松明，这才领了证，婚礼都还没有办，就不像以前那样不值班就随叫随到了。"

"他结婚了吗？什么时候？"我问。我感觉心脏瞬间漏跳了一拍。我意识到自己有些失态，可也无法从容。见我反应太大，李承乾有些诧异。但他很快便回答："就是前些天！"他细想了一下，又给了我一个确切的日期。

领证的日期就在秦松明到办公室找我之后。看来那并不是他酒后无礼的试探，其实他一直清醒。

第十九节
新年

没几天就要过年了，父母打算在农历二十七那天，让老家的亲戚都来市里吃顿饭，顺带认个门。母亲觉得在外面吃饭贵，打算在家里做。

我知道亲戚指的是父亲那边的，母亲结婚后便和娘家人来往很少。

这些年，每次和这家人见面我都会烦躁，每次我都要消耗不少时间和精力才能消化掉他们"苦口婆心"给我带来的困扰。父母一回来，就把那家人招来我家了。

父母提前一天大肆采购，为了方便待客，买了一大堆根本吃不完的食材，还特意买了大蒸锅和高压锅，又搬了两大箱碗碟回家。我看到一片狼藉的阳台，后悔不迭。父母看似一辈子节俭，却从来不懂规划。我看到那些用完一次便再派不上用场的器具，价格已经超过了直接去餐馆的花费，还占据了不少家里的空间。看着自己精心布置的小家，在父母到来后，多了背篼、瓦罐等诸多不协调的物品，我十分恼火。更让我恼火的是，父亲把阳台的花盆当成了烟灰缸和痰盂。我对父母发过几次火，可每次发火后又会自责。父母在农场生活了几十年，我凭什么要求他们一到这里，就要学着像城里人一样"文明"。

农历二十七，我下夜班。我前一夜又是通宵，虽然身体疲惫不堪，可我还是不想那么早就回家。那边的亲戚能少见就少见。交班后，我处理完病人和医嘱，索性又回值班室休息。母亲电话催了很多次，我都借口病人没处理完，临近饭点了我才回家。

大叔一家带着爷爷、奶奶先到我家，小叔一家却迟迟没到。已经快中午一点了，父母仍不敢催促，他们觉得小叔是领导，不免有各种事缠身。临近两点时，小叔一家快到了，父母一接到电话便忙不迭去停车场接人。

我从小叔的房子搬出去后，和小堂妹见面的时间就少了。可一见面，她便亲昵地搂住我的脖子，问我今天有没有做她最爱吃的可乐鸡翅。

可面对小叔和小婶，我始终觉得和他们隔了些什么。简单打过招呼后，我像接受领导视察一样，带着他们参观这套临江的房子，听着他们"地段不错，但面积小了，装修过于简陋"的评论。一番点评之后，小叔做了陈述："反正是给父母买来养老的，倒也还是不错的选择。"

我平日里腰板挺直惯了，可这些年在小叔和小婶面前，我感觉自己的腰从来没有挺直过。过去的很多年里，小叔承担了本该分摊到我父母头上的养老责任，还时不时接济一下我父母，就连我自己，也接受了小叔一家不少恩惠。

我大一的学费是父母问小叔借的；我误入歧途时，是小叔强迫我到医院实习，使我"悬崖勒马"；我第一年规培时，收入非常低，也是小叔给我提供了住房，减轻了租房压力。

这场家宴正式开始前，小叔先发表感言。我到天城市工作的这些年，小叔规定，逢重要节假日，只要我不值班，都要回县里和他们团聚。

还是和往年一样，小叔会在饭桌上提到这个大家庭"受人糟践"的过往。他会敬爷爷一杯酒，告诉爷爷：是他当年不负责任，屡次把家庭推入绝境，让小叔从小受尽了白眼，小叔因此发誓要改变这个家庭的命运，让十里八乡的人再不敢低看这家人一眼。如果不是这样，这些年，他也不会取得这样的成就。

这一幕总让我想起电视剧《康熙王朝》的场景：历经千难万险，成就霸业的康熙皇帝老年时开千叟宴。宴会上，他给过去的敌人敬上第一杯酒，感恩他们的存在。就是因为鳌拜、吴三桂、葛尔丹这些枭雄逼迫他迅速成长，他才成就了霸业。

这样的场面被搬到家宴上多少有些滑稽。可这些年的确是小叔一人扛起了整个家族，在场的人都受过他的恩惠。所以小叔在饭桌上揶揄自己的老父，一桌人也没觉得有哪里不对。

饭桌上，他挨个点评他的父母、兄嫂和后辈。他给我父母敬了酒，感叹我父母这些年在新疆太辛苦，养大这么个不懂事的孩子，费尽了心力。父亲一听，连连称是，像吃了多年的黄连，如今终于有人帮他道出其中的苦涩。小叔说我母亲这些年一直吝啬，鲜少为夏家付出，简直堪比铁公鸡。既然嫁到了他们夏家，就该凡事以夏家为重，不要再老想着娘家的事。

看到兄嫂谨小慎微的模样，小叔又叹了口气。

该轮到我接受点评了，他提高了音量，让我好好像堂姐学习。堂姐的父母早前也四处打工，居无定所，还欠了一屁股债。现在堂姐都帮着还完了，还把妹妹供到毕业。有这么成熟懂事的女儿，大叔、大婶已经享了好多年福了，明明比我的父母大几岁，可跟我饱经风霜的父母相比，现在看着年轻多了。他说这番话的时候是站着的，加上语气坚决，对我来说更有居高临下的压迫感。

说到这里，他又有些兴奋地调侃我的母亲，恰好她和奶奶坐在一起，他便说自己的嫂子一副沧桑相，看着都快赶上他八旬的老母亲了，这婆媳俩真像姐妹俩。

母亲尴尬了，可她没有反击，只是小心地赔笑脸。我看着神情亢奋、颐指气使的小叔，拿着酒杯的手开始微微发抖。此刻，我想把杯里的酒泼在他那张狂妄的脸上。

小叔调侃完我的母亲，语气严厉地对我说："你这辈子必须好好孝敬你的爸妈，你对他们的亏欠一辈子都还不清！"他把我的酒杯斟满，让我给父母敬酒。

在小叔的监督下，我像被一双无形的手强行按倒在地，要在众目睽睽之下向父母拜倒，感激他们的养育之恩。小叔这样做，让我脊背发凉。的确，我这辈子欠父母太多，我不但不能像堂姐那样迁就父母，这些时日还对他们十分嫌弃。父亲虽然爱赌，可比起当年为了"真爱"抛弃一双女儿远走高飞的大叔，已经算尽责了。堂姐工作后不但不计前嫌，还让没有任何收入来源的父母过得比退休干部优越。我为什么就要这般自私、自我？

我端着酒杯给父母敬酒，说着"爸妈辛苦了，女儿一直不懂事，感谢你们的养育之恩"这类让一家人高兴的套话。这些时日一直被我压制的父亲，在得到小叔力挺后也更有精气神了，他瞬间忘了我的"不得在客厅吸烟"的规定，眯着眼，叼着烟，声音洪亮地对我说了句"你记得就好"。

接着，父亲声情并茂地诉说这些年在边疆种地的种种。说到艰苦之处，他放声哭了出来，那灰白的头发和脸上深深的纹路，更印证了他为这个女儿付出了很多。一桌人除了我，都忙着安慰。

一家人交口称赞的堂姐也给我父母敬酒。她先眼神复杂地看着我，然后柔声对我父亲说："你们生了这个不懂事的女儿，确实太不容易了。"

我这些年与堂姐来往甚少，听她这么说，我的怒气瞬间上来了。她有个对她言听计从且收入颇丰的海员丈夫，她好好做她的"道德标兵"就是，凭什么到我家里说三道四。

堂姐爱吃鸡爪，一旁的堂姐夫不住地站起来帮她夹。大婶见女婿对女儿这般好，不住地笑，感叹她这辈子就没见过哪个男人这样疼老婆。小叔便笑着说，他知道大嫂那点心事，她这辈子从来没被老公爱过，当然羡慕自己的女儿有个百依百顺的好老公了。

我生长在新疆，与这个大家庭来往很少，可我还是被动知道了这家人的所有事情。在这里，是没有个人隐私可言的。我知道大婶在婚前便怀孕了，可大叔死活不想结婚。在大婶和奶奶的施压下，大叔虽然就范了，可几十年来女人不断，甚至公然把第三者带到家中同居。即使现在当了外公，他还是隔三岔五因为婚外情和大婶闹离婚。

面对小叔的调侃，大婶没有任何不悦的神色，显然早就习惯了这家人的做派。

听到家人的赞赏，堂姐夫没有说话，只是抿嘴笑。我知道小叔一直对堂姐的婚姻极度不满，嫌弃他是个海员，大多数时间都在全球各地漂泊。堂姐夫虽然收入很高，而且对堂姐一家人言听计从，可在小叔眼里，他还是高攀了他在县医院当医生的侄女。堂姐还在恋爱时，他作为家长便强烈反对这段感情。可当时两人情比金坚。堂姐、堂妹两人都要上学，大叔和大婶却欠下外债直接跑路，堂姐夫便帮着偿还堂姐父母的债务，并从小叔那里"接管"了姐妹俩的学费。小叔便也同意了两人继续交往。

最后，小叔再度让全家人举杯，共同给奶奶敬酒，感恩她对全家的付出。在那些暗无天日的时光里，正是有奶奶的坚忍不屈，才让这个家族没被爷爷彻底拖垮。爷爷也和大家一起举杯，仿佛小叔口中拖垮全家的人和他没有任何关系。

这顿无比难捱的家宴终于结束了。明明各自有家，可这一堆人还是"黏"在一起，这就是小叔口中相亲相爱的一家人。

我不想参与后面的"节目"，躲进卧室睡觉了。可我哪里睡得着，大叔将自家的麻将带来了，一伙人在外面打麻将。尽管我戴着耳塞，可让人生厌的搓麻将声在我耳边不断循环。先前不断诉说自己的悲苦过往的父亲也满血复活，无比亢奋地笑着、叫着，直至邻居敲门抗议，他才小声一些。

我感觉自己像一个气球，不断地被注入有毒气体。我预感这个气球总有一天会炸毁。

直至确定亲戚都走了，我才从卧室出来。母亲忙着收拾，父亲仰躺在沙发上抽烟，地上全是烟头。我从父亲眼里看出，他多了几分得意。

看着杯盘狼藉、乌烟瘴气的客厅，我感觉这个家已经不再属于我了。父母才是这里的主人，那家人不也说了好多次，这是我买给父母的房子吗？

这糟糕的一天还只是新年的开端，农历二十八要去县里的大叔家吃团圆饭，二十九除夕，年夜饭在小叔家吃。我自然不想再参加这样的活动，和父母推托说科室忙，过年值班的人少，回不了县城。母亲一脸为难地看着我，说："实在不想去，明天大叔那边就先不去了。但除夕小叔家的饭局你一定要露脸，要不然小叔会不高兴的。"见我始终没吭声，母亲又追加了句，"这些年他对我们一家都有恩。"

第二天我要上班，一大早父母便去了县城。临行前父母告诉我要回老屋祭祖，晚上不回来，并千叮咛万嘱咐，除夕上午查完房一定要回县里，一家人等着我团圆呢。

临近除夕，手术室不供餐，我们平日也早吃腻了食堂，商量着一起点外卖。李承乾说，春节期间患者少了，我们一线值班人员可以轮休了。他问我们春节怎么过？王雪梅回答当然是回家了。她家在邻省，回去一次不容易，一想到马上要和父母一起过年就很开心。看她眉飞色舞的模样，我心里一沉。我无比羡慕王雪梅这样简单纯粹的快乐，为何我与父母相处就那样痛苦、别扭。

听林皙月说春节没什么安排，李承乾立刻约她到家里吃饭。在王雪梅"哎哟"的大惊小怪中，他解释，是到他父母家过年。他已经跟父母说了，除夕要带几个家在外地的医院同事来吃饭，他妈都在研究食谱了。他从我这里了解了林皙月的家庭情况，知道她过年不回苏州。怕她因尴尬回避，他特意叫上了其他回不了家的朋友。

这一晚父母都在县里住，只有我自己在家。我体会到难得的舒适和安宁。我还有三个危重孕妇没有出院，除夕一早还要到科室查房。在临床一线这几年，我知道医生这个职业是很难有假期的。谭主任给自己排了七天的二线，这七天里，科室有任何问题他都要在十分钟之内返岗。

除夕的饭局和前天类似，全场还由小叔主持。在前天的话题又被他谈过之后，他又加了新项目。他感叹这些年夏家发展得越来越好，早已不是当年受人嘲讽的落魄户了。可是老天还是不爱夏家，夏家在他这一辈有兄弟三人，可到了下一辈却没有一个男丁。几杯酒下肚后，这件困扰了小叔多年的事让他愈发愁闷。

大叔的二女儿小我一岁，毕业后在东南的一座历史名城工作。她这次回家过年，因为单身，便和我一样被贴上了"剩女"的标签，供家人在饭桌上调侃。

如果小叔也被贴标签，最适合他的大概是"凤凰男"。我不喜站队，不急着给人打上不同的标签，然后颇有优越感地对"凤凰男"进行义正词严的声讨。从某个角度来说，我自己也是"凤凰女"。我出身寒门，背负着父母的殷切希望，在城市里扎下根来，然后不断反哺原生家庭。正是因为家族里出现了一个"凤凰男"，除了小婶和远在新疆的大姑，大家都是"凤凰男"的受益者。

饭后的活动依然是打麻将，一大家人组了两桌。我讨厌这样的活动，索性缩进了书房。我登录了一些之前注册的社交账号，先前发的一些科普文已经积累了一定数量的粉丝，有些活跃粉丝不断催更。

父母回来后，我每天陷在一地鸡毛里无暇更新内容。这一晚难得闲暇，我决定更新内容。

小叔是父辈里唯一受过高等教育的人，可这没有改变他骨子里根深蒂固的重男轻女的思想。我已经想到了这次要写的主题。

我在产科工作的一年多，已遇到两例假两性畸形的新生儿。这两个孩子都"带把儿",觉得应该是男孩,一家人激动地合不拢嘴。可仔细看又有些"别扭",再一检查,确定这两个都是女婴,染色体骗不了人。细问才知道,两个孩子的母亲都在怀孕期托关系查了胎儿性别,在知道是女婴后,她们便花高价从一些特殊渠道买了一种叫"转胎丸"的药。售药人信誓旦旦地告诉她们,吃了这个药,就能调转胎儿性别。

那所谓的"转胎丸"不过是一种雄激素,激素会刺激女胎的外阴发育,使女婴从外观上看起来像男婴。可她们的染色体仍然是XX,这样人为地造成婴儿假两性畸形的做法,让我非常震惊和愤怒。

更不可理喻的是,知道真相后的家属虽然后悔不迭,也向医生询问后期是否可以手术纠正孩子性别。我告诉他们最佳的纠正时间是在孩子2到4岁时,并特意帮他们查找了这方面的资料。可在后续的沟通中,家属再度将我"雷"到了,家属想做的"纠正"手术,是把孩子变成真正的男孩!

我今晚就写这个主题了,我要揭示"转胎丸"的药物机理,我要让大众知道假两性畸形给孩子造成的巨大身心伤害。孩子的性别在精子和卵子结合的那一刻便决定了。在这篇文章里,我激烈地痛斥了重男轻女的观念。

第二天,我起得很晚,没想到一夜之间这篇揭秘"转胎丸"的文章引来了巨大反响。不少知名自媒体平台纷纷转载。这篇文章让我增加了大量粉丝,读者们的热情反馈也让我觉得做医疗科普是一件很有意义的事情。

我初一下午便回了市里。母亲是初五才回来的,她娘家两个姊妹要带着孩子到城里玩,我要做向导。父亲一直待在县里,我知道父亲的秉性,待在那里自然不是因为家人情深,而是为了方便和兄弟玩乐。不跟父亲在一个屋檐下,我觉得轻松自在。

第二十节
魔咒

年很快便过完了，母亲开始忙着寻找合适的工作。在城里生活了一段时间，她觉得各方面的花销都很大，她每月一千出头的退休金实在捉襟见肘。她觉得自己才五十出头，这些年也没有任何积蓄，不能凡事都靠女儿。她拉着父亲一起去找活儿，父亲很不乐意。他觉得我收入不错，家里不差他这点辛苦钱。在母亲的再三劝说下，他决定玩到3月底再考虑找工作的事情。

春节后，科室又恢复了往日的热闹。我也喜欢这样的状态，工作虽然紧张忙碌，但比起在家里压抑和烦躁的自己，我更喜欢工作中鲜活的自己。

这天临近下班，我接到门诊医生的电话，对方告诉我，一会儿要收治一个妊娠剧吐的孕妇到住院部。我随口问了一句孕妇怀孕多少周了，对方回答33周。

这个叫谢玲玲的孕妇被推到病房时，我愣了一下，在食物如此充沛的年代，这个怀孕8个多月的孕妇居然瘦成了皮包骨。

妊娠剧吐多发生在孕早期，由于人绒毛膜促性腺激素、雌激素水平的改变，很多孕妇会出现恶心、呕吐的症状，大多数情况下对孕妇没有什么严重影响。妊娠后期，恶心、呕吐的症状会逐渐缓解。但有少部分孕妇会有剧烈的恶心、呕吐，导致电解质紊乱、酸碱紊乱、营养不良，甚至有极个别孕妇会因为反复剧烈呕吐，产生气胸、食管破裂等严重并发症。

在接下去的病史采集中，我了解了谢玲玲的基本情况。她今年27岁，家住一个小镇上，结婚两年后才怀上孩子，一家人都很稀罕这个孩子。谢玲玲在怀孕12周左右开始出现恶心、呕吐，就像绝大部分孕妇都会有早孕反应一样，一开始没怎么注意。可后来她吃什么吐什么，经常是胃早被吐空了，可还是抑制不住地干呕，到最后吐出的胃液里都能看见血丝。她在孕期也住过几次院，可每次在医院也就输点氨基酸、脂肪乳，感觉症状缓解一点了就出院。一开始她的家属都觉得吐得多了，就让她多吃几顿，这样总能吸收点营养。婆婆每天变着花样给她做各类好吃的，可始终没见她长点肉。

整个孕期，她都边吃边吐，人瞅着始终瘦弱，可肚子还是一天天变大了。她去医院产检，医生说问题不是很大，孩子发育得还不错，就是体重比其他孩子略轻点。两个多月前，谢玲玲的哥哥突然去世了。她哥哥血压控制得不好，突发脑出血，出血量很大，送到县医院开了刀就住监护室里。可术后当晚一复查，发现脑袋里还在出血，她哥哥在监护室没住两天就走了。

她哥哥前年才结婚，婚后在县里买了房子。她哥哥文化水平不高，能做的工作不多，为了还房贷，年轻人干不了的苦活他都愿意干。他自觉年轻，血压高点没啥，有点头疼了才临时吃点降压药。

他发病那天还在工地干活。他回家后说天气太热，感觉头痛，有耳鸣，想睡一觉再吃晚饭。他妻子做了饭去喊他，发现他鼾声震天，怎么喊都喊不醒。他被送到了医院，虽然及时开了刀，花了不少钱，却落了个人财两空。

父母白发人送黑发人，自然伤心欲绝。好在不是独生子，夫妻俩便把重心都放在女儿身上。谢玲玲和哥哥感情很好，哥哥突然去世对她打击很大。她数次哭得晕厥，很长时间她都以泪洗面，迟迟走不出失去至亲的悲痛。

我打听这些细节，并不是为了窥探患者的隐私，而是想了解她整个孕期的精神状况，为孕妇的综合评估做充分的准备。

这个在孕期受到情绪和疾病双重打击的年轻姑娘，让我有些心疼。好在谢玲玲的丈夫和婆家待她很好，一直小心照顾着她的身体和情绪。特别是她的婆婆，说自己这辈子没女儿，就把儿媳当亲闺女了。她心疼儿媳孕期遭了这么多罪，有几次都提出干脆先不要这个孩子了，大人要紧。最后还是谢母反对，说自己的儿子走了，有个外孙好歹也多个念想。

婆婆为了照顾吃啥吐啥的儿媳，每天对着菜谱学各种花样，想办法把菜品搞得色香味俱全，让食欲极差的儿媳多少能吃点。虽然整个孕期都在吐，但有婆婆这样照顾，谢玲玲的情况还不算太糟。

一个多月前，谢玲玲的症状再度加重，她吐得更厉害了，可她却不想再去县医院了，因为哥哥就是在那里过世的。虽然家人悉心照顾，各种营养品也准备了不少，可她还是以肉眼可见的速度迅速消瘦，瘦到不成人形。家人苦劝，她终于愿意去医院了，可县医院的医生一看她这副模样，直接让她转到我们医院了。

就在我采集完病史准备离开病房时，我看到谢玲玲又开始呕吐。我刚来病房时，看到谢玲玲喝过一瓶舒化奶，现在她吐出的全是乳白色的液体。让我有些意外的是，这些胃内容物不像是吐出来的，更像是喷出来的。

难道造成她剧烈呕吐的并不是妊娠？想到这里，我在开医嘱的时候特别给她加了头部核磁共振检查。

检查排在三天后。我几次查房看到谢玲玲都有喷射状呕吐，每次下床时都得被人搀着，她一个人走不稳。我看到瘦成皮包骨的年轻孕妇，不祥的感觉愈发明显。

谢玲玲头部核磁共振的结果出来了，和我推测的一样，她的颅内发现了肿瘤。肿瘤的占位引起了颅内压力升高，所以她会有喷射性呕吐。或许她先前就有症状了，可因为妊娠，这样反复的呕吐被当作妊娠剧吐了。而肿瘤引起的步态不稳，也被当成营养不良导致身体过于虚弱。

都说产科是医院唯一有喜事的地方，可作为危重症孕产妇救治中心的产科医生，我却隔三岔五要将各种坏消息告诉孕妇和家属，把各种棘手的问题展示在她们面前。

我一想到谢玲玲的哥哥两个多月前才过世，她又在孕期查出这样的疾病，我就不知道该怎么和谢玲玲及其母亲开口。还好她的婆婆和丈夫都来了，先告诉他们吧。

我进了病房，准备找家属到办公室谈话。谢母皱着眉，一手扶着腰，一手撑着床，见医生进来，只喊了亲家和女婿出去，不免有些诧异。她张了张嘴，却没发声，一副欲言又止的模样。直到又一阵疼痛袭来，她才问道："夏医生，我左边腰部这几天痛得厉害，刚才发现小便里都是血。我听他们说可能是结石犯了，你能不能帮忙看一下，我该挂什么科？"

我不时遇到孕妇家属在陪护期间出现各类疾病的情况。只要不是突发危重症，我通常建议生病的家属前往门诊就诊。可我一想到谢母的一双子女病的病、死的死，着实怜悯她，我笑着回复："一会儿到检查室来，我帮你做个床旁超声，先大致看一下情况，然后决定挂什么科。"

谢母是个朴实的农家主妇，估计是第一次到大城市的大医院来。她见到大医院的医生毕恭毕敬，只要医生稍微客气一些，她便觉得自己受到极大尊重。而我主动帮忙解决问题，她有些受宠若惊。

我同样来自社会底层，谢母朴实、谦卑的模样像极了我的母亲。我想到自己的母亲，感到一阵心酸，对谢母更多了几分亲切。

我带谢母到检查室里，帮她做了个泌尿系统的超声。我再度感慨，这家人怎么就这样厄运连连。

我在谢母的肾脏和输尿管都没看到结石，她左边的肾脏有一个不小的占位，而且不是囊肿之类的水疱，八成是肾癌。

我只能告诉她，我也看不懂，建议她赶紧去泌尿外科。

谢玲玲的丈夫和婆婆到了谈话室，我和神经外科的雷霆一起参与这次医患沟通。

雷霆告诉家属，从谢玲玲的影像检查来看，她颅内的肿瘤考虑是血管母细胞瘤的可能性较大。

家属一听到是颅内肿瘤便慌了神，她丈夫还算镇定，可她婆婆却直接哭了，边哭边说："这孩子怎么就那么命苦。"

雷霆安慰家属说："这种瘤绝大部分是良性的，而且生长相对缓慢。患者还怀着孩子，暂时不急着在这个节骨眼上手术。"就在家属刚松了一口气时，雷霆接下去的话却再次让家属跌进冰窖。

谢玲玲的肿瘤生长的部位很不好，紧贴着脑干，这里是生命中枢。这个部位的手术很难做，致残率和致死率都极高。

在这对母子逐渐消化完这个恶劣的消息后，我又告诉他们一个坏消息，谢母解血尿的原因八成是肾癌……

母亲抱着儿子哭够了之后，两人便陷入沉默。最后两人商量，暂时不要对患病的母女说出实情，母亲接着陪儿媳住院，儿子带丈母娘去看病。

晚上科室医生聚餐，不值班的医生都参与了。谭一鸣怕科里有突发情况要立刻折返，这样的聚餐他都定在医院对面的一家火锅店。

上菜的空当，大家有一句没一句地闲谈，我提到谢玲玲，感慨她命途多舛，整个孕期都在剧吐，与她感情很好的哥哥又在她妊娠期间因脑出血过世。她自己瘦得没了人形被转到我们医院，一检查发现是颅内肿瘤，位置还很差，挨着脑干和延髓。住院期间，她母亲来陪护，解了血尿，一检查发现是肾癌。

"怎么所有倒霉事全让她在孕期赶上了，她自己知道吗？"李承乾嚼着酥肉，口齿含混地问。

我摇摇头，说："只和她丈夫和婆婆说了。她妈妈患肾癌的事情也没跟她说。我喊神外的医生看了，她的肿瘤倒不用立马手术，暂时给她一个缓冲期吧。"

这一桌人都是医生，在临床干久了，各种人间疾苦自然是没少见，可我们还是对谢玲玲的遭遇唏嘘不已。

谭一鸣一直在沉默，像在思索什么，直到快离席了才说："小夏，待会儿和我回科室，我要再看一下这个病人的情况。"

在查看完谢玲玲和谢母的影像学资料后，他和我直接前往泌尿外科，谢母已经被安排住院了。

谢母对她的情况显然还不了解，她听女婿说，自己得了肾结石，要住院手术。她说自己不想来住院，毕竟女儿还要人照顾，可女婿非得把她塞进来。

谭一鸣笑了笑，说："你这女婿可比好多亲儿子还孝顺。"

这句话又点到了谢母的痛处，她一瞬间便哽咽了，红着眼小声嘟囔着："我亲儿子也是很好的……就是命短福薄……"

谭一鸣叹了口气，把手搭在这个失去儿子的母亲身上，在她情绪稳定了一点之后，问道："你的父母、兄弟姐妹这些人，身体都好吗？"

"我爸今年快80了，有肺气肿，冬天老住院。我妈和我小妹过世很多年了。"

"她们怎么过世的？"饭桌上一群人感慨谢玲玲命途多舛时，他就觉得事出有因。现在他觉得已经接近真相了，知道谢母在本地的父系家族并没有人罹患重疾，而她的母亲和妹妹早年亡故，他立刻追问："你的姨妈、舅舅、表姐妹这些人中，有没有年纪轻轻就患了大病的？"

谢母纳闷，为何主任问得如此细致，像查户口一般。她只记得母亲早年逃荒到这里，跟娘家早就没了联络，她自然不知母亲那边的情况。当年家里发了洪水，母亲和小妹都被冲走了，最后只收到两副尸骸。那时她年纪也不大，记忆里的母亲也还算硬朗。

谭一鸣没能从谢母的母系血亲里问出具体情况，便叮嘱我让家属去调谢玲玲已故兄长的病历。

病历很快调来了。刚满30岁的谢刚，血压最高时能达到220mmHg，可他却没进一步查年纪轻轻血压就高到离谱的原因。他间断性地吃了点降压药，直到脑血管被冲破后，人被送到医院。入院时，县医院的急诊科给他安排了CT检查，腹部CT提示他的肾上腺有一个可疑占位。县医院的CT清晰度不高，可结合病情来看，应该是嗜铬细胞瘤（一种源于嗜铬组织的肿瘤，该病的特征是阵发性或持续性高血压，并可造成心、脑、肾等严重并发症）。正是因为得了这种肿瘤，谢刚在这个年纪就出现了恶性高血压。

"赶紧给谢玲玲预约脊柱、腹部的增强核磁共振，顺便再安排眼科、肿瘤科会诊，我怀疑她长的不是普通颅内肿瘤，而是有VHL综合征！"

见我疑惑地看着他，他解释："这一家人集中发病不是什么巧合，很像VHL综合征。"

谭一鸣见我对这种疾病没有认知，他继续解释："这是一种非常罕见的常染色体显性遗传性疾病。由于染色体的VHL抑癌基因发生突变，患者到了一定年龄，很多脏器都会出现肿瘤。最常见的就是脑部、脊椎、视网膜、肾脏、胰腺等器官，良性或恶性的肿瘤都有可能出现，甚至同一个患者出现多部位的肿瘤。患者一般活不到50岁。由于是染色体显性遗传病，患者可以呈家族聚集性发病。他们母子三人，一个肾癌，一个嗜铬细胞瘤，一个脑血管母细胞瘤，非常符合这类疾病的特征。"

不是厄运集中找上了这家人，而是在源头就出了问题。

谢玲玲后续的检查结果也出来了，她的视网膜和腹腔脏器倒没什么问题，可让人头疼的是，她的第六胸椎上也发现了肿瘤，尽管她并没有出现下肢疼痛、麻木等临床症状。

我应主任的要求，给谢玲玲联系了VHL基因检测，这才是诊断的金标准。这个项目需要花几千，外送到一家基因检测中心，纯自费。

与此同时，我也给谢玲玲腹中的胎儿做了羊水穿刺，一起送基因检测，看这个未出生的孩子是否已经携带这种可怕的基因。

那家和我们经常合作的基因公司很快给了回复：谢玲玲腹中的孩子和她一样，都携带致病基因。结果一出来，我便将结论告诉谢母在泌尿外科的主管医生，让他们根据这一情况做后续的评估和诊疗。

在医院里，绝大部分家属都想尽办法瞒着患者，怕他们知道自己罹患绝症后彻底崩溃，失去求生意志。家属也会让医生协同隐瞒，让患者安心在医院接受治疗。自然也有不少家属，以"怕患者知道真相后崩溃"为由，便编织了"善意的谎言"，自行为患者决定"放弃治疗"。这两种情况都导致不少癌症患者对自身的情况一无所知，没有一点自主选择权。

可病人毕竟还是有知情权的，谢母的主治大夫在反复思量后，决定告诉她实情。

谢母在得知自己罹患的是肾癌后，并没有太激烈的反应。她说这些天看到女婿忧心忡忡的样子，她心里已经有数了。她也想好了，真得了癌症，她坚决不在这里治，农村家庭经不起这样折腾。

她的主治医生告诉她，先别那么悲观，她这个病考虑是由VHL综合征引起的。这是一种遗传病，这种病导致的肾癌治疗效果还是不错的，预后也还算理想。

谢母自然搞不懂这是一种什么病，可她也听明白了，这是一种遗传病。她念书不多，可她也知道遗传病是要传给子女的。她一想到自己壮年病逝的儿子，整个身子都抖了起来。

我这边同样瞒不住，谢玲玲的颅内和胸椎都发现了病灶，两个地方都需要手术。胎儿也携带这样的致病基因，我必须把这个坏消息告诉她，让她决定是继续妊娠还是先行引产……

我考虑到谢玲玲身体不便，更怕她无法接受这样的坏消息，我将这次沟通的地点选在病房里。谢玲玲太虚弱，像一片在秋风中瑟瑟发抖的黄叶，哪怕只有微风吹过，也能摧毁她最后一点生命力。

我正犹豫怎么开口，她却先问我，她是不是得了脑癌。

不是癌症，但也没有比癌症更好，有些疾病虽然不带"癌"字，却同样让医生和患者都感觉到无力。我将她和孩子的情况做了尽可能详尽的解释。她颅内的肿瘤需要开颅手术，位置不算好，手术部位贴近生命禁区，手术风险很高。胸椎上的病灶倒可以考虑做介入治疗，是微创手术。不过考虑栓塞平面位置高，这样的手术最危险的并发症便是造成胸部以下的截瘫……

而且得这个病是因为抑癌基因失活，即使这次手术顺利，肿瘤也有复发的可能性。后期其他部位也可能出现各类肿瘤，良性、恶性都有可能……

我觉得每一句话都是对孕妇的"凌迟"。这还不够，我还要交代孩子的情况。孩子携带了这样的基因，自然也会有这样的命运，所以我这次的谈话还涉及孩子的去留问题。

谢玲玲已经进入孕晚期了，却没有一点孕妇的丰润，那张脸只有巴掌大小。换在平日里，这是多少人羡慕的脸形。可她的小脸上，五官都挤在了一起，她在哭，一直在哭。

从听到我说第一句话开始，她就在哭了。这些天看到一家人愁云惨淡、心事重重，她就猜到自己可能得了癌症。医生告诉她不是恶性的，她像得到了赦免，可后来医生告诉她的却是比癌症更可怕的疾病，起码癌症还不传给孩子。

打开头盖骨，火中取栗一般摘掉瘤子，前提是要剃光头吧，麻药散了会很疼吧，脑袋上也得留个很长的瘢痕吧，那里还会再长头发吗？还要做胸椎的手术，万一没做好，弄个高位截瘫，就求生不得求死不能了，肯定要拖累家人。如果硬扛过去能好，也就算了，可这些肿瘤还会复发！而且以后其他地方也会再长瘤子，还有可能是恶性的！她一想到这些，悲伤和绝望彻底将她吞没了。

她的父母都是农民，家里的积蓄都赞助哥哥买房了。哥哥做手术花了不少钱，那些钱都是借的，现在都没还完。她怀孕之后便没去工作了。丈夫和公婆开了一家米线店，生意不错，可每天起早贪黑挣的都是辛苦钱。现在丈夫和婆婆都来医院了，米线店基本处于关门状态。他们哪来那么多钱让她治了这里治那里？她开始有点羡慕哥哥了，她也希望自己在睡梦中发病，然后再也醒不过来。这样她和家属就都解脱了，不用一起面对这狰狞无比的未来。

所以当我问她孩子的去留时，她几乎没有任何犹豫地回答，这孩子她不要了。过去那样艰难，每日吐到昏天黑地，她都强迫自己继续吃，生怕孩子长不好。在兄长去世她几近崩溃的日子里，她感觉到，孩子也感受到了她的悲伤，和她分享过彼此的心跳，那是独属于她们二人的秘密。

她不知道孩子是男孩还是女孩？是直发还是鬈发？会不会长得和她很像？但她唯一确定的是：她很爱自己的孩子，所以更不愿意让孩子一来到这个世界，便等待着厄运降临。毕竟，等死是比死亡更可怕的经历。

谢母在和主治医生沟通完的当天便要求出院。她说自己信不过西医，觉得中医更靠谱。她出院当天便来产科找我，打听她女儿的情况。她急切地问她女儿是不是已经被"传"上了，她的外孙有没有事情。我不想对这个可怜的妇人说太多，只说孩子身体有缺陷，夫妻俩商量好不要了。

可她却什么都明白了，很长一段时间，她都干坐在椅子上。她的双眼空洞地望着窗外，像被人施了法术般一动不动，成了一尊雕像。

过了很久，她才说："玲玲不要这孩子也好。你说当年发洪水，怎么只冲走我妈和我妹呢？把我也一起冲走该多好，这样我就不会生两个孩子，把两个孩子都害了……"

谢玲玲的引产手术很顺利，孩子是个女婴，有着和母亲一样白皙的皮肤。一家人抱着没有生命体征的死婴哭个不停。一家人商量由谢母继续照顾产妇，婆婆和丈夫先带这个孩子回家。

他们处理完婴儿的后事，又回到医院，和谢母一起尽心尽力照顾谢玲玲。她产后恢复得不错，我见情况稳定了，便请介入科会诊。这是这段时间我第一次见秦松明。

我们再见时不免有些尴尬，好在是工作场合，直言工作就好。秦松明给产妇一家说了介入手术的风险和利弊。一家人同意做手术治疗脊柱上的肿瘤后，他便在电脑上写下了转科意见。

谢玲玲转入介入科后，秦松明成了她的主管医生，很快帮她安排了手术。她的手术还算成功，没有并发症。她在介入科住院期间，忽然视力急剧下降，还发生了癫痫，考虑还是颅内肿瘤占位的原因。她便被转到了神经外科，做颅内肿瘤切除手术。

整台手术，两名神经外科的主刀教授都高度专注。他们在显微镜的协助下，小心翼翼地剥除紧贴着生命禁区生长的肿瘤。这样的手术容不得一分一毫的差错，稍有差池，患者就会"万劫不复"。

手术很成功。手术后的谢玲玲被送到了重症监护室治疗。她虽然挺过了手术，但她的身体情况很糟，后期还有感染、脑水肿、应激性溃疡等一系列难关要闯。虽然她已经不属于产科的患者，但监护室就在产科的楼上，我一有空便去看看她。

谢玲玲的身体极度虚弱，可手术后的第二天她便清醒了。一看到来探望她的人，她便又哭了。

看到她哭了，细长的眼睛和小巧的鼻子都挤在一起，那张脸还是那么生动，我欣慰地笑了。开颅手术前，神经外科的医生就担心手术损伤到她的神经，特别是面神经，这样年轻的姑娘要是落个口歪眼斜，精神负担一定很重。

　　监护室不让陪护，谢母就在门外的长椅上坐着。她每次看到我便很热情地打招呼，然后欲言又止。她说这些天喝了很多水，小便里的血就少了，不痛不痒，没啥事。她们那里有个老中医，把脉、抓药老灵了。她们那里以前有个得了绝症的年轻人，上北京看专家都说治不好了，后来年轻人找到老中医，让他抓了药，病就全好了，现在都活着呢。等女儿出院了，她就回去找那个老中医抓药。

　　我不知道那个老中医到底有没有谢母说得那么厉害，我甚至不确定谢母口中的老中医是否真的存在。但我还是真心希望这个淳朴善良的妇人日后可以过得更好，也希望她的女儿能少一些劫难，多几天安宁平和的日子。

　　谢玲玲没在监护室待多久，便被转到了神经外科继续治疗。

第二十一节
传承

谢玲玲决定引产时，我也让她再想想。孩子虽然携带这种基因，不知道什么时候发病，但也许发病时的临床症状很轻微，说不定日后这个病能被彻底治愈呢。可谢玲玲还是放弃了，说这种苦不想再让孩子受。

与谢玲玲一家相似的是，我父亲的家族也像"得了可怕的遗传病"，从爷爷那一辈起，男人嗜赌的Y基因便被传给了每一个儿子。而奶奶也将携带了"以为家人奉献为荣"的X基因传给了每一个女儿。

我的祖籍是天城市下辖的一个县城。爷爷奶奶一共养育了五个子女，爷爷年轻的时候不务正业，常年不在家。地里繁重的农活都是奶奶带着两个年龄稍大的儿女去做的，每天面朝黄土背朝天在地里刨食，才能勉励让一家老小不被饿死。

可是光靠地里那点收获，还不能供子女读书，更不能赡养还有病的祖奶奶。奶奶每天公鸡一打鸣就下地劳作。天亮前，她便已经割了满满一背篓的草回家喂猪。放下背篓，她还得生火煮饭。她干完白天的农活后，夜里还要织布、捞黄鳝、喂蚕。村里所有能挣钱的活儿她都愿意干，所有能吃的苦她都愿意吃，这样她才能给老人抓药，供孩子上学。而在那些岁月里，身为长女的大姑也是主要劳动力。

大姑说，她小时候在地里干活，老远看到村口有个穿白衬衫的男人进村，就预感家里连温饱也要维持不下去了。整个村子里，只有爷爷会穿得这般考究。

在那个年代，投机倒把是违法行为，可是因为收益可观，很多人愿意冒险。这些人中，有相当一部分日后先富裕起来了，爷爷就是其中一员。可是，每次穿锦衣回来的爷爷不但不能给家里带来些许改善，小住几日之后，还要把家里仅有的粮票、布票一并裹走，完全不顾一家老小的死活。爷爷离家之后，奶奶发现那点维持生计的家当分毫不剩，便倒地哀号。

奶奶哭完之后，第二天又继续之前的劳作。每当觉得日子就要山穷水尽时，祖奶奶便对儿媳说"哪有女人家不苦命的"。在这样的安慰下，奶奶像西西弗斯一样扛着整个家庭爬坡、上坎。

成年后的大姑也听邻里说起，经常有人在县城的歌舞厅和麻将馆看见爷爷的踪迹，偶尔还会见到爷爷身边有其他女伴。大姑那会儿才明白，爷爷及时行乐的需求比一大家人的死活都重要。

我听说爷爷坐过几年牢，但全家人对此闭口不谈。爷爷在牢里的那些年，这个家也没有安生过。16岁的小姑得了急性脊髓炎，腰部以下瘫痪了。奶奶到处借钱，给小女儿筹医疗费，就差给人跪下了。可是谁愿意借钱给这样没有偿还能力的家庭呢？奶奶把家里能卖的全卖了，连栽了没多久的树苗都没放过，可钱还差得太远。

奶奶又听说卖血能挣钱，便立马拉上大姑去血站，尽管那时她的大儿子和二儿子都已成年，且身体强壮，她却从未对两个儿子提及此事。很多年后，大姑提起这段往事，仍然耿耿于怀。

虽然凑了钱治病，但小姑的病没有丝毫起色。她终日瘫痪在床，生活没办法自理。长期卧床的人很容易长褥疮，家人必须每隔几个小时就给她翻身，擦拭身体。担子又落在了奶奶和大姑身上。她们要轮流照顾瘫痪的小姑，好几年里，都睡不了一个囫囵觉。

奶奶的两个大儿子成年了，却都靠不住。他们继承了爷爷好玩乐的基因，很早便辍学了，偶尔出去打工，可那点微薄的收入都被他们丢在了麻将桌上。在外面打工时，他们偶尔也给家里拍个电报，让奶奶和大姑给他们汇钱。

爷爷出狱后，看到卧病在床的小女儿，有了点作为父亲的责任感。他知道这个家最需要钱，可是农村挣钱的活儿太辛苦，他干不了。精明的爷爷重操旧业，慢慢地，这一大家的生活开始好过了些。

大叔和我父亲逐渐到了成婚的年龄，奶奶一直告诉两个儿子不要担心娶媳妇的事情，这些年她存了点钱，不会让他们打光棍的。和奶奶一直苦熬的大姑也到了结婚的年龄，可是奶奶并不操心她，觉得女儿总归是嫁得掉的。现在家里负担还重，她还需要女儿帮忙，如果女儿嫁出去了，就顾不上娘家了。

生病后的小姑并没有撑太久，不到20岁便去世了。一家人虽然伤心，倒也解脱了。据说小姑最后的日子很难熬，身上长了很多褥疮，天热的时候褥疮还生蛆了。小姑去世没多久，爷爷再次不声不响地离开了家。这一次，他带走了奶奶和姑姑的所有积蓄。

奶奶觉得这些年的苦熬终究是没有一点盼头的。再次被丈夫清空积蓄的她没再大哭大闹，她找了根绳子在猪圈上吊。好在大姑及时发现，没有让这个家再添丧事。

大姑年轻的时候模样不错，人又勤快，可是这样的家境，总归是让人有顾忌的。直到大姑快24岁，才有人上门说媒。在二十世纪八十年代的农村，大姑已经是别人眼中的"老姑娘"了，没有了挑选的余地。她仓促嫁给了邻村的农民，婚后才发现对方是个酒鬼，而且结婚不到一个月，姑父就打了大姑几次。

大姑决定离婚。奶奶反复劝她，女人历来是菜籽命，丢在肥土里自然好，丢在瘦土里也得认命。这就是命，由不得人。

可是倔强的大姑还是离婚了，独自远走新疆，并很快安定下来，还找到了我现在的姑父。听说她过得比在家乡好，我刚结婚的父母便决定去投靠大姑。

我小的时候去大姑家玩，常听她说起刚来新疆的岁月，居无定所，吃了上顿没下顿，要拼命去干那些繁重的农活才能安身立命。明明这么艰难，可是每每提到那段岁月，大姑却从不后悔当初离开老家。

那些年，父亲和大姑主要通过写信和老家的亲人沟通，打电话在那时还是非常奢侈的事情。大姑再一次听到父母和兄长的声音已经是她到新疆的第七年，那会儿的电话费不比电报便宜。爷爷、奶奶自然不愿在电话里和多年未见的女儿说太多，便直入正题。大叔生了二胎，被罚了很多钱，家里的牛都卖了，可还是差了四千多元。爷爷、奶奶让大姑一定要把这个钱出了，要不大叔一家人就要没活路了。当然，这些钱以后大叔一家会还的。

这笔钱是堂姐工作后才帮她父亲还清的。隔了二十年，在一轮轮的通货膨胀之后，大姑收到了她当年借给大叔的四千元。

奶奶是个目不识丁的妇人，可她还是希望自己的子女能够接受良好的教育。几个年龄大的孩子都不是读书的料，早早便主动辍了学，都从事辛苦且卑微的工作，而且两个儿子都随爹，成了家之后日子过得也都很艰难。唯一能让家族看到希望的便是还在上高中的小叔。小叔的成绩还算不错，可接连两次高考，他都发挥得不好，最后只考上了专科。

通过电报、电话、书信，我的大姑和父亲接到了家里所有的消息。内容只有一个，小叔是全家人的希望，务必举全家之力供他上学，这样，整个家族的命运才能改变。

大姑和父亲到新疆后，都以种棉花为生。这一年春天，沙尘暴毁掉了很多地膜，棉花的出苗率很低，他们自己的生计都面临问题。

他们也说明了自己的难处，可是爷爷、奶奶并没有因此罢休，他们坐了几天几夜的火车到新疆来。大姑已经有八年没和爷爷、奶奶见面了。可是这一次见面，并没有快乐和温情。他们在大姑家住了很久，轮番给大姑、姑父做工作。姑父反复说家中的难处，可是总会遭到爷爷轻描淡写地回击，认为大姑在这里人缘不错，总可以借到的。

父亲和大姑都去借了钱，大姑借的更多一些，有一小部分是民间高利贷。拿到钱的二老很快便离开了新疆，小叔也如愿上了大学。大姑瞒着姑父借了高利贷，最终纸里包不住火，大姑和姑父为此打了很多次架。我小时候去大姑家玩，经常看到夹在二人中间的表妹，被父母的阵仗吓得号啕大哭。

然而，要学费还只是个开端。奶奶年事已高，无力从事繁重的体力劳动，大叔和婶婶都去外面打工了，奶奶还得照看两个留守的孙女。爷爷养尊处优惯了，终日喝茶、搓麻将。这下小叔的生活费也全部落在了大姑身上。

我小时候去大姑家玩，经常看到大姑在摩挲一些信纸。大姑说，这些都是小叔写给她的，他每个月都会给她写信，和她分享在大学里的生活。在每封信的结尾，小叔总会提到，他需要钱。

那些年，我经常看到大姑脸上带伤，年幼的表妹也在父母的战争中变得愈发沉默。可即便这样，每当大姑对外提起有个在上大学的小弟，眼里满满的都是喜悦和骄傲。

小叔毕业后回到县城工作，因为专业技术过硬，人又机灵、勤快，他深得领导喜爱。毫无根基的他很快便在医院崭露头角，随着收入不断提高，他也可以反哺这个家庭了。就在大家觉得苦尽甘来的时候，大姑和父亲又接到电报，爷爷病危，速归。电报里还强调，家里需要大额医药费。

那一年棉花的收成不错，大姑和父亲带着积蓄回了老家。可到了家之后他们才知道，爷爷并没有生病，而是骗了别人几万块钱之后便不知去向，生死不明。债主隔三岔五上门"问候"，大叔自然是指望不上的，奶奶和刚工作不久的小叔便只好出此下策。

父亲一回老家，便在"亲友"的招呼下输光了给爷爷准备的"医药费"。在得知爷爷并未生病，只是骗钱跑路之后，大姑不愿再管让她失

望透顶的父亲。她打算买票返回。

奶奶不断哀求："再怎么样,我们也是一家人,你就再想想办法!"大姑虽不情愿,奶奶这么一念总是奏效的。面对不停上门的债主和苦苦哀求的奶奶,大姑不得不拿出身上所有的钱打发了债主。最后她卖掉了一对金手镯才凑够了她和我父亲返疆的路费。

在那之后,大姑很久没再和家人联系过,只是在我父亲这里听到关于家人的消息:大叔这些年尝试着去做了些小生意,却都赔了本。大叔一直外遇不断,隔三岔五就和大婶闹离婚。他也不打算抚养两个还在上学的女儿,反正小叔不差钱,大叔把两个女儿都丢给了小叔。爷爷、奶奶上了年纪,身体多少都有些毛病了,好在也有小叔照应。小叔这些年事业蒸蒸日上,成了医院里最年轻的主任……

听到大叔一家的处境,大姑沉默不语。多年前她借给大叔的钱,大叔自然闭口不提。在听到小叔的现状时,她总会忍不住多问几句。总算是祖坟上冒了青烟,那些年她为了供小叔读书吃过的苦没有白吃。大姑身上的担子总算卸了下来,可以全身心地去顾自己的小家了。

堂姐高考的成绩不理想,分数只能上三本。那时,大叔和大婶的矛盾到了白热化阶段,大叔明确表态,他供女儿完成了义务教育,已经仁至义尽了。女孩子读了书,最后还是要嫁人的,而且堂姐成绩也不好,没必要再花这个冤枉钱。表完态之后,他便带着相好去了外省打工,再不愿和家人联系。

小叔是看着两个侄女长大的,他本就是知识改变命运的既得利益者,自然不愿意看到两个侄女就这样早早辍学,沦为流水线上的女工。他也只得替大叔扛起做父亲的责任,承担起堂姐不菲的学费。

堂妹那会儿尚未中考,日常用度也基本是小叔一家承担的。长此以往,小婶自然意见很大,没少给两姐妹脸色看。长期寄人篱下、仰人鼻息,堂姐也远比同龄的女孩懂事、成熟。

小叔夫妻二人应酬很多,他们的小女儿也很依赖堂姐,平日里也都是堂姐在带孩子。堂姐在天城市上学，离县城很近，周末、寒暑假都会去小叔家。她帮小叔一家看孩子、做饭、打扫卫生。她处处谦卑勤快，以此换得小婶对她和颜悦色。

有一次临近年关，堂姐和小婶发生了矛盾。小堂妹玩滑梯不小心磕破了膝盖，小婶知道后火冒三丈，说堂姐父母健在却撒了个干净，花了她家那么多钱，却连个孩子都看不好！这些年小婶也过得压抑，要借这个机会发泄，难听的话说了不少。堂姐从小叔家跑了出来，直到天黑也没找到容身之地，只好又回去了。堂姐说她很羡慕我，虽然我的父亲也同样不着调，但我父母一直把我带在身边。我好歹还有自己的家，不用像她这样寄人篱下，处处看人脸色。

堂姐大三时交了男友，对方是个海员。堂姐的过往经历让他心疼不已，他主动承担了堂姐的学费和生活费，还一并承担了堂妹的所有开销。这样一来，两姐妹便不用再受寄人篱下的委屈。

堂姐学的临床医学，毕业之后便回到了县城，那时的小叔已经当上了副院长，她进了一个效益不错的科室。她一心惦记着漂泊在外的父母，刚一安定下来，便想接父母回家享福。她知道，大叔这些年在外面欠了不少钱，所以一直不敢露面。她和姐夫在她上大学时便领了证，却一直没有办婚礼，她想先挣钱还了父亲欠的债和这些年她欠小叔的学费，再考虑自己的事情。

堂姐夫妻俩在当地属于高收入人群，却还是省吃俭用三年多才还清了债。大叔和婶头断了关系，和大婶回到家乡，他们一家总算团聚了。堂妹的高考成绩不理想，还是上的三本，而堂妹的学费和生活费也全部落在堂姐夫妻二人身上。

堂姐一直觉得漂泊在外的父母吃了很多苦，于是拼尽全力去满足父母的一切需求。当年只有五十出头的大叔、大婶便就此赋闲，过上了衣食无忧的生活。堂姐家离县医院很近，步行只有几分钟，可她还是买了车，为了方便父亲在不打牌的日子去乡下钓鱼。

一家人的反复接力，使这个落魄的农村家族终于扬眉吐气。可这个家族的遗传基因，还是在每个家庭成员身上寻找表达的机会。奶奶的三个儿子都与爷爷不睦，却无一例外地继承了爷爷嗜赌的恶习。

彼时的小叔表面上依旧风光，但也沾上了赌瘾，时时"周转不开"，缺钱了便向受过他恩惠的堂姐伸手。他每次开口都是十万元起步，虽然之后会还款，可他借钱的次数多了，堂姐也苦不堪言。堂姐找过奶奶，希望她从中调和一下。

可奶奶苦口婆心地对她说："他也是被逼得没办法了，才找你借这么多钱啊。你想想这些年他对你多好，没有他，你哪会有现在的好日子？你帮帮他又怎么了？他也说了，以后一定不打牌了。"

赌徒怎么可能改！就像我的父亲，每每被人追债时他便发誓自己不赌了，可还没隔天，又坐在麻将桌边了。

我父母在日常生活中节衣缩食，告诉我家里太穷，千万别和同学比吃比穿。可上了麻将桌，他们又视金钱如粪土。好在他们还是有一块遮羞布的，那就是供养了我。

我的身上自然带有从奶奶那里遗传来的X基因，可我却不像奶奶、大姑和堂姐，可以无私地为家人奉献。

爷爷有三个儿子，可到我们这一辈，全是女孩。我庆幸自己是个女孩，没有继承爷爷的带有嗜赌因子的Y基因。可我也害怕，从奶奶那里遗传来的X基因有一天也会在我的身上表达，让我不知不觉认同了这样世代相传的"绑架"。

小叔前些天已经找我借钱了，不多，两万元。我回家和父母说过这件事情，父亲说两万元也不多，就先借给他吧。母亲沉默了半晌，叹了口气，说："他对我们一家有恩……"

我没有和父母说过我的具体收入，但父母看到我在规培期间就买房了，推测我的收入肯定是不低的。他们也当着我的面说过，大的三甲医院肯定比县医院的收入高多了，这里产妇多，送红包的肯定也多。

这时，我便觉得可笑，当初说这里房价贵，医生收入还不高的，也是他们……

母亲的那句话还是成功打在了我的七寸上。我到底是没底气拒绝他的。我手中的确有两万元，但那是我准备还给表妹的，表妹是还在新疆的大姑的女儿，我们相差半岁，从小一起长大，感情很好。她不差钱，这两万元不急着还她。

父母回来后，我感觉经济方面的压力明显增大了。过去，我一人吃饱全家不饿，现在多了两个人，经济压力也大了很多。

经济上的压力一大，人也跟着浮躁。产科是个很特别的地方，这是医院里唯一有喜事的地方，即使在危重症孕产妇中心也不例外。时不时会有家属在手术前找机会给我递红包，让我手术当天"务必尽心"，也有产妇家属在母子平安后封红包以示感谢。

我爱钱，更需要钱，可从来没打过这方面的主意。先不说这是医院明令禁止的行为，我爱这份工作，爱这个科室，不想让自己珍视和骄傲的东西因为钱而蒙尘。但面对家属真心送上的鲜花、果篮，以及各类家乡特产，我倒是来者不拒的，因为那是产妇家属发自内心的尊重和感谢。

我们科在整个西南片区都非常有影响力，我也接诊过从云贵地区转诊过来的高危孕产妇。产妇出院后，我还收到过她们寄来的风干猪肉和苗家刺绣。我和不少自己管过的产妇都有电话和微信往来，她们时不时给我发孩子的照片和视频。

早前便有一家知名的月子中心私下联系过科室的医生，让把科里有意愿的孕妈妈介绍到他们那里去。他们那里的环境很好，有专业的育婴师和妇产科医生，方方面面都有保障。月子中心会给负责推荐的医生数目可观的返点，可我先前从没有考虑过，在这方面我是历来有几分骨气的。

可眼下，我开始动摇了。我联系了那个月子中心的负责人，准备亲自去看看。负责人还真不是自卖自夸，除了环境一流，我还发现这里有很多优点。

新生儿出生后，几乎所有的家庭，长辈都会参与照顾母婴。观念上的差异和难以避免的婆媳矛盾，加重了产妇的产后抑郁。我在病房里就见过不少家庭闹剧。即使有些家庭请了月嫂，可月嫂的业务水平参差不齐，很难化解家庭成员之间的尖锐矛盾。在月子中心，事情全部交给专业人员处理，能使产妇安心静养。这里有专门的营养师设计一日五餐，搭配得精致合理，不像很多家庭只一味给产妇准备各类高热量食物。他们这里不会出现我先前碰到的孕妇胰腺炎事件。这里还配备了产后康复训练师和专业的心理医师，让产妇可以迅速恢复身材，还可以降低产妇产后抑郁的发生。

更让我觉得可靠的是，所有参与母儿护理的人员都像外科医生那般重视手卫生，这样可以大大减少感染的发生。我和负责婴儿保健的医生一聊，才知道对方是才从一家三甲医院儿科辞职的。她实在受不了医院巨大的工作压力，到这里来工作也算学以致用。

此番考察让我彻底放心下来，除了费用不低，这家月子中心实在是找不到任何瑕疵的。回到科室后，碰到家庭条件不错且讲究生活品质的家庭，我会适时推荐。我放下了早前的心理包袱。生产对女性来说是一件非常艰辛的事情，只要经济条件许可，这些孕育了新生命的头号功臣为什么不能让自己和孩子过得更舒服些呢？

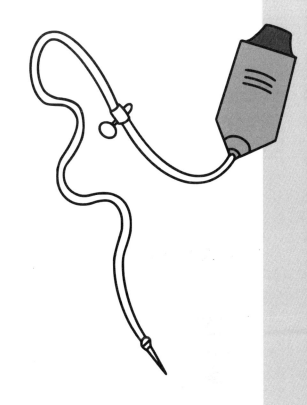

重 症 产 科 1

第七章

薄冰
长女
两难
人命

第二十二节
薄冰 ▮▮ ➕

在产科上夜班，永远不知道下一秒会发生什么。

刚处理完新收的两个患者的医嘱，产房又打电话喊我赶紧过去。

科室里最容易出事的地方从来都是产房，对产房的任何问题，我都不敢掉以轻心。

胎头已经进入软产道了，眼瞅着要大功告成了，可产妇显然再没力气配合助产士用力了。她精疲力竭地躺在产床上，再使不出一点力气。

"医生，我实在用不上力了，孩子再出不来，会不会出问题啊，要转成剖宫产吗？"产妇一副快哭出来的表情。

"现在准备剖宫产也没那么快啊。而且从下面都能看到胎头了，我直接给你上产钳吧？"

"只要孩子安全，你们就给我剖出来吧。反正罪我也受了，那个钳子会不会把宝宝的脸夹坏啊。"产妇倒是很好沟通的，她唯一那点顾虑，就是怕产钳夹坏孩子的皮肤。

我和产妇打趣，想尽可能让她放松。我说："都说产妇也喜欢欺生，就爱扎堆在年轻医生上夜班时生孩子。我刚单独值班那个月，一晚上最多的时候接生了六个，光产钳就上了三次。那些想赖在妈妈产道的调皮鬼，用产钳一拉，就能出来喝妈妈的奶水了。"

见我说得那样轻松自然，精疲力竭的产妇似乎看到了孩子在自己身上吃奶的样子。我已经检查过，孩子的头部位置很好，上产钳的风险不大。

我在最短的时间里完成消毒、导尿、局麻、侧切等步骤，再一次确认胎儿囟门的位置，我用巧力把产钳送入产道，再次确认胎儿耳郭的位置后顺利夹合，小心地旋转牵拉。

一个通体粉红的男婴顺利娩出，一旁的助产士在完成初步的处理后，将大声啼哭的婴儿贴在产妇脸庞。

这时，我都为自己当初的选择感到欣慰。这就是产科工作的魅力所在吧。

可这一波刚平息，我的电话再度响起，是急诊科打来的。一个分娩一周的产妇被送到抢救室了，人已经休克了。

产科医生要处理的远远不只生孩子这件事。孕妇孕期里有任何头痛脑热，不管有没有产科情况，接诊的医生都会让产科会诊，甚至干脆把孕妇送到产科病房来。光是这样也就算了，产妇在产后42天里出任何问题，我们产科都脱不了干系。

我立刻赶往急诊科。抢救室里，一个面色惨白的中年女性躺在抢救床上，心电监护仪显示，她的血压已经下降到80/40mmHg。

患者偏胖，又加上休克导致血管塌陷，静脉穿刺困难，赵英焕和家属简单沟通后便直接给患者做中心静脉置管，方便后续的大量补液和输血。

我认得赵英焕。他刚到医院不久，我便听科里的年轻护士议论，急诊科新来的赵医生是新晋院草。

赵英焕一边娴熟无比地做着穿刺，一边简要地介绍患者病情："患者34岁，既往体健，一周前在佳丽妇产医院做了剖宫产，术后母女平安。患者术后三天便回家休养，这几天没有情况。四十分钟以前，患者在上厕所后突然感觉左下肢和下腹部疼痛，随后晕倒一次。患者贫血貌很重，我们已经完善了血常规、生化、凝血全套检查。"

赵英焕动作利落，在交代病史时，他已经成功置管，护士也配合将一大袋平衡液快速加压输入患者体内。

他腾出手来，压着患者的下腹部，说："从她的左下腹抽到不凝血，考虑腹腔内有出血，所以赶紧喊你们过来，我担心患者存在子宫破裂。想请你们产科再看看子宫、附件那些，看有没有破裂出血。"赵英焕边说边把彩超探头递给我。

患者腹腔内的确有积血，存在腹腔内活动性出血。不过患者的子宫轮廓完好，两侧附件也没有发现明显异常，不像是妇产科的问题。难不成是腹主动脉瘤破裂造成的出血？

"患者出血部位不明，最好还是做个增强CT看一下吧。"

我刚说了自己的想法，赵英焕就告诉我一个坏消息。急诊科才接诊了一个怀疑主动脉夹层的患者，目前正前往CT室做增强，夜间只有一台CT机运行。等那个患者查完了再去，至少要半个小时。这个产妇起病急，很快就进入失血性休克状态，经不起折腾。他建议直接把产妇送到手术室，由产科医生手术探查。

我反驳，患者没有明确的出血部位，又没有明确的产科问题，不能因为刚生过孩子，就让产科医生收治。

反驳无果，我给谭一鸣打了电话，简要说了患者的情况，并向主任请示，是否先在急诊做完增强CT，明确了出血性质后，再请相关科室会诊。

"还等什么等？患者那么明显的休克血压，腹腔里又穿出不凝血了，还要排队等着做增强CT，做完检查了再花几十分钟不停会诊，找涉事科室，等确定出血方向再收专科手术，都不知道到什么时候了。等着开患者的死亡讨论会吗？"

谭主任指责我工作时间一长，反而变得顾忌重重了。"赶紧收到科室，急诊开腹探查啊，还等什么增强CT？开了腹，就算发现不是产科

的问题，起码也能先止血，术中再喊急会诊！赶紧准备谈话，我马上回
科室！"

我有些汗颜，主任已经年过五旬，昨天夜里还到科室处理了一个危
重孕妇，白天又工作了一天。连轴转的工作谁都会累，可他永远会把
患者的安全放在第一位，永远都是最有担当的那一个。与他相比，我无
论技术还是境界，都还有很大差距。

术前谈话进行得非常顺利，家属非常配合，我们给患者开辟了急诊
绿色通道，患者很快就被送到了手术室。

输血科已经调配了大量血制品，有麻醉师在一旁保驾护航，我们只
安心手术便可。

患者盆腔很快被打开，子宫的确没有破口，可一探查发现患者的后
腹膜有巨大血肿。"应该是哪里的静脉破了，这血都是暗红的，她发病
前说过感觉左大腿疼痛吗？"

谭一鸣想起我在电话里提过这一点，在得到我肯定的回复后，他指
示："先结扎这些小的出血点，等视野清晰点了，我检查一下她的髂总
静脉。"

渗血减少后，手术视野逐渐清晰起来，患者的左侧髂总静脉看到一
个足有3厘米长的裂口。"我先把这里夹住，马上喊血管外科医生上台
会诊。"

血管外科的医生很快上台，他们科室恰好留有一个型号相近的血管
补片，及时补上了裂开的髂总静脉。

手术结束了，这个叫杨菲的患者被安全送到了重症监护室。患者大
量出血，很容易出现DIC、多器官功能障碍。髂总静脉被修补了，可后期
很容易出现血管通而不畅的情况，后续的并发症可能次第出现。

我有些后怕，如果当初我坚持要等杨菲完善一堆检查，再请相关科
室会诊，患者肯定无力回天了。我早前在肝胆外科和骨科实习的时候，
碰到过两个外伤后出现腹膜后巨大血肿的患者。两人分别因脾破裂和腰

椎骨折入院，前者入院急诊做了脾摘除手术，后者考虑择期行腰椎内固定手术。两人都在病情相对稳定后出现不能解释的贫血，并快速进入休克状态。医生在做了一系列检查后才发现患者存在腹膜后巨大血肿，二人都再次做了急诊手术，那个脾破裂再手术的患者在术中便死了，腰椎骨折的患者在术后的第二天因为严重的DIC无法纠正，也死了。

我再一次被谭主任的睿智和担当折服。

由于抢救及时，各类血制品补充到位，杨菲恢复得很快，没几天便可以出监护室了。杨菲是因为髂总静脉自发性破裂导致了腹膜后血肿，和产科关系不大，监护室便请血管外科会诊，想让杨菲转到血管外科。可血管外科的主任却以床位紧张为由，直接建议患者转产科治疗。

再次接收杨菲后，我知道为何血管外科不肯接收她了。这又是个纠纷患者。

只要我在办公室，杨菲的丈夫便会问我一些专业上的问题。一开始我也没太在意，直到有一次，坐在我对面的李承乾指着他的手机对我拼命眨眼，我才意识到，家属在录音。特别是在一些敏感问题上，杨菲的丈夫会反复追问细节。一开始我以为自己的解释不够形象、不够到位，可李承乾这么一暗示，我才反应过来，他要把重点内容录清楚。

血管外科的医生术中探查时发现，杨菲的髂总静脉破裂并不像是血管瘤破裂导致的，更像是血栓性静脉炎在外力牵拉下导致血管破裂。

杨菲的丈夫反复询问，髂总静脉自发性破裂的原因有哪些。我如实回答，可能杨菲本身有血栓性静脉炎的基础，发病前她曾经用力大便，之后又忽然起身。腹腔内压力增高以及短期内剧烈改变体位，都会导致病变血管出现破裂。

可我的回答并不能让他满意。他继续追问，他妻子做了剖宫产手术，月子期间一直卧床，这些是不是导致血栓形成的高危因素。

我告诉他，妊娠期间血液处在高凝状态，本来就很容易形成下肢血栓，血栓的存在使得血管壁质地变脆。如果这时候再有外力牵拉，比如患者腹部压力增大、体位上有较大改变，就可能出现血管破裂，导致大出血。

他显然在我这里听到了他最想听到的内容。他立刻追问："这个外力牵拉也包括剖宫产手术吧。按照你刚才的说法，血栓性静脉炎是可以在妊娠期间就形成的，本来一直无事，可是手术过程中，由于医生用力不当，导致在牵拉子宫的过程中血管进一步损伤？"

我一下子被他问住了，他显然是有备而来的。他的提问简直就是请君入瓮，然后直捣黄龙。他的疑问虽然合理，但是颇为牵强，毕竟他妻子是剖宫产手术后一周才发的病，而且发病前有用力大便和改变体位的诱因存在。

杨菲的剖宫产手术虽然不是在这里做的，但同为医务人员，我不希望自己不够严谨的回答给其他医生带来不必要的麻烦。我坦言，他说的这种情况虽然理论上存在可能性，但时间上太不合理。

我第一次与杨菲的丈夫交流时，便留意到对方一直盯着我的工作牌看，其实工作牌上只有姓名和职称而已。在听我讲他妻子的病情时，他始终心不在焉，却反复在我这里打听他妻子的主刀医生。

在他确认过主刀的是血管外科的主任后，他又问我："这回我妻子又做了开腹手术，你也参与了手术，以你们三甲医院医生的标准来看，我妻子在佳丽医院做的剖宫产手术，可以打多少分？"

我一时语塞，我意识到这是个多疑的家属，多说无益，但不予回复他又肯定不会罢休。

"普通的剖宫产手术难度不大，技巧不算多，更多的是熟练程度。单从手术来讲，基层医院和顶尖医院之间不会有过大差距。而且那个医生做的切口缝合还相当美观。"

对方显然不满意我这样避重就轻的回复，他瞬间提高了音量："我是说肚子里面！没让你评价切口好不好看！"

"那家医院手术做得怎么样我不知道。但我知道，当时你爱人休克原因不明，换个性格温暾点的、担当又差点的医生，等急诊科把原因明确了，再请血管外科会诊，你今天要问的就是你爱人的死因和那家医院有关系没了。"李承乾看不下去了，忍不住要呛对方一下。

杨菲的左小腿出现了皮肤溃疡，并伴有左下肢跛行，这些症状考虑还是髂总静脉损伤。她的家属办理了自动出院，转到了另一家康复中心。她的丈夫在医疗司法鉴定中心做了相关鉴定，将两家医院都告上了法院。

佳丽妇产医院被告上法庭的理由是：主刀医生资质低，技术水平不到位。医生手术中过度牵拉产妇子宫，间接损伤了血管。而且产妇在住院期间，医生没有对产妇进行双下肢彩超评估血栓情况。医生在没有评估下肢血管的情况下，手术中粗暴牵拉子宫，使得产妇已经出现病变的血管又遭波及，导致产妇在出院后稍稍用力便出现了髂总静脉破裂。

而中心医院血管外科被告的理由则是：医生在给产妇进行髂总静脉破裂修补术时，主刀医生操作不够细致，导致出现了并发症。

这家人告的是血管外科，我自然没有出庭，可李承乾有个同学在法院工作，我便从他那里了解了一些情况。

李承乾的同学也觉得这家人对佳丽妇产医院的指控有"欲加之罪何患无辞"的意思。但一细查，他们还真的发现了问题：主刀医生居然去年才拿到医师资格证，是低年资住院医生，理论上没资格主刀这类剖宫产手术。

虽然佳丽妇产医院也解释，这个医生已经在产科干了好几年，手术做得非常娴熟，只是先前执医考试屡考不过，这才耽误了。医生的手术一直做得很好，医院才让她主刀。

就是这一漏洞，外加住院期间医生没有给产妇进行下肢彩超检查，进行血栓评估。法院判决佳丽妇产医院对杨菲剖宫产术后出现髂总静脉破裂承担一定责任。具体的赔偿细则，李承乾的同学表示不便透露。

杨菲在产科住院期间，她的家属也没有闲着，想尽法子从医生口里套话。他们还打听到杨菲从监护室转出当日，血管外科其实是有床位的。他们觉得血管外科不肯接收杨菲，肯定是因为医生手术没做好，所以心虚。果不其然，术后杨菲的左小腿的皮肤开始溃烂，左下肢还跛了，这家人更觉得是医生的责任了。

虽然法院最后认定，杨菲出现下肢跛行，为手术并发症，并非医疗事故。但中心医院血管外科同样存在问题，在科室还有床位的情况下建议杨菲转到产科。虽然血管外科的医生也到产科会诊，指导治疗，但产科对这类血管性疾病的整体管理必定不如血管外科专业、全面。所以产妇在行髂总静脉修补术后出现并发症，血管外科需要承担轻微过错。

李承乾知道这个判决后，在科室里也抱怨过好多次。他还打了个比方："有个男人忽然死了，被家人拉去尸检，发现这个人死于心梗。家属没法接受，这好好的人怎么可能心梗呢？总得有人为他的心梗负责吧。家属想破了脑袋，想起一周多前有人劝阻他在电梯抽烟，男人不服，和劝阻者大吵一架。男人虽然当时没事，可这一架吵完，他始终心情郁结、愤恨难消，于是他就心梗了。所以劝阻他吸烟的邻居必须负责任！杨菲家属和这家人有什么区别？"

他还为我打抱不平："这家人居然还好意思说术后转到产科了，产科处理这些疾病没血管外科专业，这也是产妇出现术后并发症的原因，我真的想骂人了！真替花姐不值！"

"这家人没把我们一起告上去，我已经烧高香了。反正欲加之罪何患无辞，只要他们成心找事，总会找到我们科的纰漏。"

"也是。"李承乾见我本人都没往心里去，他也就没再抱怨了。他再一想，觉得我说得也有道理，真要挑刺，我们产科肯定也找得出问题。这家人放过我们科，可能还真是念在我们科首诊有功，救了杨菲一命。

谭主任说，现在的大环境就是这样的，医生本来就是个如履薄冰的职业，产科更是如此。病历一定要写仔细些，发现有纠纷的苗头要及时录音、录像。平日里和家属沟通，不要把话说得太满，该向上级医生请示、汇报的，千万别一个人揽下。

李承乾又找机会对林皙月表白了。可她说一直把他当成要好的朋友，而且两人同在一个科室，这要是真发展成恋人关系也难免尴尬。李承乾立马表态，她要是顾忌这些，他换家医院工作就是。可林皙月无比认真地告诉他，和他在一起非常开心，可她只把他当朋友。

虽然被发了友情牌，可李承乾并没有真正放弃，依旧追得不急不缓，他相信，就算是石头也能被他暖热。只不过他不时对我抱怨。自打我父母回来后，我整日一副闷闷不乐的样子，也不像从前那般爱参与三人组的行动了。我一不参与，林皙月也跟着避嫌，这可不是什么好兆头。

这些时日我的确焦躁，工作时间愈长，我愈发现这是一份如履薄冰的工作。而我的家庭氛围也愈发紧张。

母亲反复跟我说，父亲早就不赌钱了，可我知道父亲不可能改。他经常接近夜里十二点才回家，他在城里没有其他落脚点，我知道他铁定又去打牌了。我每次回到家中，看到母亲诚惶诚恐，极力掩饰，我就愈发愤怒。

父母回来后，我和父亲那边的亲戚有了更多联系，这已经给我带来了很多困扰。父亲隔三岔五就问我要钱。我一闲下来，便不由自主地脑补出父亲又欠下赌债，连累自己被人四处追债的画面。

早前的经历让我意识到，贫困会像魔爪一样，扼住人的咽喉，让人终日屈辱和绝望。这些年我终于摆脱了贫困，可我感觉父亲随时都能将我和这个小家打回原形。

一想到这里，我便焦虑到不能自持。没想到过了这么多年，父亲给我带来的恶劣情绪还会如影随形。父母回来后，我在家中经常感到胸口发闷，难以名状的恶劣情绪反复拉扯着我。我在家中总是像只热锅上的蚂蚁，焦灼不堪。

　　母亲反复安慰我，说父亲去码头边玩了。怕我不信，她还给父亲打去了电话，问他是不是在江边看风景。不等父亲回答，母亲又急着追问，现在那里的游人是不是还挺多的。我不想拆穿母亲拙劣的演技，电话那头传来的洗麻将的声音已经暴露了父亲此刻的行径。

　　这就是母亲嘴里"早就不赌了，每天都跟她去买菜、逛公园"的父亲。我看到前些天给父亲新买的羽绒服还丢在沙发上，羽绒服的袖子和沙发巾都被烟头烫出窟窿来。我冲进厨房拿出剪刀，对着那件羽绒服便是一剪子。母亲急忙拉开我。看到疯狂的我，她又立刻夺下剪刀。我被夺去剪刀后，顺手抄起茶几上的一个玻璃杯，狠狠砸在地上。看到地上碎成一片的玻璃碴，我歇斯底里地哭喊："让他滚！我不想见到他！"

　　离开家很多年了，我一度以为自己已经康复了，至少工作后的我看上去完全是一个健康人。外人眼里的我看起来积极开朗、精力旺盛。

　　可父亲的归来再度触发了那个开关，令人抓狂的情绪肆无忌惮地撕扯着我，让我随时会崩溃。

　　母亲不知所措地站着。她不知道怎么去安慰情绪失控的女儿，只是打扫着玻璃碴。我小时候就这样，父母撇下我去打麻将，我就喜欢撒泼打滚。她一直觉得我有些地方不对劲。我上大学那几年，也常常歇斯底里地在电话里和他们闹。小叔告诉她，我可能有精神病，最好早点带我去看看。母亲的妹夫就有精神病，天天觉得有人要害他。有一天他在家里哭，把家里乱砸一通后就跳了楼，万幸楼层不高，他骨折了而已。在母亲看来，家里人得了精神病太丢人。她的老公不争气，可这一大家的男人不都这样吗，为什么就她的女儿有那么大反应。

　　哭得精疲力竭，我才站起身。快晚上十一点了，我给林皙月打了电话，她听到我鼻音很重，知道我显然才哭过。她问出了什么事。我也不知道怎么回答。我因为父亲在外面打麻将，就把自己变成了疯妇，谁都不会理解。可她没有再问，只说，先到她家来吧。

　　我翻出行李箱，收拾好衣物和洗漱用品，不顾母亲劝阻便出了门。

我不想待在这里，满腔怒火地等着父亲归来，我怕自己干出什么出格的事情来。我察觉到，这些天在家中的不良情绪已经给我的工作造成了严重影响。我变得烦躁、易怒，对患者和家属也没有往日的耐心。连李承乾这么神经大条的人都感觉到，我像个火药桶，随时一点就炸。

医生需要不断和患者以及家属沟通。我这样的态度很容易激怒他们。李承乾一直坐在我对面办公，这些时日已经帮我解了好多次围。看到脾气不好的产妇家属，他都主动揽过来沟通。

第二十三节
长女 ▬▬ ▬▬ ⊞ ➕

　　林皙月租住在医院附近的老家属院里，虽然条件简陋了些，但离科室很近。我省去了挤地铁的时间，睡眠也更充足了。

　　我休息时继续发挥烹饪特长，李承乾不时过来蹭饭。已经到春天了，天黑得逐渐晚了，我们吃完饭还会打会儿羽毛球。这些天我都没见过父亲，脱离了致病源，又有朋友相伴，我脸上的笑容又多了起来。

　　虽然住在一个城市，可我还像过去那样通过电话和父母联系。我搬出去后，父亲也时不时给我打来电话，说晚饭准备了我喜欢的菜。可我总是极不耐烦地挂断他的电话。

　　母亲在电话里告诉我，她在一家棋牌社找到了工作，干一天休息一天，棋牌社就在小区里，一个月两千元。父亲也找到一份小区保安的工作，有事情做便不会天天打牌了。

　　我不愿意和母亲聊太久。我对母亲也是有怨气的，抛开早年强迫我填报志愿不说，这些年对我的痛楚她从来没有半分心疼和体谅，还总觉得我有病。

　　母亲犹豫着向我提出，让我回来住，她在外面看了租房信息，小房子不算贵，他们两个人也有事做了，负担房租不难……

　　我立马怼了回去："你这样做不是打我脸吗？不是公然宣称女儿

对你们不孝吗？把父母赶出去租房子。而且你在棋牌社工作一个月挣的钱，也就勉强够交房租。你们没事别再折腾我了！"

秦松明的婚礼定在周六。两周前我便收到了请帖，我和李承乾都是受邀对象。我借口周六家里有事，将红包塞到李承乾手里，让他婚礼当天帮忙随份子。李承乾发现这红包的分量不轻，打趣我什么时候变得那么大方了。他说冲着我的大红包，也要赶紧把林妹妹追到手。

周六是个大晴天。笼罩整个城市的密云都在前一晚消散殆尽，阴了太久的天城市放晴了。秦松明和赵梦瑶举办的是草坪婚礼，地点在市里一家非常出名的酒店旁。我一早便到了，可我没去那块被装饰得极尽梦幻的草坪。

酒店的绿化带里的观赏树开满了粉色的小花，繁密的花瓣中心是鹅黄色的花蕊，姿态精巧。透过满树的繁花向上看去，是湛蓝明净的天空，阳光明媚，却不刺眼。

我径直上了酒店三楼，透过楼梯间的窗口我可以清晰地看到婚礼的全貌。草坪显然是才修剪过的，在酒店的楼梯间，我也能闻到草地特有的清香。现场所有的花环都由粉色的大马士革玫瑰来装饰，俯身看去，这里完全是一片小型的玫瑰花海。场地一侧有乐队演奏，曲调舒缓悠扬，参加婚礼的人不少，充满欢声笑语。

这是我第二次见秦松明出现在婚礼现场，上一次他是伴郎，而这一次他是主角。婚礼还没正式开始，面对还在不断进场的宾客，他的脸上始终挂着温和的笑意。他近视，平日里都戴眼镜，可今天因为婚礼的缘故取下了眼镜。

他曾数度望向草坪的入口，显然是在寻找什么人，可直至婚礼开始，他要寻找的那个人都没有出现。

双方的父母都上了台。新郎的父母是精心打扮过的，可往气度非凡的新娘父母身边一站，明眼人都看得出，这桩婚姻并非门当户对。虽是草坪婚礼，可婚礼的细节和程序并没有太多新意。在司仪的引导下，父亲牵着女儿的手，将自己的掌上明珠托付给另一个男人。虽然只是走个过场，可新娘的父亲还是几度哽咽。新娘的父亲很瘦，脸上有明显的倦容。在他凝视女儿的目光里，有欲说还休的不舍和牵挂。

八年的感情终于有了完美的结局。这样温情又浪漫的婚礼对我来说太梦幻，我做梦都没想过这样的一幕能发生在自己身上。这二十七年里，我一直觉得自己不配有这样的人生时刻。我想，如果那一晚我回应了秦松明，可能今天的一幕就不会出现吧。但我相信秦松明日后一定会后悔，她毕竟是陪伴了他八年的初恋。我和赵梦瑶的家庭有着天壤之别，当激情一过，他定会为当初的一时冲动后悔不迭。在日后琐碎、庸俗的生活里，当初互相爱慕、互为知己的两个人难免变成一对怨偶。

我的手机铃声不合时宜地响了，我看一眼来电人，没有接，任由铃声一直响着。

见我的工作状态开始恢复，又回到了过去风风火火的架势，李承乾便不再操心我和家属沟通的事情了。

李承乾采集完新入院的孕妇的病史，让护士给她安排好床位，一回办公室就对我抱怨："我这两天还真和子痫杠上了，不是子痫，就是重度子痫前期（妊娠特有的一种多系统进展性疾病，其特点是妊娠20周后出现新发高血压和蛋白尿，病情可持续进展，严重影响母婴健康）。"

李承乾见我忙着办出院病历，没工夫搭理他，索性将办公椅挪到我跟前："给你爆个料，刚才那女的，孕4产1。十年前就发现高血压了，第一胎是个女儿，怀第一胎的时候就出现重度子痫前期了，后面还发展成子痫（在子痫前期的基础上发生抽搐）。好在那时孩子也33周了，医生就提前把孩子剖出来了，孩子发育得还行。第二胎自然流产了，怀第三胎的时候，她在孕27周的时候又出现了重度子痫前期，两口子就商议做了引产。现在是第四次怀孕了，胎儿才24周多一点，又发现重度子痫前期了，过来保胎。"

"她这种情况根本不适合怀孕啊，不是已经有了一个健康的孩子了吗，怎么还敢这样冒险？"

"你说为了啥，还不是为了'拼个儿子'？要是我媳妇出现这种情况，我大不了当丁克！肯定舍不得让她这么折腾。"李承乾说这话的时候看着林皙月的工位。她去病房了，座位自然是空着的。

在产科工作久了，我遇到过很多想尽办法'拼儿子'的孕妇，这不是什么新鲜事。我有点好奇，李承乾今天为什么八卦这种在我们科早就见怪不怪的事情。我头也不抬地回了一句："这种事你见得少啊。"

"不管身体条件是不是允许，想尽办法拼命生儿子的人，以家庭妇女居多。毕竟她们没什么生存技能，总想着母以子贵，以为生了儿子，作为女性的生存价值才能得到保障和巩固。"

"说重点！"我忙着写病历，没工夫听他念叨。

"这女的可不是家庭妇女。老谭收她来住院的时候就和我打了招呼，这女的在一个很牛的单位工作，还是个什么领导来着。我刚接诊她的时候还想着，女的果然还是在体制内待着好啊，这几年她就一直在备孕、生产的路上反复折腾。这要是在私企，哪敢这样啊。已婚未育的都要被嫌弃！

"我前面想着，敢情这女的反复怀孕、保胎、流产，再保胎，这几年都忙着生孩子的事了，占着体制内的好处，没干什么正事。可后面一聊，我还挺佩服这女的。"

见他终于说到正题了，我也放下手中的活儿，洗耳恭听。

"这女的本科、硕士都是排名前三的院校的，她硕士毕业后就来这里工作。这几年还读了在职博士，在单位里职位也不低，反正挺牛一女的，绝对颠覆我前面对她进体制就是为了找份稳定工作，然后安心照顾家庭的人物预设。"

"听你这么一说，我怎么感觉更可悲了。"在产科工作的这些年，我见过太多为了丈夫传递香火拼命生儿子的闹剧。她们把自己物化成了传宗接代的工具，而不再是一个人。正如李承乾说的，这些女性大多没有受过良好的教育，没有体面的工作，她们在经济上、思想上都不能独立，结婚后她们赖以生存的资源便是丈夫和婚姻。如果再遇到重男轻女的婆家，而碰巧她们又不能顺利生下儿子，那仰人鼻息的压抑生活，将逼得她们为了生儿子无所不用其极。

可这个叫徐盼娣的女人不一样，她受过那么好的教育，有非常体面的工作，她完全不需要这样啊。正因如此，我对这个孕妇多了一些关注，虽然我并不是她的主管医生。

徐盼娣此次入院带来了她既往的住院病历，我也详细地了解了她的病情。五年前她第一次怀孕时，便因为出现蛋白尿和视物模糊住进了新华医院。当时她被诊断为重度子痫前期，她一住院医生便用硫酸镁解痉预防子痫发作。可是保胎过程中，她还是出现了子痫，开始口吐白沫，周身抽搐，全身都出现高张阵挛惊厥。医生使用冬眠合剂控制抽搐后，又积极降低颅内压力，她的病情总算趋于稳定，没有出现脑出血。那次抽搐得到控制后，新华医院的产科医生给她做了剖宫产，取出一个女婴，虽然是早产儿，但是入院那天，我看到那个小女孩也来了，长得机灵可爱，是个健康的孩子。

那次高危妊娠后，医生肯定告诉过她，她这种情况不适合再度妊娠，因为再次怀孕她仍有很大概率在妊娠期间遭遇这种疾病。毕竟她第一次妊娠就已经这么惊心动魄了。

可她没有听医生的劝告，这些年还在不断怀孕。第三次怀孕时，她在怀孕27周的时候再度出现了重度子痫前期，虽然继续妊娠有相应的风险，可胎儿距离28周也没几天了，她是可以选择保胎的。住院期间解痉镇静，并同步评估和监测，那个被放弃的女婴其实是有生存机会的。这些年，我们科收了很多重度子痫前期的孕妇，大多数孕妇和孩子现在都生活得很好。徐盼娣的工作单位待遇不错，各项福利也很好，她不至于因为医疗费用的问题放弃来之不易的孩子。

可我注意到，在他们复印的那份病历里，一张特殊沟通谈话记录上面，有这样一段内容："患者目前继续妊娠有相应风险，孕妇可能出现但不限于心衰、肺水肿、子痫、脑出血、肾功能衰竭等严重风险以及并发症，胎儿方面可能出现生长受限、胎死腹中，但胎儿目前27周，可予以期待治疗。"

但这对夫妻没想过保胎的事情，在那张文书里写了这样一句话："不予以期待治疗，要求引产，放弃胎儿。"末尾是夫妻俩的共同签名。

我看到引产后还有一张医疗文书，记录上说明了那个被引产出来的女婴并不是死婴，刚被娩出时还有微弱的呼吸和心跳。那张医疗文书记录了一句话："拒绝抢救，要求自行将婴儿带走。"不过，这次签字的只有徐盼娣的丈夫。

李承乾从和这对夫妻的初次谈话里，看出他们没要那个孩子的原因，并不单是她自身的疾病不适合继续妊娠，他们大概已经知道了这个孩子的性别，孩子的性别并不是他们一家人期望的。于是那个女婴便被自己的双亲放弃了。

可眼下，这个胎儿才24周，他们便急切地住院保胎了。

徐盼娣的情况并不乐观。虽然她既往规律地口服着降压药，可是入院时，她的收缩压超过170mmHg，蛋白尿也很严重，肝功能还不好。

徐盼娣入院之后，李承乾便非常积极地安排了各项相关检查。

在这个节骨眼上，徐盼娣又开始喊头痛了。核磁共振一时半会儿又排不上，李承乾很怕她发生脑出血，建议她加急做个CT看一下。可她死活不肯，担心CT有辐射。李承乾反复解释，就查头部，肚子上有铅衣遮挡，对孩子没啥大影响，可她还是不肯，坚持说她还清醒，不可能有脑出血。好不容易赶上一个患者临时不做磁共振检查了，徐盼娣才捡了空及时做上，好在没啥大问题。

每完善一项相关检查，李承乾都要叫苦，综合她的各项指标评估，继续妊娠，大人和孩子都不安全。他管过不少重度子痫的孕妇，3个多月前，他就收过一个子痫导致脑出血的，现在还在康复科待着没出院呢。一年前，科里也收过一个重度子痫前期的孕妇，因合并HELLP综合征（以溶血、肝酶升高和血小板减少为特点，是妊娠期高血压疾病的严重并发症。多数发生在产前。可分为完全性和部分性。其临床表现多样，典型的临床表现为乏力，右上腹疼痛及恶心呕吐，体重骤增，脉压增宽，但少数患者的高血压、蛋白尿临床表现不典型）导致肝破裂，还好抢救及时，在鬼门关里走了一圈的母子都被抢救了回来。

李承乾是在病房里同徐盼娣及其丈夫、母亲、婆婆四人一起做的医患谈话。

他言简意赅地指出，这类疾病的生理变化就是全身小血管痉挛和血管内皮损伤，导致全身多器官灌注减少，对母儿造成危害，甚至导致母儿死亡。如果孩子再大一点，可以考虑保胎，期待治疗（是一种保守治疗的方法，具体含义根据不同的情境有所不同）。可胎儿还太小，子痫这个病非常复杂，涉及的器官多，变化又快，搞不好母儿都有生命危险。

可除了徐盼娣的亲妈，其余三人的口径都很一致：他们已经经历过几次这样的事了，正所谓久病成医，他们理解医生说的那些风险和并发症，可还是有一个概率问题的，徐盼娣生大闺女的时候，都发展成子痫了，医生也很快就控制住了。这个孩子他们肯定是要保住的，当然了，他们也不会为难医生，该签的字他们也是会签的。

拿着那份签了"要求继续期待治疗"的特殊沟通谈话记录，李承乾撇了撇嘴，回到办公室就对我抱怨："还是老谭说得对。涉及不适合怀孕的孕妇，或者有重要治疗决策的孕妇，有时候就得绕过她们的丈夫，还有婆家，直接找孕妇娘家人谈就对了。毕竟自己养大的闺女，怎么可能指望别人家去疼呢？"

李承乾一脸怒其不争的表情："徐盼娣上次怀孕都快28周了，重度子痫前期直接放弃胎儿。这次才24周，病情那么重，还非得保胎，肯定提前知道这次怀的是个儿子了。真是受不了这些人。她自己都是个女的，还都是博士了，居然还这样！"

我没有说话，我对这些事已经慢慢习惯了。就像有人说的，几千年文化传承里的基因，根深蒂固地存在着，很难彻底改变。毕竟我们"文明"了没多少年。"男女平等"的口号喊了这么多年，为什么需要喊，不就是因为从来没有真正平等过吗？

几千年的文化里，整个社会都在教化女人，你要取悦男人，你要让男人欢心。过去男人喜欢三寸金莲，母亲便把女儿按在床上裹脚。我们医院十三楼的整形美容科永远人满为患，去整形的几乎全是女性，不也是为了符合当下男人们"白瘦幼"的审美偏好吗？女人总被灌输"不生儿子，就对不起夫家"的观点，甚至不用男方家人逼着生儿子，她们自己都会把生儿子当成重要的任务去对待。这些年，社会的进步已经让这样的情况好转很多，可巨大的社会惯性哪是短短几十年就能被彻底改变的。

每个月下旬，医务科都要来检查在院病历，因为查得非常细，检查的前两天，科室的医生纷纷加班整理病历。这些病历都是我们赶时间写的，还有不少是进修生、轮转生，甚至实习生写的。只要不是涉及有明显医患纠纷倾向的，我们平日里写病历也不算细致。毕竟不管病历写得多么天衣无缝，还是手术做得好、病人管得好更有效。

产科历来是极容易发生纠纷的科室之一，而作为危重症孕产妇救治中心，我们科室的纠纷比普通医院的产科更多，医务人员也不得不花费大量的时间和精力应对各类纠纷。就算没闹到上法庭那一步，光是在日常的救治过程中，医患间天然存在医疗壁垒，需要我们反复沟通解释，这些已经足够让医务人员疲惫不堪了。

医院的行政工作者自然知道医生的忙碌和疲累，但这并不影响她们隔三岔五地检查。为了确保医疗安全和医疗质量，该查的还得查，该扣的还得扣。为了少被扣钱，全科室便自觉加班整改。

大家各自忙碌，办公室里全是噼里啪啦的敲键盘声。临近晚上十点，病房逐渐安静下来，可隐隐约约地，我们在办公室里也能听到吵闹声。一开始大家没多留意，因为产科几乎每天都有各种"家庭伦理剧"上演，吵闹自然不可避免。可这哭骂声越来越大。

李承乾越听越不对劲，这声音听着像是从徐盼娣的房间传来的。这样高危的孕妇可经不起这般刺激，他匆匆来到病房。

徐盼娣的丈夫和婆婆都不在，徐母一把鼻涕一把泪地控诉："那是你的亲弟弟啊，你怎么能不管他？你爸走的时候怎么跟你说的？你们老徐家就那么一根独苗，你一个当姐姐的不帮衬他，谁去帮衬他？你爸走的时候，怎么都咽不下那口气。你忘了你爸当时就抓着你的手，说弟弟这把年纪也没能成家，眼下他要走了，以后弟弟就交给你了。你爸听到你亲口承诺了，这才咽下最后一口气。"

"我不是不管，可是我真的没那么多钱。"徐盼娣无力地靠在枕头上，她情绪有些激动，心电监护仪上提示她的心率比平日里快了不少。

"你的工作单位那么体面，汉强又在IT公司，这会儿说没钱，不明摆着不想管你弟吗？"见医生来了，徐母将声音压了下去，可那幽怨苦情的模样，连李承乾都感觉到气氛压抑。

"汉强要强惯了，不愿给人打工，这两年自己创业，没挣到什么钱，家里的房贷、日常开销都是我负责的。弟弟这些年就没出去工作过，前些年天天喝到烂醉，你们从来不管。这些年喝出问题来了，生活都不能自理了，反复进出医院，这些钱全部都是我出的。你以为我能挣多少钱啊？"

李承乾想起徐盼娣入院当天，一起来的家属里有个神情呆滞、行动迟缓、双手不住颤抖的中年男子。他应该就是她的弟弟。听她说弟弟过去长期喝酒，想必他那怪异的神态多半是酗酒导致其患上了韦尼克脑病（慢性酒精中毒常见的代谢性脑病，可表现为眼外肌麻痹、精神异常、共济失调等）。摊上这么个不省事的巨婴弟弟，李承乾对徐盼娣又多了几分同情。

"他年轻时不懂事，是多喝了一点。他现在知道错了，不是喝得少了吗？你就一个弟弟啊！"徐母并不接受女儿没钱这一说辞。

"你们总惯着他，总说他还是个孩子，他要怎么样你们都依着他。30多岁的人了，不去工作，一天到晚往死里喝，喝多了就耍酒疯，花了那么多彩礼娶的媳妇也跑了。把脑子都喝坏了，那么年轻生活就不能自理了。我生雪儿的时候病那么重，你在医院照顾他，顾不上我。现在他的肝也彻底喝坏了，喝成了肝硬化。他前几次消化道大出血，要做食管—胃底静脉套扎术，光是那个手术前后花了将近十万，都是我出的。可他一出院，还要喝酒！现在他肝衰竭了，要做人工肝，做一次又要好几万，又不是做一次就能根治。人工肝也只能解决一时的问题，走到这个地步了，还要肝移植，可我哪来那么多钱？我身体不好，每次怀孕就得住院很久，住院期间单位只发基本工资，扣了各项保险到手的就更少了。"徐盼娣越说情绪越激动，这些年的不甘、委屈和无奈也尽数涌出。她说完这些，开始哭，眼泪大滴大滴地滚落，却不发出任何哭声。

一听到肝移植的事情，徐母又来气了，说："上次医生说有肝源，各方面都很合适，让你赶紧准备钱，你就是不肯拿钱出来，那个肝也让别人截和了！"

李承乾不知道她弟弟的血型，但他知道徐盼娣本人是A型血。我之前收了个重症肝炎的孕妇后来换了肝，他记得那个叫马兰的孕妇就是A型血。难不成马兰当时截和的肝源就是徐母说的那个？

"换个肝要五十万，我上哪里准备那么多钱？"

"你住的那个房子，现在都值几个五十万了。房子卖了可以租，以后条件好了还能再买，你弟弟的病拖不起，肝脏又不是什么时候都能有的。"徐母不依不饶，数落着女儿。

"就你儿子的命珍贵，我儿子就不重要了吗？孩子现在那么小，我身体又是这个状况，早产儿也是很花钱的。"

因为妊娠和疾病的双重影响，徐盼娣的双眼浮肿得厉害。她刚哭过，鼻子通红，眼睛都快眯成一条缝了，头发凌乱不堪。李承乾突然有点怜香惜玉。

他从床头桌的纸巾盒里抽了几张面巾纸递给徐盼娣，对方用力揩了一下鼻涕，有些难为情地对他说了声谢谢。

徐母一脸恨其不争的表情，说："还真是嫁出去的女儿泼出去的水！你嫁了他们老赵家，就一门心思想着他老赵家的事，可别忘了，你姓徐，你弟弟才是你老徐家的根！你那孩子是他赵家的种，他姓赵的不会不管，跟你一样姓徐的只有你弟！"

李承乾觉得自己也跟着分裂了：徐母一边强调嫁出去的女儿泼出去的水，一边又强调女儿姓徐，所以理应负责徐家所有的破事。

徐母见女儿只是流泪，已经差不多要妥协了。她继续软磨硬泡："你爸死的时候怎么跟你说的？你要是不管你弟了，你爸真的是死不瞑目啊！你想想，不是你爸那些年辛苦打工供你上学，你哪有今天？你今天怎么就不能实现你爸临终时唯一的遗愿啊……"从李承乾进病房开始，徐母的音量就不大。他觉得，这种苦情戏更有杀伤力。

果不其然，徐盼娣松口了，说："我再给你转六万块钱，先继续做人工肝。肝移植的事，我再想想办法。"

前些天李承乾提议保胎风险大，终止妊娠对母亲更安全。当时只有徐母同意。他还以为徐母是个明白人。可是眼下，这徐母给人的感觉怎么就突然变了？

他意识到一个让他后背发凉的真相：徐母之所以同意医生给出的终止妊娠的意见，不是真的顾及女儿的安危。就像徐盼娣说的，她自己住院需要钱，她的孩子也很难熬到足月，早产儿的治疗也是很花钱的。徐母当然不希望这个外孙出生。这个"老赵家"的孩子一旦出生，徐盼娣势必把更多的精力和财力放在自己的儿子身上，不会再无休止地补贴她母亲那个永远长不大的巨婴儿子！

女儿同意转钱后，徐母便离开了病房。她的儿子因为肝衰竭从县城转到了这家医院，还在肝病中心住着，也需要她照顾。

这一晚是我值班，李承乾到病房没多久，我便开始夜间查房。到了这间病房后，我和他一起看到这荒唐的一幕。

第二十四节
两难

这些天经过多学科联合诊治，在联合使用多种降压药物后，徐盼娣的血压总算控制在一个相对理想的水平，肌酐也逐渐向正常值回落。她已经从护士站旁的抢救室转入普通病房。她在病床上支了一张学生宿舍里常用的折叠桌，书和电脑都放在桌上。

每天早晨交班后的大查房，我都会看到徐盼娣半靠在床头，专注地盯着电脑屏幕。起初，我以为她和很多孕妇一样，通过看小说、追剧打发漫长的住院时间。可后来我才知道，徐盼娣是在病床上继续办公。她说这些年几次怀孕，因为身体的特殊情况，请了不少假，虽然单位也理解，但她要强惯了，不能因为反复住院耽误工作进程。她还告诉我，她还搞了一些副业，她们单位的待遇虽然不错，但她家那样的情况，负担还是很重的。她又接了一些司法考试培训的活儿，可以通过视频授课。这些天病情稍微稳定了，她想在病床上继续把公事和私活都一肩挑起来。

我十分心疼这个女博士的遭遇，可是现在，我对她更多的是敬佩，还有一种惺惺相惜之感。

这天又是我值夜班。刚一接班，我就收了三个孕妇，两个胎膜早破的，一个胎死腹中的。这些天科室收治的孕妇很多，过道的加床都住满

了，患者一多，各类杂事就更多了。一路处理下来，已经快到夜里十二点了，我准备再巡视一遍病房，充分了解晚间患者的情况。

走到徐盼娣的病房时，我发现她戴着眼罩，可她并没有睡着。听到有医务人员走近，她解下眼罩，指着自己的上腹，说："医生啊，我觉得这里有点痛，想着是不是晚上吃的有点油腻，胆囊炎又发作了。开始疼得不厉害，看你们又挺忙的，我想着忍忍就能过去，可现在感觉越来越疼了。"

我给她查了体，她有胆结石病史，吃了油腻的食物后的确容易腹痛。但我发现她的剑突下和胆囊区都没有明显的压痛。她是高龄孕妇，有高血压病史很多年了，血液又处于高凝状态，这次又是因为子痫前期来住院的，这些都会导致她比常人更容易出现各类心脑血管疾病。

我立刻让护士给她做了十八导联心电图，想排除以腹痛为临床表现的心梗。

看心电图倒是没发现什么问题。虽然她主诉的腹痛并不是剧烈的撕裂样疼痛，而且最近她的血压控制得比较好。但我还是要往主动脉夹层这个方向考虑，因为徐盼娣本身也是罹患夹层的高危人群。

她左臂的血压在130/80mmHg左右。我取下袖带，又在她的右臂测量，这一边却是160/90mmHg。她双上肢的血压严重不对称，又主诉腹痛，还真的要考虑主动脉夹层这个病。

我心中一紧，主动脉夹层是一种致死性极高的心血管疾病，夹层发生后，主动脉就进入定时炸弹状态。超过一半的患者在四十八小时内就会出现夹层破裂，而一旦破裂，血液就会沿着被撕裂的口径涌入胸腔，人会在极短的时间内死亡，哪怕是已经上了手术台可能也没什么抢救余地。

我规培期间在胸外科轮转过，对这种疾病的认识还算深刻。中心医院也是整个天城市为数不多的可以开展主动脉弓置换术的医院。我见过不少从下级医院确诊夹层之后，救护车一路送往这里的患者。可在救护车上，在急诊室里，在术前签字谈话时，甚至在病人已经被搬上手术台时，患者都可能因为这个定时炸弹突然炸响而迅速死亡。

而这种恐怖的急症放在孕妇身上，更是雪上加霜。特别是她还患有子痫前期这个病，这个病的病理机制就是所有的血管痉挛性改变，血管脆性增加，本来就很容易发生破裂出血，而出现了主动脉夹层，血管会撕裂得更快。

要确诊这个病还是需要相关的影像学检查。我联系了超声科的值班医生，准备给她做经食管超声心动图，这项床旁无创检查对夹层的诊断灵敏度很高，不像CT有辐射。

可超声科医生告诉我，能做经食管超声的探头这晚出了故障，由于这并不是日常迫切要用到的紧急检查设备，工程师还没来得及修理。

我只得给她联系增强CT了，可是这项检查有辐射，造影可能对胎儿有影响，眼下我得争取到患者和家属的同意。

徐盼娣住院期间主要由婆婆照顾，儿媳病情平稳后，她便回了乡下老家。徐母在肝病中心照顾儿子，平日里只给女儿送饭，晚上从没陪护过。我给她打电话，告诉她徐盼娣病情有变，可她说儿子也需要照顾，不方便来。我气得直接在电话里爆了粗口，她才隔着电话哭哭啼啼说自己难办，儿子夜里也不能离人。直到我说"你女儿要是今晚出了事，看以后谁来管你儿子"，她才赶到产科病房来。

我给徐盼娣的丈夫也打了电话，可对方居然关机！他不但让冒险给他传宗接代的妻子独自在医院过夜，这种时刻连人都找不着。我问徐盼娣要了家里的座机号码，可她支支吾吾说丈夫平日工作辛苦，尽量不要打扰他。

徐盼娣是高知女性，什么东西都一点就透。我还没有确定她就是罹患了主动脉夹层，不想向她透露太多，以免增添她的焦虑。

徐盼娣在这种情况下，还这般维护丈夫。她太懂事了，在原生家庭里，她"懂事"；在婚姻里，她"懂事"。所有人都拿捏着她的"懂

事"，让她此刻孤立无援。

我再也看不下去了。在我的反复逼问下，她给了我电话号码。电话打了好几遍，我才终于听到她丈夫睡意蒙眬又颇不耐烦的声音。知道这个情况后，他倒是比他的岳母爽快得多，立即驾车到了医院。

我对家属说明了这一项检查的必要性和可能存在的风险。她丈夫犹豫了几分钟后，表态同意做增强CT。

CT室在另一栋楼，为了保证安全，我和值班护士亲自推着徐盼娣去检查。直到检查要开始了，在她的反复追问下，我才告诉她，她的腹痛考虑是主动脉夹层引起的。

不知是心理作用，还是夹层撕裂的范围在增大，躺在CT床上的徐盼娣开始发出哀号声，一声比一声凄厉。而心电监护仪上，她的心率也在节节攀升。

CT扫过胸部和上腹部时，我便同放射科医生在观察室的电脑上查阅图像。果然是主动脉夹层，徐盼娣的整个主动脉弓到降主动脉都有撕裂迹象，连腹主动脉都被波及了，难怪会有腹痛。

徐盼娣还没下CT床，我便立即给胸外科、麻醉科、介入科的值班医生打了电话，让他们赶紧前往产科急会诊。我通知了谭一鸣。只要科室危重孕产妇一多，谭一鸣便住在早前医院分的那套家属房里，夜里一有突发情况便立即赶到科室。

秦松明在接到会诊电话后，和胸外科的值班医生一起到了产科病房。他们在了解了病情并查阅了CT图像后，商议治疗方案。

我也没闲着，急着给徐盼娣开吗啡镇痛，同时使用美托洛尔来控制心率，并泵入拉贝洛尔降血压，尽可能减少从破口流入血管壁的血流量，避免夹层进一步扩大，为后面的手术多争取一点时间。

我已经给家属说明了主动脉夹层的成因以及严重性，胸外科的会诊医生便不再重复解释，时间紧迫，他直接给家属说治疗方案。

"这个病前面产科大夫已经跟你们讲了，如果不处理，超过一半的人活不过两天。从患者主动脉累积的部位来看，我们需要采用升主动脉加主动脉弓人工血管置换术。这个手术需要开胸做，创伤大，风险大，花费也非常高，全部下来花费将近三十万。这种手术就是贵在耗材上，医保报销比例不高。而且有可能人财两空……"

"这个不能保守治疗吗？"虽然已经意识到疾病的危险性，但是徐盼娣的丈夫不愿意接受这样高风险的手术。

"有部分夹层患者是可以不用换血管的，但你爱人的情况不允许。"胸外住院总解释。

"我听说现在好多心血管手术可以通过介入治疗去做，那个不是微创的吗？"徐盼娣的丈夫也接受过良好的教育，尽管不学医，但他知道的倒也不少。

刚好介入科的秦松明就在这里，便做了回答："如果换成Stanford B型主动脉夹层（内膜破裂处位于降主动脉，夹层动脉瘤的范围限于降主动脉），我们是可以考虑做微创介入治疗的。相对开胸换血管这样的大手术，微创介入治疗的确创伤小，出血很少，对孩子也安全得多。但目前从CT上看，你爱人的确不适合。"

"说到孩子的事情，我们麻醉科医生这一块也要给你们交代一些问题。"一直没作声的麻醉科医生也发话了，"这种开胸换主动脉的手术，手术时需要开通体外循环，开通体外循环的时候我们会采用低温处理，这种低温状态对胎儿也有不利影响，会很大程度增加胎儿的死亡率。"

徐盼娣的丈夫赵汉强的心态彻底崩了，说："这也不行，那也不行。那你们现在说说到底怎么整?!"

徐母一直不说话，一会儿看看女婿，一会儿看看医生。不知她是完全没理解病情，还是只是和女婿一样手足无措。

谭主任嘱咐我守在床旁随时观察患者的病情变化，他要亲自参与这场涉及多科室的谈话。

"她的情况非常特殊，如果胎儿再大一些，存活的可能性就更大一些了，我们会立即剖宫产，孩子取出后立马做换主动脉的手术。但孩子太小了，才26周，这种孩子过去就叫流产儿，很多器官都没发育好。整个天城市对这种超早产儿（怀孕24周到28周出生的孩子）的救治水平，和一线城市比还是有不小差距的。现在就把孩子取出来，孩子很可能活不了，或者活下来也有一系列并发症。这种超早产儿的救治难度极大，花费极高，而且新生儿的救治过程中，同样存在人财两空的可能。"

"那现在不剖出来，你们又说手术可能造成孩子死亡。你们这么大一家医院，又是危重症孕产妇救治中心，又是爱婴医院，结果大人、孩子都不能保障，这不是在砸自己的招牌吗？"赵汉强愈发激动，声音又提高了几度。

"我现在就是在给你们讲方案！"谭一鸣在这个行业里已经干了几十年，什么样的情况和家属都见过，早就不像科室里的年轻大夫。可此刻，他对赵汉强的态度也有些恼火。

"我们现在把方案摆在这里，你们自己选择。第一，先手术取出胎儿，然后再给大人开胸换大血管。但胎儿太小了，就几百克，取出来不一定能活。胎龄越小，新生儿抢救费用就越高，而且即便活下来了，也不一定就是个健康孩子，那时大人、孩子都会受苦。而且取孩子的时候，因为回心血量突然增多，会造成夹层撕裂得更快，母亲的处境更加危险，甚至导致夹层直接破裂，死亡。

"第二，先给大人手术治疗主动脉夹层，但麻醉师说了，这个手术的特殊性可能造成胎儿死亡，这个没法预计。

"第三，不做手术，保守治疗，只用药物控制，但从产妇的夹层分型来看，不手术的话患者有一半的概率会在两天内死亡！孕妇的命都保不住，孩子就更别说了！"

谭一鸣给了家属三个选择，可这三个选择各个诛心。孕妇罹患了主动脉夹层，远比其他患者更为凶险，每多耽误一点时间，徐盼娣生存的机会就少了一分。谭一鸣催促道："家属赶快做决定。她这个病就像一个已经点了导火绳的炸弹，你们越拖延，危险就越大，可能最后连上手术台的机会都没有了！"

"那就先给大人做手术，孩子再说吧。"徐母用征求意见的眼神看着女婿。

"她肚子里的也是你的外孙！"赵汉强显然不同意岳母的意见。

"你没听医生说吗？那么小就剖出来，说不定搞个人财两空，还有可能是个智力障碍者。你上次那个孩子引产下来比眼前这个还大一周，引产下来都像个没皮老鼠。她弟弟这些年肝和大脑都不好，反复在医院住着，我连他都照顾不过来。你妈又要伺候你爹，要是这孩子真是脑瘫了，谁来给你带啊？"

谭一鸣对徐家的家务事了解不多。他起初看到徐母表态，以为她是为了女儿好，可眼下他听出了点别的意思。

"你还好意思说你那宝贝儿子？他这些年花多少钱了？全部都是我们家出的！现在你为了那个不成器的儿子，连自己外孙的主意都要打了！"赵汉强的脸色愈发难看，虽然有医生在场，他对岳母的态度也不像先前那般客气了。

"我怎么不好意思了？我问我女儿要钱怎么了？搞得像你挣了多少钱一样，挣钱的还不都是我女儿！"徐母也毫不示弱。

两人在谈话室里剑拔弩张，平日里的积怨也在此时引爆，两人都没有把话题引回来的意思。

谭一鸣一拍桌子，说："你们吵够了没？孕妇都命悬一线了，你们还在算计这些，让不让人寒心啊。赶紧表态！"

于是两人略有收敛，没再为家庭上的事情继续争执，回到了选择治疗方案上。

"医生，我老婆要这个孩子真的很难。前面几年一直怀不上，在保健院做了手术之后才怀上的第一胎。可怀第一胎就得了子痫，医生说后面再怀孕可能也会得这个病。我们家就我一个儿子，我妈也是生了几个女儿之后才有的我。所以我老婆觉得如果没有儿子，就对不起我们赵家。"

谭一鸣再次为这个孕妇的处境感到悲哀，在她生死攸关之际，她的丈夫和母亲乍看都在为她的事情痛苦、焦灼，可都不是真心为她好，两人都在打着各自的算盘，自然不能再将关系孕妇生死的决定权交给这两个人。

他来到病房，再次查看了徐盼娣现在的情况，告诉我刚才几个医生讨论出来的治疗方案后，他又回了谈话室。他告诉徐盼娣的两位家属："方案我虽然说了，但这种情况下，我们的治疗原则就是优先处理心血管疾病，然后再考虑产科的处理事宜！"

"优先处理心血管疾病，那我孩子怎么办？你们必须想到两全其美的办法我才签字！"赵汉强依然不依不饶。

我也给徐盼娣说了治疗方案，可她也没了主意。她有高血压很多年了，平日里控制得不错。可每次怀孕都会出现子痫前期，甚至出现过子痫。她是博士，虽然不从事医疗行业，但查询、整理各类资料都是她擅长的事情。她对主动脉夹层这种疾病一点都不陌生。

患者和家属都这样僵持着，没有表态接下去到底要不要接受手术，以及如果手术，是先取孩子还是先开胸。患者和家属在医生的轮番催促下，愈发焦头烂额，可谁也不表态，更没人签字。一旁的医生早已心急火燎。

徐盼娣的情况不适合做微创的介入手术，秦松明已经回了科室。参与会诊的麻醉科医生给主任打电话，汇报了情况。麻醉科主任表示，如果家属同意手术，他会立即到手术室亲自参与这台手术，为保护胎儿安全，尽可能采用常温、高流量以及搏动性灌注。

麻醉科的住院总给主任请示完毕，又与胸外科的会诊医生小声交谈，在觉得这个方案有一定程度的可行性之后，便向家属传达了意见：

先开胸换主动脉弓，这次手术先不取胎儿，其间密切监测胎儿情况。但手术后需要抗凝，还是需要肝素化处理，再小心处理也不可能保胎儿万全，只能尽力延长孕周，保到哪里算哪里。

赵汉强对这个方案还算满意，准备签字，可徐母一把抢过笔。她说，女儿的手术可以做，但这个孩子不能要，做那么大个手术，以后还要用那么多药，对孩子肯定不好。生个病孩子，女儿一家就都毁了。

几个医生都告诉徐母，他们会多科室联合处理，尽可能保全孩子。如果手术成功了，孩子能在妈妈肚子里再待一段时间。孩子大一些了再剖出来，救治难度就没那么大了。

可徐母仍然不依不饶，她拿出纸和笔让几个医生集体签字画押。除非医生保证这孩子生下来完全正常，是个健康聪明的小子，否则她坚决不同意。

谭一鸣在临床工作三十年了，这一晚参与会诊的也是胸外和麻醉的住院总，都不是新人了。他们也震怒了，奇葩家属他们没少见到，可这样胡搅蛮缠、罔顾孕妇死活的泼妇却还是第一次遇见。

赵汉强也怒了，质问岳母是不是压根就不想女儿生下这个孩子。他强调这个孩子是姓赵的，跟她没有关系，轮不着她做主。徐母对女婿的指责倒也没有动怒，只说这是为了他们夫妻俩着想。她们村里有个智力障碍者，现在都30多岁了还要靠老母亲喂饭吃，就是母亲怀他的时候乱吃了药。

赵汉强被岳母激怒后忙着跟她吵架，也没心思再签字了。徐母压根没考虑过要同步保孩子，自然不会签字。

第二十五节
人命 ||+

　　谭一鸣查看了徐盼娣的授权委托书，授权书上两人居然都签字了，各怀心思的两个人居然还都可以左右治疗方案。好在产妇本人还清醒，她自己签字就行，至于能不能让她这些奇葩家属满意，他们会不会闹事，已不是当下需要考虑的事情了。

　　徐盼娣本人迟迟拿不定主意。在吗啡的强大镇痛作用下，她的惨叫声没有先前那般凄厉，可无法控制的焦虑和恐惧让她的心率逐渐增快。她腹中的胎儿好像也感应到母亲的这种情绪，胎心也在迅速增快。我在给孩子做胎心监测，胎心的声音被仪器放大了，更显紧张和窘迫。

　　时间就这样在患者和家属的反复犹豫中逐渐溜走。

　　在徐盼娣的疼痛再度加重后，我也怒了："你再这么犹豫下去，别说孩子了，你自己都没活下去的机会了！你走了，你老公可以再找一个能给他赵家生儿子的，你妈妈痛哭一场，也会拿着你的赔偿金、补助金给儿子换保障。你女儿怎么办？如果你不在了，谁去疼她？"

　　孩子终究是母亲的软肋，这一下恰好打在徐盼娣的七寸上。她不再犹豫了，说："夏医生，你们觉得现在哪种方案更合适，我就听你们的，我自己来签字。"

　　持续的疼痛和焦躁已经让她虚弱不堪，可此刻，她的眼神倒也坚定。她以前就听过一句话："性命攸关时，你的爱人、亲人不一定真的希望你活下去。可是你的医生，一定是最希望你活下去的人。"平常她觉得这话矫情，可此刻，她觉得的确是这样的。

此刻，她愿意相信这些医生。除了他们，她这辈子还能去相信谁？

我拿出早就打印好的特殊沟通谈话记录和手术知情同意书让她签字。疼痛再度袭来，徐盼娣痛得几度握不住笔，可她还是坚定地在特殊沟通谈话记录上写下"要求先行开胸手术，胎儿暂予观察"的字样，又在手术知情同意书上签下"了解风险，同意手术"。

她终于按照自己的意志做决定了。可这距离她确诊主动脉夹层，已经过去了两个多小时，距离她最早出现腹痛，已经过了快四个小时。

胸外科的熊杰主任一到医院便来产科病房，查看了徐盼娣的具体情况。他也通知手术室做了相关的术前准备，只等患者和家属的意见了。他没想到，一等居然是这么久。

谭主任已经先我一步到了手术室，我和值班护士一起把徐盼娣推到手术室。就在徐盼娣被推进手术室的电梯时，所有人最不愿看到的一幕还是出现了。

剧痛再度袭来，似乎突破了徐盼娣的忍耐极限，她像一只被群狼撕扯的孤兽，发出惨绝人寰的叫声，那叫声已经不像人类的声音。

随即，心电监护仪上她的血压和心率急剧下降，她起先还因为剧痛而烦躁不安，可很快，她便没有了意识。

我的心一凉，这残酷的命运始终不肯放过她。

我跳上了转运床，立刻开始给她胸外按压，护士和护工推着转运床到手术室，那里更适合抢救，呼吸机、除颤仪等设备也一应俱全。

我在急诊和重症监护室都轮转过，参与过不少濒死患者的心肺复苏。可我预感到，这一次的胸外按压基本上是徒劳的。徐盼娣应该是夹层破裂出血，而且出血量极大，就像一个人被割破了颈动脉会在极短的时间内死亡。不同的是，这些血都出在胸腔里，所以在外观上并不血腥。

麻醉科的医生迅速给她做了气管插管，并连接好呼吸机。胸外按压已经持续了好几分钟，可监护仪上提示徐盼娣没有自主心跳。

已经有人接替我做胸外按压，我站在一旁发蒙。刚刚还在跟我说话的徐盼娣，一转眼就没了生命体征。

谭主任取过听诊器放在徐盼娣的腹部上，他听了片刻后对我说："小夏，赶紧去跟家属说，大人不行了。胎儿目前还有心跳，现在立马做剖宫产取孩子，争取保下来一个！"

谭主任已经在和新生儿科联系，让他们赶紧到手术室参与抢救。他和住院总先做剖宫产手术。我向手术室门外的候诊区奔去，徐盼娣的丈夫和母亲走的是家属通道，他们还不知道徐盼娣的情况。我要将这个噩耗告诉家属。

我没有时间再去调整情绪，想着如何组织语言，开口便是："孕妇不行了，夹层撕破了，孕妇的呼吸、心跳都没了……"我还没说完，徐母便开始号啕大哭。

徐母虽然偏爱儿子，可这女儿，到底也是她的亲骨肉，突如其来的噩耗让她瞬间崩溃。赵汉强到底是清醒的，他在短暂的错愕后便迅速镇定下来，问："那孩子呢？"

"现在孩子还有点生命体征，但母亲没有自主呼吸和心跳，孩子肯定也坚持不了多久，我们想办法用最快的速度把孩子取出来，但是不敢保证孩子可以存活，眼下只能拼一把！"事发突然，我没有时间再去准备医患沟通的文件，只扯过一张空白的A4纸，让家属写下"同意立刻做剖宫产"。

等我跑回手术室，迅速穿好手术衣，谭主任消毒铺巾的工作早已完成。

徐盼娣还是没有自主心率，麻醉科的几个医生一直在做持续的胸外按压。持续的按压让孕妇的身体被动震颤，谭一鸣下刀也不似平常顺利，可他和助手还是迅速划开孕妇的腹部，这一路划下去倒也没怎么出血，视野远比平时更为清晰。眼下速度第一，助手跟他上了这么多年的手术台，两人配合默契，只几分钟，便取出了胎儿。

是个浑身青紫的男婴。这个比幼猫还轻的男婴被抱到辐射台上，新生儿科的医生便开始对孩子进行抢救。孩子取出了，可还需要关腹，胸外按压下的缝合比往日更困难了。

当这个新生儿的生命体征勉强稳定后，儿科抢救小组将这个孩子送到了NICU。

可徐盼娣却没有那么幸运，持续的胸外按压后，却始终不见有自主心率。麻醉科主任从重症监护室调配了自动胸外按压机，靠着这个机器，胸外按压还在持续进行着。

在场的人都知道徐盼娣是因为夹层破裂导致大量急性出血，这样的抢救从一开始便注定是几乎无效的。面对孕妇和孩子，哪怕医生们早就见惯了生死，也都想搏一下。

抢救已经超过三个小时了，进入这间手术室的院领导越来越多，明知道继续抢救完全是徒劳的，可没有人终止"抢救"，宣布徐盼娣临床死亡。

我一直站在徐盼娣的身边，这一晚，我都这样陪着她，亲眼见证了这个生命在我眼前消亡。

"让家属进来看一眼，然后撤机吧。"谭一鸣心情沉重，他忙了个通宵，声音无比沙哑。他有些懊悔，为什么先前把选择权交给家属，如果他再坚定一些，早点手术，可能就没这回事了。

死者的丈夫和母亲还在门外，其间已经反复有人出去告诉他们还在抢救，但情况很糟，这或许已经给了家属一个"缓冲带"。可现在，谭一鸣要亲口告诉家属的是：徐盼娣死了。

其实她先前已经死了，可"抢救"还能给家属一点慰藉和幻想。而现在，谭一鸣告诉他们的是完成时态。

这几个小时里，两人一直在门外。熬了一晚，两人的眼睛都布满了血丝，都在一夜间老了很多。

当谭一鸣说出"人走了，请节哀"，徐母像完全没有理解这句话的意思。她张着嘴在原地愣了很久，像被人扼住了气管，无法呼吸，过了好一阵，她才爆发出凄厉的哀号，整个人倒在地上，扯着嗓子号。

谭一鸣赶紧搀扶，这一幕让他心中五味杂陈。他先前对徐母有过揣测，可眼下，她和所有失去孩子的母亲一样悲痛。

赵汉强这一晚和岳母嫌隙不断，可此刻，他们是抱团取暖的家人。他抱着岳母一起哭，那哭声再度让谭一鸣感到窒息。

她是他们的女儿和妻子，他们的悲痛欲绝真实存在。他们或许是有私心的，他先前揣测过他们。他自己不也有私心吗？干了这么多年临床，他隔三岔五就要处理各种纠纷事件。当下的医疗大环境和各项制度法规，让他必须按照"正常程序"办事。今晚他要是少一点顾忌，徐盼娣可能就不会死了……

我本不打算通知李承乾来科室，他昨天才上了夜班，二十几个小时连轴转，可事情发展到这个地步，作为主管医生，他自然非来不可了。

睡眼惺忪的李承乾在听到这个噩耗时也愣住了，这一天恰好是愚人节，他多么希望我说的这些是愚人节的玩笑。她的病情明明已经好转，马上能出院随访了。她有高血压，可血压高的人多了去了，这种在孕妇身上发病率几乎是百万分之一的主动脉夹层，怎么就落在她身上了？

新生儿科再度传来噩耗，徐盼娣之子出现了严重的脑室出血，没抢救回来……

知道这个消息时，谭一鸣还在自己的办公室。大人、孩子都死了……他再度落泪了。

徐盼娣的诸多亲属都来到了医生办公室，主要是赵汉强的一大家人。他的双亲、几个姐姐和姐夫都来了，徐盼娣娘家这边显得人丁单薄，只有她母亲。他们不想听"主动脉夹层本就死亡率极高，且孕妇因为病理、生理的特殊性，这种疾病更难救治”这类的说辞。他们就是要这些身穿白衣的人给个说法：孕妇就是高血压，来医院保胎的，怎么就落得个母子双亡的下场？

徐母倒地便哭，细数女儿优秀的过往和种种不易，说女儿多么懂事，多么顾家。

李承乾听着，很想发火，就是因为她这样懂事顾家，才会遭到家庭吸血。他一想到徐母逼迫女儿为儿子筹钱换肝的情景，便愈发觉得这妇人自私虚伪。

赵汉强的母亲和几个姐姐也哭作一团，说：“汉强就是福薄，好不容易有个儿子也没保住，这下还拖着一个女儿，往后一个人又当爹又当妈，可怎么办啊……”

这一家人聚集在办公室里哭闹，保安也在第一时间赶到。可家属不过是哭闹着讨说法，没做任何出格的事情。这样母子双亡的惨剧落在谁家都得崩溃，家属需要一个适度发泄的渠道，保安便在一旁看着。

赵汉强声泪俱下。平日里，他忙着创业，无暇顾及家庭，妻子操持家务，照顾女儿。说到动情之处，他几度哽咽，妻子走了，以后谁来照顾他和女儿的生活……

徐盼娣不到5岁的女儿也被带来了，她显然还不能理解到底发生了什么。看到大人们哭闹，喊着她母亲的名字，她也隐隐感觉到不幸和恐惧。可大人们无暇照顾这个失去母亲的幼童，还在找医生讨说法。悲剧已然造成，总得有人承担一些责任，给受害者家属一些补偿。

林晳月不是徐盼娣的主管医生，这次也没参与患者的救治过程，自然不是这家人要重点攻击的目标。她无暇顾及那些居心叵测的成年人，她的目光一直在那个穿着粉纱裙、扎着羊角辫的女童身上。

林晳月忽然有些庆幸，母亲去世的那天她刚出生，自然不会像这个小女孩一样惊恐无助。她把这个小女孩揽进怀里，感觉到她在瑟瑟发抖，一个劲哭着要妈妈。虽然被抱着，可孩子还是执拗地伸出手，像要拼命抓到点什么。她也跟着孩子一起哭，连自己都搞不清到底在哭什么。

我们一开始还在尽力解释，可都到了这一步，所有的解释都是徒劳的。在谭一鸣的示意下，我和李承乾也都尽量保持缄默。最后，他心平气和地告诉家属，人已经走了，不能一直放在手术室。他想先联系殡仪馆，至于后面是否尸检，家属可以先商量。徐盼娣这一生很不容易，就这么赤条条晾在手术室里终究不太体面。他已经联系了酒店，家属去了可以直接休息。这一天一夜里，大家已经遇到太多变故，后面要处理的事情还有很多，不要先把身体搞垮了。这事最后还得通过法律途径协商，这是公家的医院，出了事情医生不会躲。

徐盼娣和孩子的尸体都被送到了殡仪馆，一家人也离开了医院，科室又恢复到平日的忙碌有序中。谭一鸣让我和李承乾先回去休息一下，事情已经这样了，什么都别想了。

我没有回家，出了这样的事情，医院随时可能再找我了解情况，我直接去了值班室。我已经连续三十几个小时没睡了，身体疲惫到了极点，还出现了阵时的心悸。长时间的超负荷工作和应激状态，已经让我的心脏报警了，可我的大脑却很亢奋。我根本无法入睡，只要一闭眼，徐盼娣就出现在我眼前。

她见医生来查房，说自己腹痛；她知道自己的病情时，担心、焦虑；她被疼痛折磨到五官变形，家人迟迟不肯签字，她失望至极，表示要为自己做主；直至最后，她变成一具苍白冰冷的尸体……这一幕幕像过电影般在我眼前不断闪回。

到了傍晚，我也没有睡着。我索性走出了值班室，向病房走去。

徐盼娣最后住过的32床还没有新的孕妇，隔壁床听说这个病友死了，坚决要求换病房。这个二人间的病房暂时空了下来。

她的折叠桌还摆在床头，我记得以前每次查房时，徐盼娣都这样靠在枕头上，不是在办公，就是在备课。

一想到这里，我忽然悲从中来。这样真实存在的一个人，说没就没了。我再度为这个女人哭得不能自已。之前，我在去新生儿科看她的儿子时哭过，那个婴儿和林皙月一样，一出生就没了母亲。现在那孩子也没了。

已经是晚上七点了，可科里的医生都还没走。平日里只要李承乾在办公室，办公室里就绝不会有安静的时刻。此刻的他略显颓唐地拨着鼠标，几个小时了，他还坐在那里看徐盼娣的病历。刚出事后，赵汉强便要求封存病历，并在医务科的见证下要求锁死病历系统，让医生不能再修改病历。他和我一样，在急诊、重症都轮转过，那些科室基本每天都会有患者死亡，甚至一天死几个患者也不稀奇。可徐盼娣的死还是让他格外痛心。

医生办公室是一间大的套房，主任办公室在里间。门虚掩着，谭主任保持先前那个姿势坐在椅子上，他背靠着门，我看到他的肩膀时不时耸动，他也在哭。

两天后，科室便收到法院发来的信函。看完信的内容后，谭一鸣再度沉默了。

这封信函是徐盼娣的单位发来的。徐盼娣是单位的优秀员工。她此次因子痫前期在中心医院产科住院，本是为了保胎，却造成了母子双亡的惨剧。函中特别质问，产妇凌晨发病，很快便确诊主动脉夹层。在家属明确表示同意手术的情况下，为何拖延至凌晨三点才进手术室，导致产妇夹层破裂，不治身亡。函中还指出，徐盼娣的家属悲痛欲绝，单位亦为失去这样的员工而深感痛心。希望中心医院秉着公平、公正的态度，彻查此次事件是否存在医务人员严重渎职，可以还死者和家属一个公道。

家属知道医院不会"按闹分配"，此事便由死者单位出面施压。马上就交班了，谭一鸣将这封盖了公章的红头信函铺在办公桌上。他进了医生办公室，主持这日的晨交班。

这一天，天城市没有任何预兆地刮起一阵大风，桌面上的纸张都被吹起，在室内旋转、飞舞。这阵狂风只持续了很短的时间。被吹起的纸张纷纷落地后，我看到了脚边这张盖有公章的信函。我不是徐盼娣的主管医生，可我几乎参与了她的全程医疗，清楚整件事情的始末。

数年前，湖南发生了一起"医护擅离手术室导致产妇术中死亡"的事件。家属向媒体控诉，丈夫进入手术室发现妻子赤身裸体躺在手术台上，早已浑身冰冷。而本该积极抢救的医生、护士却集体失踪，一时间人神共愤，举国上下的网民都在抨击这家草菅人命的医院。

可当子弹飞过一阵之后，义愤填膺的网民才逐渐了解了真相。产妇在剖宫产术中突然出现了呛咳，随后又出现了意识障碍。产科主任当时便考虑产妇出现了羊水栓塞，立刻开始抢救，好在孩子已经取出。医院历来对产妇的救治都是不遗余力的，院领导也迅速到场，协调全院医疗力量积极配合抢救，并请外院专家到场指导治疗。可抢救了八个多小时，产妇还是不治身亡了。

抢救期间，反复有院领导出面和产妇家属沟通。可数十名家属情绪非常激动，完全不能接受这样的事实，并且当场打砸办公室。在知道产妇已经死亡后，一群家属不顾阻拦直接冲进了手术室，参与抢救的医务人员无不心惊胆战，事已至此，为避免更多祸患，医务人员便放下死者，逃离了手术室。于是，便有了媒体那样失实的报道。

那一次的医闹给广大网民做了"羊水栓塞"的科普。人们知道了这种分娩时无法预测且死亡率高达百分之八十的可怕的产科并发症。林皙月的生母就是死于这个病。

徐盼娣的家属并没有闹事，一家人在律师的建议下，中规中矩地搜集了各方面证据。可我还是打算把这起医疗案件写成科普文。徐盼娣得高血压多年，每次怀孕都会出现重度子痫前期，我决定好好普及下这个疾病。只是这一次，我没有办法像过去那样单纯从普及产科医学知识的角度出发，我把这些天不断积累的激烈情绪，淋漓尽致地发泄在文章里。

　　我困惑，为何在这样开明的氛围下，受过良好教育的女性依然对为夫家"生儿子"这般执迷不悟；我气恼，为何有些女性明明生活在这样无爱的家庭，仍然心甘情愿地忍受家人的盘剥；更让我激愤的是，有多少女人对自身进行无比残酷的压榨，不过是为了迎合他人灌输的好女人就该"懂事""贤惠""孝顺"。

　　文章的末尾，我做了总结性陈述：徐盼娣的悲剧固然是疾病本身引起的，可这何尝不是一起家庭伦理悲剧？徐盼娣一心奉献的两个家庭，不过是森严无比的囚笼，她的亲人则是凶恶无比的狱卒。可这一切却又让"官方"给出了盖棺论断——其中"必然有医务人员的严重渎职"。

　　文章还没发出去，父亲便给我打来了电话。我和父亲没有寒暄，让他直说来意。

　　和父亲一起在小区当保安的同事求他帮忙，同事的老父亲刚才忽然咯血了，知道我就在中心医院上班，想让我帮忙去打个招呼，赶紧把他老父亲住院的事情安排了。

　　我让父亲回复，这种情况直接打120就是，我帮不了忙。父亲急忙说，他都跟对方说了女儿在大医院上班，肯定帮得上忙。我冷笑了一声，我知道父亲一辈子都好面子、爱吹嘘。他以为这里还是他弟弟工作的县医院，随便打个招呼就能把患者直接安排进病房。见我始终推托，父亲又说这个同事还跟他是同乡，我要是不帮忙，对方不高兴了就要在老家到处说，岂不是伤了他的面子，以后回老家在熟人面前会丢脸。

　　我再度感到嫌恶。为了父亲有"面子"，我就要"出面"解决。我不过是医院里一个无足轻重的小大夫，能有多大能耐？而且父亲这辈子几时有过脸面了？凭什么我要去给他的吹嘘炫耀买单？我直言"管不了"。父亲又瞬间爆起了粗口，辛辛苦苦供我读书，结果书都读到屁眼里去了，苍蝇腿大点事我都不管。

　　我直接挂断了电话。我懒得向父亲解释，大咯血是可以要人命的，这种情况应该先拨打120，急救人员一接到患者就可以先处理。患者到了医院也要先检查，支气管扩张、肺癌、结核都会导致患者咯血。罹患的疾病不同，收治的科室也不一样。大医院科室分得非常细致，我连病因都不知道，上哪里去给他安排住院的事？父亲历来急躁，又没什么文化，自然容不得我细细解释。虽然隔着电话，可我能够想到父亲气得骂娘的样子。

我没有想到，自己的这篇文章在网上引起了激烈的讨论。这一次，网友不再一味不分青红皂白就抨击医院，"直男癌""凤凰男""扶弟魔"这些词语被聚在一起，成功地刺激了无数网友。等我意识到情形失控时，撤稿早已来不及了。有人在网上同步曝出了那张盖有公章的红头文件，两件事情一结合，网友便知道了这个因主动脉夹层死亡的患者的姓名。

网友用极为恶毒的言语对徐盼娣的丈夫和母亲进行了讨伐，有好事网友挖出两人的信息和照片供大家深度人肉。

不仅是在线上，网友也将这一讨伐行为延续到线下。网友还挖到赵汉强的公司地址，在门口对他进行堵截、声讨。网友还找到徐盼娣的弟弟所住的病房，痛斥这对吸血的母子，直到保安出面赶走这些好事者。

每个人的心中都有不能示人的隐秘角落，比如痛恨伴侣背叛，怨恨父母偏心，痛恨职场中受到不公平待遇等。所以他们在现实中、网络中一旦搜索到可疑的"靶点"，便立刻产生共鸣，纷纷群起而攻之。

这场轰轰烈烈的网暴让我感到后怕。我写的这篇文章没有透露徐盼娣的信息，她的姓名、职业、工作单位我都隐去了，可没想到全被人挖出来了。在我去谭主任办公室"自首"的时候，恰好李承乾也在那里，他坦言那个盖了公章的文件图片是他发出去的。他气不过死者单位这般盛气凌人，一上来便认定了是医生渎职。他发了之后才发现没给死者名字打马赛克，便撤下来准备重新编辑后再发。可这样劲爆的图片马上就被人在网上传了个遍，他更不知道在网络上已经有了些名气的"白衣小夏"就是我。我居然同步发文讲述了事件的始末。网友稍一结合，便什么都知道了……

谭一鸣叹了口气，说："你们到底太年轻了。"他质问李承乾，单位作为死者"娘家人"，给她撑腰、维权有错吗？他又责问我，悲剧的发生有多方面原因，凭什么将徐盼娣家属的责任无限放大？让他们在失去家人后还要再受外人的恶意攻击？

我和李承乾在主任面前低垂着头，长久地沉默着。

好在这件事情没有进一步发酵，酿成更大的悲剧。因为这件事的影响力太大，且涉嫌暴露患者隐私，谭主任也被院领导数次约谈。他倒没有暴露真正肇事的两个年轻医生，只说自己大意了，没收好文件，又有好事的媒体主动挖掘了信息。

谭一鸣去肝病中心看望徐家母子，给徐母拿了笔钱。徐母这些天精神非常恍惚，但她看到谭一鸣还是有些激动的，说她会告他没救活她的女儿。谭一鸣说："我知道。到时候法院怎么判，医院就怎么赔。走法律程序还需要很长的时间。这个钱是我个人的心意，不会算在后续的赔偿金里。"

（未完待续）

图书在版编目（CIP）数据

重症产科 . 1 / 第七夜著 . -- 长沙：湖南文艺出版社，2024.3

ISBN 978-7-5726-1618-1

Ⅰ . ①重… Ⅱ . ①第… Ⅲ . ①长篇小说－中国－当代 Ⅳ . ① I247.5

中国国家版本馆 CIP 数据核字（2024）第 017272 号

上架建议：畅销·长篇小说

ZHONGZHENG CHANKE.1
重症产科.1

著　　　者：	第七夜
出 版 人：	陈新文
责任编辑：	张子霏
监　　制：	于向勇
特邀策划：	程沙柳　刘　建
策划编辑：	布　狄
文字编辑：	张妍文　赵　静　梁　湘
营销编辑：	时宇飞　黄璐璐　邱　天
封面设计：	利　锐
版式设计：	李　洁
内文排版：	谢　彬
医学审订：	杨玉娇
项目统筹：	苍衣社
出　　版：	湖南文艺出版社
	（长沙市雨花区东二环一段 508 号　邮编：410014）
网　　址：	www.hnwy.net
印　　刷：	三河市天润建兴印务有限公司
经　　销：	新华书店
开　　本：	680 mm×955 mm　1/16
字　　数：	240 千字
印　　张：	17
版　　次：	2024 年 3 月第 1 版
印　　次：	2024 年 3 月第 1 次印刷
书　　号：	ISBN 978-7-5726-1618-1
定　　价：	59.80 元

若有质量问题，请致电质量监督电话：010-59096394
团购电话：010-59320018